懲りない光源氏

セリフで読み直す『源氏物語』若紫巻・葵巻

繁田信一
Shinichi Shigeta

教育評論社

序章——屁理屈をこね、言いがかりをつけ、呪いの言葉を吐く光源氏

身勝手な理屈をこねる光源氏

女性の皆さん、もし、あなたの夫あるいは恋人である男性が、あなた以外の女性とも親しくお付き合いをしていて、しかも、そのことについて、「私が他の女性ともお付き合いするのは、あなたとの幸せな生活を守るためなのですよ」などと言い出したりしたら、あなたは、どうしますか？

また、男性の皆さん、あなたに妻あるいは恋人である女性がいるとして、それにもかかわらず、その女性の他にも親しくお付き合いをする女性がいるとして、その女性たちの誰かに向かって、「私が他の女性ともお付き合いするのは、あなたとの幸せな生活を守るためなのですよ」などと言い張ってみる度胸はありますか。私には、ありません。

しかし、あの光源氏《ひかるげんじ》は、この言い訳を、平然と口にしたのでした。その相手は、ふとしたきっかけで見初《みそ》めて、誘拐するようにして自宅に連れ帰った美少女です。そう、若紫《わかむらさき》です。

やがて光源氏の正妻（北《きた》の方《かた》）として「紫の上《むらさきのうえ》」と呼ばれることになる女性は、幼い頃には「若紫」と呼ばれていました。また、その若紫は、ひたすら光源氏に庇護《ひご》される童女でありながらも、光源

氏に恋心を抱《いだ》いており、光源氏が他の女性たちのもとに出かけていくことをおもしろくなく思っていたのです。そして、そんな若紫をなだめようと、光源氏が口にしたのは、こんなセリフでした。

「私だって、わずか一日でも、あなたとお会いできないのは、辛《つら》いのですよ。それでも、あなたが一人前の女性に成長なさるまでの間は、あなたの焼《や》き餅《もち》をあまり気にせず、『まずは、嫉妬深《しっとぶか》くて何かと私を恨むような女性たちの機嫌を損ねないようにしよう』と思いまして、そうした女性たちの機嫌を取るのはたいへんなので、今しばらくは、こうして他の女性たちのもとに出かけるのです。けれども、この先、あなたが大人の女性になったと感じましたら、もう他の女性たちのところに出かけたりはいたしません。私が『誰かに恨まれたりしないようにしよう』などと考えていますのも、『長生きをして、思う存分、あなたと一緒に暮らし続けたい』と思えばこそなのですよ」

（「われも、一日も見奉《みたてまつ》らぬはいと苦《くる》しうこそ。されど、幼く御《おわ》するほどは心安《こころやす》く思ひ聞こえて、『先《ま》づ、くねくねしく恨《うら》むる人の心破《やぶ》らじ』と思ひて、難《むつか》しければ、しばしかくも歩《あり》くぞ。大人しく見做《みな》してば、他《ほか》へもさらに行くまじ。『人の恨み負《お》はじ』など思ふも、『世に長《なご》うありて、思ふさまに見え奉《たてまつ》らん』と思ふぞ」（『源氏物語』紅葉賀《もみじのが》））

「浮気をするのも、全てはおまえのため」などという身勝手な理屈、私だったら、たとえ浮気をしていても、妻の前でも、浮気相手の前でも、とても口にできそうにありません。

【若き日の光源氏の妻たち・恋人たち】

〔十七歳以前〕　〔十七歳〕　〔十八歳〕　〔十九歳〕　〔二十歳〕

葵《あおい》の上《うえ》——……

六条御息所《ろくじょうのみやすどころ》——……

空蝉《うつせみ》

軒端荻《のきばのおぎ》

夕顔《ゆうがお》——

中将《ちゅうじょう》の君《きみ》？——……

中務《なかつかさ》の君《きみ》？——……

末摘花《すえつむはな》——……

若紫《わかむらさき》（紫《むらさき》の上《うえ》）——……

源典侍《げんないしのすけ》——

花散里《はなちるさと》？——……

筑紫《つくし》の五節《ごせち》？——……

朧月夜《おぼろづきよ》

中川《なかがわ》の女《おんな》？——……

言いがかりをつける光源氏

はっきりと光源氏の恋人として登場する女性たちのうち、最も古くから光源氏と関係を持っていたらしいのは、「六条御息所《ろくじょうのみやすどころ》」の呼び名で知られる貴婦人です。この呼び名は、六条大路《ろくじょうおおじ》の近くに邸宅を持ち、かつて皇太子（東宮《とうぐう》）の妃《きさき》（御息所《みやすどころ》）であったことに由来しますが、彼女が皇太子妃となったのは、大臣家《だいじんけ》の姫君であったためでした。六条御息所は、本来、「葵《あおい》の上《うえ》」として知られる女性と同じくらい、実にやんごとない身の女性だったことになります。

「葵の上」と呼ばれるのは、左大臣家《さだいじんけ》の姫君で光源氏の最初の正妻（北の方）となった女性です。そして、この葵の上と結婚してほどなく、光源氏は、六条御息所と深い関係になったようですから、六条御息所こそが、光源氏の最も古い恋人なのかもしれません。しかしながら、彼女は、日陰《ひかげ》の女として生きるしかありませんでした。

そんな六条御息所は、ある日、葵の上のために、たいへんな恥をかくことになります。すなわち、光源氏も参加する賀茂斎院《かものさいいん》の行列を見物しようと、牛車《ぎっしゃ》に乗って一条大路《いちじょうおおじ》に出かけた六条御息所は、そこで、同じく行列見物のために数輌《すうりょう》の牛車をつらねて出かけてきた葵の上の一行とかち合い、葵の上の従者たちや使用人たちの狼藉《ろうぜき》によって牛車を壊されるのでした。それは、賀茂斎院の行列を見物するために集まった大勢の人々が見ている前で起きた事件でしたから、ここで六条御息所がかいた恥は、けっして小さなものではありません。

右の一件は、実のところ、葵の上の従者たちや使用人たちが酒に酔って暴走した結果であって、けっして葵の上が意図したものではありませんでしたが、しかし、六条御息所はというと、日頃から光源氏の愛情の薄さに悩んでいたこともあり、これを機に、都《みやこ》を離れることを考えはじめるのでした。そして、そんな彼女を丁寧に慰《なぐさ》めて都に引き留めることができるのは、やはり、昔からの恋人である光源氏だけだったでしょう。

ところが、その光源氏はというと、後日、六条御息所を見舞うものの、彼女が都を離れようとしていることに関して、こんなとんでもないことを言い出したのです。

「出来損《できそこな》いの私などの相手をするのが嫌《いや》になって、都をお出になるというのも、もっともなことですけれど、今のところは、私の不甲斐《ふがい》なさも大目に見て、末永く見守ってくださるというのが、愛情というものなのではないでしょうか」

（「数《かず》ならぬ身《み》を見《み》ま憂《う》く思《おぼ》し棄《す》てむも理《ことわり》なれど、今は、なほ言《い》ふ甲斐《かい》なきにても御覧《ごらん》じ果《は》てむや、浅《あさ》からぬにはあらん」『源氏物語』葵《あおい》）

光源氏は、自身の愛情の薄さが六条御息所を追い詰めたことも理解できずに、あたかも六条御息所の側に愛情がないかのような言いがかりをつけて、彼女を責めたのでした。

呪いの言葉を吐く光源氏

光源氏という男性にとって、最も真剣で最も危険な恋は、藤壺中宮《ふじつぼのちゅうぐう》に対するものでした。

光源氏の母親は、更衣《こうい》という格の低い妃でありながら、桐壺帝《きりつぼてい》の寵愛《ちょうあい》を一身に集めた桐壺更衣《きりつぼのこうい》ですが、彼女は、光源氏を産んで間もなく、若くして世を去ります。そして、その桐壺更衣に生き写しであるということで、桐壺更衣を忘れられない桐壺帝によって、新たに後宮《こうきゅう》に迎えられたのが、藤壺中宮でした。彼女は、光源氏には継母《ままはは》にあたることになります。

幼くして母親を亡くした光源氏は、自然と、亡き母親にそっくりであると言われる藤壺中宮を慕《した》うようになりますが、その思慕の情は、光源氏の生長にともなって、やがては恋慕へと変わっていきます。その恋慕は、継母に対する横恋慕《よこれんぼ》という、何とも危険な想いでした。

しかも、この危険な恋慕は、結んではいけない実を結んでしまいます。すなわち、藤壺中宮への想いを募らせた光源氏は、ついには、その寝所に侵入して、藤壺中宮と関係を持ってしまうのです。しかも、この光源氏の暴挙は、少なくとも二度にも及び、かつ、この密通《みっつう》は、藤壺中宮に光源氏の息子を産ませたのです。

こうして光源氏と藤壺中宮との間に生まれた男児は、桐壺帝と藤壺中宮との間に生まれた皇子として育てられ、やがては皇太子（東宮）となり、ついには「冷泉帝《れいぜいてい》」と呼ばれる天皇になりますが、このことは、光源氏と藤壺中宮とに、たいへんな秘密を背負わせました。

それでも、光源氏はというと、藤壺中宮への想いを諦めることはなく、さらに彼女の寝所へと侵入します。それは、桐壺帝が退位して桐壺院《きりつぼいん》となり、さらにはその桐壺院が崩《ほう》じた後のことでした。

しかし、藤壺中宮は、徹底して光源氏の恋慕を拒否します。母親となった彼女は、その息子の人生を守るべく、その出生の秘密を隠し通そうと、世間から光源氏との関係を疑われるようなことがないようにすることこそを、最も優先したのです。

すると、どうしても藤壺中宮への想いを断つことのできない光源氏は、こんな禍々《まがまが》しい言葉を口にします。

『光源氏がまだ生きている』と、中宮さまがお聞きになるのが、ひどく恥《は》ずかしいので、このまま死んでしまいたいところですが、そうして死んだなら、私の霊は、往生《おうじょう》できずに、あなたに付《つ》き纏《まと》うことでしょう」

（「『世の中にあり』と聞《き》こし召《め》されむも、いと恥《は》づかしければ、やがて失《う》せ侍《はべ》りなんも、またこの世《よ》ならぬ罪《つみ》となり侍《はべ》りぬべきこと」『源氏物語』賢木《さかき》）

これは、疑う余地もなく、呪《のろ》いの言葉です。恋に迷った光源氏は、あろうことか、その恋の相手に向かって、呪《のろ》いの言葉を吐《は》きかけたのでした。

年配の女性をいたわる光源氏

屁理屈《へりくつ》をこねたり、言いがかりをつけたり、呪《のろ》いの言葉を吐いたりと、ここまでの光源氏は、かなりのろくでなしです。こんな男性に魅力を感じるのは、ごく一部のかなり特殊な趣味を持つ女性だけでしょう。

しかし、現に千年もの長きに渡って数多《あまた》の女性たちを魅了してきた光源氏は、これだけの男性ではありません。彼は、恋愛感情を抱く女性たちを相手には、しばしばひどい言葉を投げつけていましたが、恋愛感情とは無関係な年配の女性を前にするときには、いつも優しい言葉を口にするのです。

「大弐《だいに》の乳母《めのと》」として登場するのは、光源氏の側近の惟光《これみつ》の実の母にして、かつて乳母《めのと》として光源氏の養育にあたっていた女性ですが、その大弐の乳母は、年老いて光源氏の乳母を引退した後、重い病気を患う身となり、ついには出家して尼《あま》になります。すると、光源氏は、何かと急がしい中、大弐の乳母が療養する五条大路《ごじょうおおじ》の近くの家にまでわざわざ足を運び、涙ながらに次のような言葉をかけたのでした。

「この数日、あなたがなかなか快方に向かわずにいらっしゃるのを心配しながら過ごしてきましたが、このように尼の姿でいらっしゃるのを拝見して、たいへん残念に思います。長生きして、私がもっと出世するのをお見届けください。その方《ほう》が、亡くなった後、極楽浄土《ごくらくじょうど》の中のより恵まれた場所に生まれ変わることも容易でいらっしゃいましょう。それに、亡くなるとき、こ

の世に少しでも心残りがあるのは、よくないことだと聞きますよ」

（「日来《ひごろ》、怠《おこた》り難《がた》くものせらるるを、安《やす》からず嘆《なげ》き渡《わた》りつるに、かく、世を離《はな》るるさまにものし給《たま》へば、いとあはれに口惜《くちお》しうなむ。命長くて、なほ位《くらい》高くなども見成《みな》し給《たま》へ。さてこそ、九品《ここのしな》の上《かみ》にも、障《さわ》りなく生まれ給はめ。この世に少し恨み残るは、悪《わろ》き態《わざ》となむ聞《き》く」〔『源氏物語』夕顔《ゆうがお》〕）

これは、光源氏の口から出た数多くの言葉の中でも、最も思いやりに満ちた優しい言葉なのではないでしょうか。光源氏は、こんな優しい言葉を口にすることもあるのです。

また、これに匹敵する光源氏の優しい言葉としては、やはり大弐の乳母を見舞った折のものか、葵の上が亡くなった直後にその母親の大宮《おおみや》にかけたものか、あるいは、明石《あかし》の君《きみ》の母親の明石《あかし》の尼《あま》君《ぎみ》をねぎらったものか、このくらいがあるばかりでしょう。そして、お気づきでしょうか、これらの優しい言葉が発せられたのは、例外なく、年配の女性を前にしたときなのです。光源氏は、彼の恋愛対象として妥当な年齢の女性たちには冷淡に振る舞うことがあっても、年配の女性たちには常に優しく接していたのです。

セリフで読む『源氏物語』

さて、以上、屁理屈であったり、言いがかりであったり、呪《のろ》いであったり、いたわりであったりと、光源氏が口にした印象深い言葉の幾つかを、ご覧いただいてきました。

では、なぜこんなことをしたのかといいますと、光源氏のセリフが、『源氏物語』の決定的に重要な要素だからです。

実のところ、『源氏物語』という作品の魅力は、光源氏をはじめとする登場人物たちのセリフにあります。

ここで物語論や文芸論に深入りするつもりはありません。が、ややそれっぽいことを言うならば、『源氏物語』という物語は、そこに登場する数多《あまた》の男女の一人一人の人柄《ひとがら》（人格）を丁寧に描くことによって話が進展する、言うなれば「人格劇」に他なりません。すなわち、登場人物たちそれぞれの人柄こそが、『源氏物語』という物語の展開を担っているわけです。

そして、登場人物たちの人柄（人格）を最も明確に表すものは何かというと、それは、やはり、彼ら・彼女らのそれぞれが口にするセリフなのではないでしょうか。『源氏物語』の登場人物たちの人柄は、それぞれのセリフによって、明瞭に表されているわけです。

とすれば、『源氏物語』の真の魅力を知ろうとするならば、登場人物たちのセリフに、その中でも特に主人公の光源氏のセリフにこそ、注目しなければならないはずでしょう。

ときに、昨今、作家さんたちや研究者たちが、さまざまに『源氏物語』のあらすじを紹介する本を世に送り出しています。そして、それらの多くが、それぞれに興味深いものとなっています。

しかし、これまでに刊行された「あらすじで読む源氏物語」といった類《たぐい》の本は、多くの場合、脇役たちのセリフはもちろん、光源氏のセリフに至るまで、登場人物たちのセリフというものを、大切に扱ってはいないのではないでしょうか。それらの本の多くは、物語の展開を追うことばかりを重視して、一つ一つのセリフに眼を向けてはいないのです。

そして、当然のことながら、そうした「あらすじで読む源氏物語」の類の本からでは、人格劇である『源氏物語』の真の魅力を知ることはできないでしょう。

そこで、この本では、『源氏物語』序盤の重要な巻である若紫《わかむらさき》巻と葵《あおい》巻とを、登場人物たちの興味深いセリフに注目しながら、特に主人公である光源氏の女性たちに対するセリフに注目しながら、じっくりと読み進めていきたいと思います。

懲りない光源氏　◎目次

◉装丁・本文デザイン＝井川祥子
◉装画＝唐木みゆ

一、若紫との出会いをめぐるセリフ

01章 童女に言い寄る光源氏

若紫巻

「私に抱っこされてお眠りなさいな」

❖——「抱っこしてあげるから、僕に抱っこされて寝なよ」

もの心がつく前に母親を亡くしていて、父親とも一緒に暮らしていない、孤児《みなしご》も同然の九歳の女の子がいました。ある晩、その女の子がそろそろ眠ろうとしたところに、立派な身なりをした十七歳の若者が訪れます。そして、その裕福そうな若者は、言葉を交わすのも初めてであったにもかかわらず、女の子に向かって、こんなことを言ったのでした。

「そんなに眠いなら、抱《だ》っこしてあげるから、僕に抱っこされて寝なよ」

どうです、これが現代の日本で起きたことだとしたら、何やら問題を感じる出来事ではありませんか。男子高校生が、親しい間柄でもない女子小学生に、「抱っこしてあげるから、僕に抱っこされて寝なよ」と誘うなど、どうかすると、事件の予感さえしそうなものです。

しかし、『源氏物語』の若紫《わかむらさき》巻の後半には、はっきりとこんな場面が描かれているのです。もうおわかりかと思いますが、「孤児も同然の九歳の女の子」というのは、若紫《わかむらさき》のことで、「立派な身なりをした十七歳の若者」というのは、光源氏《ひかるげんじ》のことです。彼らこそが、物語の女主人公《ヒロイン》と主人公《ヒーロー》ということになります。

なお、こう説明しますと、「おや、二人の年齢がおかしい」とおっしゃる方もいらっしゃるかもしれません。というのも、一般的な理解では、若紫巻での光源氏の年齢は十八歳、若紫の年齢は十歳とされているからです。

そして、私も、この「一般的な理解」に逆らうつもりはありません。

ただ、その「一般的な理解」での光源氏の十八歳と若紫の十歳とというのは、いわゆる「数《かぞ》え年《どし》」の年齢なのです。数え年では、全ての人が、「おぎゃー」と生まれた瞬間に早くも一歳になり、正月を迎えると二歳になります。極端な例ですと、大晦日《おおみそか》に生まれた子供は、生まれた翌日には二歳になるのです。もちろん、これは、最も極端な例ですが、概ねのところ、数え年の年齢は、われわれ現代人の使う満年齢に比べて、一つ多くなります。

【若紫・光源氏を中心とする人間関係図①】

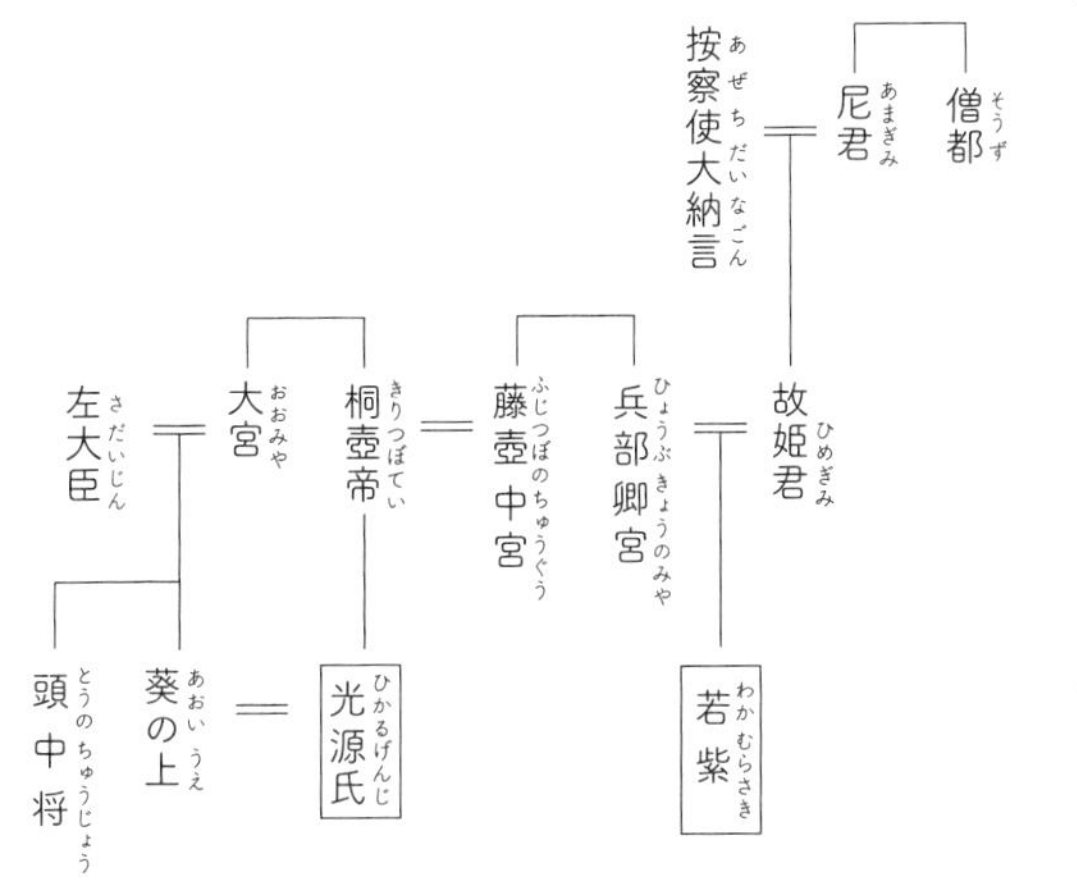

ですから、数え年で十八歳の光源氏は、現代の日本においてでしたら、十七歳になりますし、数え年で十歳の若紫も、同じく九歳になるわけです。冒頭で掲げた二人の年齢は、あくまでも現代の日本で使われる満年齢に換算したものということになります。冒頭では、まずは、「そんなに眠いなら、僕が抱っこしてあげるから、僕に抱っこされて寝なよ」というセリフが、現代の日本であれば、どれほど違和感のあるものであるかを、ご承知いただきたかったのです。

とはいえ、やはり、何かとややこしいですから、これ以降、『源氏物語』の登場人物たちの年齢は、基本的に、王朝時代の常識に倣《なら》って、全て数え年で示すこととしましょう。

❖――「私に抱っこされてお眠りなさいな」

　さて、少し話が逸《そ》れましたが、ここで「そんなに眠いなら、抱っこしてあげるから、僕に抱っこされて寝なよ」というセリフの話に戻るとしまして、このセリフは、誤解のないよう、より原文に忠実な現代語訳を示しますと、こんな感じになります。

「今になって、どうして隠れるのです。そんなに眠いのでしたら、抱っこしてあげますから、私に抱っこされてお眠りなさいな。もう少し近くにいらっしゃい」

（「今更《いまさら》に、など忍《しの》び給《たま》ふらむ。この膝《ひざ》の上に大殿籠《おおとのごも》れよ。今少し寄《よ》り給《たま》へ」〔若紫〕）

　実は、右に明らかなように、私が「私に抱っこされてお眠りなさいな」と訳した部分は、原文では「この膝の上に大殿籠れよ」となっています。

　ここに登場する「大殿籠る」という言葉は、「眠る」の敬語表現の古語です。したがって、「大殿籠れよ」の適切な現代語訳は、「お眠りなさいな」となりましょう。ここには、特に問題はないのです。

　問題は、その直前の私が「私に抱っこされて」と訳した部分です。ここは、一見、原文の「この膝の上に」とずいぶんとかけ離れているように感じられるのではないでしょうか。

　しかし、王朝時代というのは、貴族か庶民かを問わず、男性も、女性も、胡坐《あぐら》をかいて座るのが当たり前の時代でした。一条《いちじょう》天皇の中宮《ちゅうぐう》や皇后《こうごう》となった定子《さだこ》さんや彰子《あきこ》さんも、座るときには、いつも胡坐だったのです。ですから、王朝時代には、誰かの膝の上で眠るとすると、胡坐をかいて座る相手の膝の上に後ろ向きに座って、後ろから抱かれて眠ったはずなのです。とすると、「この膝の上に」の現代語訳としては、やはり、「私に抱っこされて」がふさわしいことになりましょう。

なお、現代語訳の中の「そんなに眠いのでしたら、抱っこしてあげますから」の部分は、これに該当する部分が原文にあるわけではありませんが、原文の文脈から、私の判断で補いました。『源氏物語』に限らず、古文には舌足《したた》らずな傾向がありますので、こうして言葉を補わないと文意の通じる現代語訳にならないということも、少なからずあるのです。

ともかく、光源氏は、十八歳のとき、それまでに面識があったわけでもない十歳の童女を相手に、「今になって、どうして隠れるのです。そんなに眠いのでしたら、抱っこしてあげますから、私に抱っこされてお眠りなさいな。もう少し近くにいらっしゃい」と声をかけたのでした。しかも、そのとき、相手の童女はというと、人見知りをして、どうにかして身を隠そうとしていたのです。だからこそ、光源氏は、「今になって、どうして隠れるのです」とも言ったのでした。

◉──若紫の境遇

　若紫という女の子は、ご存じのように、『源氏物語』若紫巻の女主人公《ヒロイン》です。そして、彼女は、本来、やんごとない生まれの姫君でした。というのも、彼女の父親は、「兵部卿宮《ひょうぶきょうのみや》」の呼び名で知られる皇子《おうじ》でしたし、また、彼女の母親も、大納言家《だいなごんけ》の姫君だったからです。若紫は、その母親の身分にも何の問題もない、堂々たる皇孫女だったのです。

　ところが、この皇孫女は、もの心もつかないうちに母親を亡くしてしまいます。しかも、彼女は、父親の庇護《ひご》を得ることができませんでした。というのも、若紫の母親は、若紫の父親の兵部卿宮にとって、正妻（北の方《きたのかた》）ではなかったからです。兵部卿宮は、その正妻に気がねして、若紫の母親が他界した後も、若紫の面倒を見ることができなかったのでした。

　そんな気の毒な若紫を養育したのは、彼女の母方の祖母でした。といっても、この祖母も、かつて大納言であった夫を亡くして寡婦《やもめ》となっていましたから、若紫が育った環境は、皇孫女のそれにふさわしい、華やかで煌《きら》びやかなものではなかったようです。それでも、若紫は、十歳になるまで、母方の祖母を頼りに、すくすくと育っていきます。

　しかし、不幸な若紫は、ようやく十歳になった年の秋、ついに、唯一の庇護者であった祖母をも亡くしてしまいます。このときの若紫は、母親が亡くなったときとは違い、既にもの心のついた身でしたから、母親代わりであった祖母の死を、ひどく悲しんだものでした。そして、光源氏が若紫のもとを訪れて件《くだん》のセリフを口にしたのは、まさに、そんな折のことだったのです。

その夜、若紫は、彼女の遊び相手を務める子供たちが「立派な身なりの人がいらっしゃった。兵部卿宮さまがいらっしゃったみたいだ」と騒いでいるのを耳にして、懐かしい父親が訪ねてきたことをよろこびます。ここで私が「立派な身なりの人」と訳した部分は、原文では「直衣着《なおし》たる人」となっているのですが、「直衣」というのは、当時、皇族や上級貴族の男性たちの普段着として位置付けられていた衣裳《いしょう》であり、直衣姿というのは、まさに「立派な身なり」なのです。そして、そんな直衣姿で訪れる男性として、若紫やその遊び相手の子供たちが思い付くのは、ほとんど若紫の父親の兵部卿宮に限られていました。

ゆえに、若紫は、「ねえ、少納言《しょうなごん》、立派な身なりの人は、どこ？　父上がいらっしゃったの？」と言いながら、客人の前に出て行きます。ここで若紫が「少納言」と呼びかけた相手は、若紫の乳母《めのと》を務める女性ですが、このときの若紫の振る舞いは、その乳母の少納言にしてみれば、不作法な困ったものでした。しかし、若紫にしてみれば、祖母を亡くした今、それほどまでに父親が恋しかったのです。

❖──「あなたは、私のこともまた、他人のように扱ってはいけないのですよ」

このとき、少納言はというと、家の主《あるじ》に代わって、訪問者である光源氏を応接していました。といっても、光源氏と少納言とは、簾《す》を挟んで対面しています。この時代、貴族女性が男性の来客の応接をするにあたって簾を間に挟むというのは、ごくごく当たり前のことでした。ですから、光源氏には、少納言の顔を見ることはできませんでしたし、その少納言のもとに寄ってきた若紫の姿を見ることもできませんでした。

しかし、簾の向こうにいる光源氏にも、先ほどの「ねえ、少納言、立派な身なりの人は、どこ？父上がいらっしゃったの？」という声は届きます。ですから、その場に若紫が現れたことは、光源氏にも伝わりました。

そして、光源氏は、「父上がいらっしゃったの？」という問いかけに答えるように、若紫に話しかけます。

「お父上の兵部卿宮《ひょうぶきょうのみや》さまではありませんけれど、あなたは、私のこともまた、他人のように扱ってはいけないのですよ。さあ、こちらにいらっしゃい」

（「宮にはあらねど、また思《おぼ》し放《はな》つべうもあらず。こち」〔若紫〕）

もちろん、光源氏としては、若紫を自分に懐《なつ》かせようと思って、右のように言葉をかけたわけですが、大方の現代人がそう感じるであろうように、若紫は、これに不気味さを感じます。それまで口をきいたこともない明らかに年上の異性から、急に「あなたは、私のこともまた、他人のように扱ってはいけないのですよ」などと言われれば、安心するより怖くなるというのは、時代を問わず、普遍的な反応なのでしょう。

若紫は、来訪者が父親ではないとわかったうえに、その来訪者から不意にかけられた言葉が気味の悪いものであったため、すっと乳母の少納言に身を寄せて、「ねえ、向こうに行こう。眠たいのよ」と言います。彼女は、一刻も早く、その場を去りたかったのです。

ところが、光源氏はというと、あろうことか、この気まずい流れの中で、あのセリフを口にします。

「今になって、どうして隠れるのです。そんなに眠いのでしたら、抱っこしてあげますから、私に抱っこされてお眠りなさいな。もう少し近くにいらっしゃい」

（「今更に、など忍び給ふらむ。この膝の上に大殿籠れよ。今少し寄り給へ」〈若紫〉）

こうして、わずか十歳の女の子が、しかも、母親を亡くしたうえに母親代わりの祖母をも亡くした女の子が、久しぶりに父親に会えると思った期待を裏切られたうえに、ほとんど知らない男性に、次々と薄気味の悪い言葉をかけられていく、そんな夜がはじまったのでした。

❖——「これからは、私こそが、あなたを大切にする人なのです」

この夜の光源氏は、かなり危《あや》うい感じでした。ここまでの発言を見ただけでも、かなりの危《あぶ》なさを感じますが、この晩の彼の暴走は、まだはじまったばかりです。

乳母の少納言のもとに寄ってきた若紫は、すなわち、簾を挟んで光源氏の眼の前に出てきたことになるわけですが、すると、不意に、簾の下から伸びてきた手が、若紫の身体《からだ》のあちこちを撫《な》で回《まわ》しはじめます。それは、まさに突然のことでした。

言うまでもなく、その若紫を撫で回す手というのは、光源氏のものです。彼は、すぐ簾の向こうに若紫が寄ってくると、彼女に触れたいという欲求を抑えきれず、思わず簾の下から手を差し入れてしまったのでした。そして、この光源氏の手は、簾の向こうの童女が実に豊かな髪の毛の持ち主であることを確認したりします。

さらに、簾の向こうから伸びてきた光源氏の手は、若紫の手を把《つか》みますが、これには、それまで黙って触られるままになっていた若紫も、さすがに不快感と恐怖感とを露《あら》わにします。彼女は、「『もう寝る』って言ってるのに」と言って、その場から逃げようとしたのでした。これは、実に当たり前の反応でしょう。

ところが、若紫の手を把んでいた光源氏は、把んだ手が引っ込められるのに合わせて、自らの手だけではなく、その全身を、簾の向こうに滑《すべ》り入《い》らせたのです。彼は、入り込んではいけないはずの簾の向こう側に入り込むという、まさに「狼藉《ろうぜき》」と呼ぶにふさわしい行為に及んだことになります。この時代においては、男性が家族でも恋人でもない女性のいる簾の向こう側に入り込むなど、狼藉以外の何ものでもありません。

ただ、王朝時代には、皇子のようなやんごとない生まれの男性は、しばしば、「自分はそれをやっても許される」という勝手な確信を持って、そうした狼藉に及ぶことがあったようです。例えば、敦道《あつみち》親王というと、和泉式部《いずみしきぶ》と恋仲になったがゆえに正妻に離縁されたことで知られる皇子ですが、『和泉式部日記《いずみしきぶにっき》』によると、この皇子は、和泉式部を口説くにあたって、彼女の自宅に押しかけると、するっと彼女のいる簾の向こう側に入り込んだのでした。

そして、簾の内側に入り込んだ光源氏は、おそらくは把んだ手を放さないままで、怯《おび》える若紫に、こんな言葉をかけたのです。

「これからは、私こそが、あなたを大切にする人なのです。そう嫌わないでください」

（「今は、まろぞ、思《おも》ふべき人。な疎《うと》み給《たま》ひそ」〔若紫〕）

これは、現代の日本であれば、すぐにも通報されるような振る舞いです。しかし、光源氏のような王朝時代の皇子には、こんなことさえもが、暗黙裡《あんもくり》に許されていたわけです。

❖──「私の真心のあり方を、見届けてください」

このとき、若紫のすぐ側《そば》にいたはずの乳母の少納言は、どうしていたのでしょうか。

実のところ、彼女は、積極的には光源氏の狼藉を止めようとはしませんでした。彼女は、「まあ、困ります。無茶なことです。幼い姫さまには、何をおっしゃっても、どうにもなりませんのに」と言って、ただただ困惑しきった顔をするばかりだったのです。

身分というものがあった王朝時代には、乳母であれ、女房《にょうぼう》であれ、人に仕える身であるような女性たちには、皇子ほどに高貴な男性の行動を押し留めるなど、全く考えられないことでした。この場面では、若紫の近くには、乳母の少納言の他、幾人かの女房たちもいたはずですが、彼女たちにしても、ただただ傍観していたことでしょう。

ですから、もしかすると、少納言にしてみれば、光源氏に向かって右の言葉を発しただけでも、彼女なりに積極的に光源氏を制止していたのかもしれません。

一方の光源氏は、怯える若紫をなだめるつもりだったのでしょう、さらには、困り果てている少納言を落ち着かせるためだったのでしょう、こんなことを言い出します。

「私が姫君を大切にするとは言いましたものの、その姫君は、これほどまでに幼くていらっしゃ

いますので、どうしたものでしょう。それでも、ともかく、これまで誰も見たことがないほどに誠実な私の真心のあり方を、見届けてください」

（「さりとも、かかる御《おん》ほどをいかがはあらん。なほ、ただ、世に知らぬ志《こころざし》のほどを見果《みは》て給《たま》へ」〈若紫〉）

ここでは、原文に「世に知らぬ志のほど」とある部分を、「これまで誰も見たことがないほどに誠実な私の真心のあり方」と訳したのですが、ここに光源氏の言う「志のほど（「私の真心のあり方」）」とは、要するに、若紫への愛情のことです。したがって、彼は、ここで若紫に愛を囁《ささや》いていることになります。そして、もっとはっきり言ってしまえば、今、光源氏は、若紫に求婚しているのです。

実は、既に見た「これからは、私こそが、あなたを大切にする人なのです」というセリフにしても、光源氏にしてみれば、「私があなたの夫《おっと》になるのです」くらいのつもりで言っていたのでした。彼は、先ほどから一貫して若紫に求婚し続けていたのです。また、そもそも、この晩の来訪の理由も、若紫への求婚にあったのでした。

とはいえ、十歳の童女への求婚です。少納言が困惑したのは、もしかすると、簾の内側に入り込む狼藉に対してというより、童女への求婚に対してだったのかもしれません。もちろん、幼い若紫は、自身が求婚の対象になっていることなど、全く理解していません。

❖――「この私が、姫君の護衛役を務めましょう」

ところで、そうこうしているうちに、屋外では、嵐が吹き荒れはじめます。これは、十月の場面です。王朝時代の暦《こよみ》では、十月は初冬にあたりますから、この夜の嵐は、冬の嵐ということになりましょうか。そして、冬の嵐らしく、霰《あられ》が激しく降りはじめました。原文では、「霰《あられ》、降《ふ》り荒《あ》れて、すごき夜《よる》のさまなり」と描写されています。

すると、光源氏は、眼に涙を浮かべながら、こう言うのです。

「どうして、この幼い姫君が、こうも人が少なくて心細いところで、こんな嵐の夜をお過ごしになれるものですか」

（「いかで、かう人少《ひとすく》なに心細《こころぼそ》うて、過《す》ぐし給《たま》ふらむ」〈若紫〉）

何も光源氏が泣き出さなくてもよさそうなものですが、彼としては、若紫が気の毒で気の毒で、ついつい涙がこぼれてしまったのでしょう。光源氏に限らず、『源氏物語』に登場する男性たちは、実によく泣きます。喜怒哀楽、どんな感情であれ、少し感情が昂《たかぶ》ると、多くの人目があってさえも、すぐに泣き出すのです。

おそらく、これは、王朝時代当時の現実の貴族男性たちがよく泣いたことの反映なのでしょう。

例えば、あの藤原道長《ふじわらのみちなが》なども、悲しくては泣き、うれしくても泣きと、本当によく泣いたようなのです。彼と同じ時代を生きた藤原実資《さねすけ》という貴族男性の日記である『小右記《しょうゆうき》』を紐解《ひもと》きますと、道長は、しばしば、大勢の人々がいる宴会の最中であっても、さまざまな事情で涙を見せています。当時、女性にとっても、男性にとっても、泣くという行為は、けっして恥ずべきものではなく、むしろ、人間らしさを証明するものだったのでしょう。

そして、悪天候の夜に若紫を見棄ててはおけなかった光源氏は、あたかもその家の主人ででもあるかのような顔で、若紫に仕える女房たちに、こう言い放ちます。

「戸締りをなさい。何だか恐ろしい様子の夜なので、この私が、姫君の護衛役を務めましょう。女房たち、もっと姫君の近くに集まりなさい」

（「御格子《みこうし》参《まい》りね。もの恐ろしき夜のさまなめるを、宿直人《とのいびと》にて侍《はべ》らむ。人々《ひとびと》、近《ちこ》う候《さぶら》はれよかし」〈若紫〉）

やや厚かましかったりおせっかいだったりするようにも見えますが、右の指示を出しただけなら、この場面の光源氏は、頼りになる親切な人かもしれません。が、この後、彼は、原文の言葉で「馴《な》れ顔《がお》に御帳《みちょう》の内《うち》に入《い》り給《たま》」うという挙に出ます。すなわち、光源氏は、さも当たり前のような顔（「馴れ顔」）をして、若紫とともに、若紫のベッド（「御帳」）に入ってしまったのです。

❖——「ねえ、私の家にいらっしゃいな」

『源氏物語』にもしばしば登場しますが、王朝時代の皇族たちや上級貴族たちは、夜、「帳台《ちょうだい》」と呼ばれる一種のベッド（寝台）で眠るものでした。この王朝時代のベッドが「帳台」と呼ばれたのは、その四囲にカーテン（帳《とばり》）が付いていたためです。また、『源氏物語』や『枕草子』のような文学作品の中では、やんごとない人物の使う帳台は、特に「御帳《みちょう》」と呼ばれていたりもします。

そして、皇孫女である若紫もまた、普段から帳台で寝ていたのですが、その若紫の帳台に、ある冬の嵐の夜のこと、若紫だけではなく、光源氏までもが入り込んだのでした。光源氏は、「姫君の護衛役を務めましょう」（「宿直人《とのいびと》にて侍《はべ》らむ」）と言って、こんなことをしたものの、王朝時代の常識でも、「護衛役」（「宿直人」）が護衛対象のベッドに入り込むのが当たり前などということはありません。光源氏のこの振る舞いは、常識を大きく逸脱した暴挙でしかありません。

もちろん、この暴挙は、若紫の乳母の少納言や他の女房たちをひどく慌てさせます。しかし、皇子である光源氏が相手では、一介の乳母や女房などに、何ができるわけでもありません。彼女たちは、若紫の身を案じつつも、ただただうろたえるばかりでした。

ここで乳母の少納言や女房たちが若紫の心配をしなければならなかったのは、男女がともに帳台に入るということが、普通は、その男女が男女の関係になることを意味したからです。わずか十歳の童女がいきなり男女の関係を求められているとなれば、それを周囲の大人が心配するのは、実に当たり前のことでしょう。

ただ、本当に幸いなことに、ここまで狼藉に次ぐ狼藉を重ねてきた光源氏も、さすがに、童女に男女の関係を強いるほどの、全く許されない狼藉に及ぶことはなかったようです。このとき、彼が帳台の中でしていたのは、まず一つは、若紫が恐怖のあまり鳥肌を立てて震えている様子を「かわいいなあ」と思いながら愛《め》でることで、もう一つは、優しく次のように語りかけることでした。

「ねえ、私の家にいらっしゃいな。うちは、おもしろい絵がたくさんありますし、人形遊びだってできるのですよ」

（「いざ、給《たま》へよ。をかしき絵など多く、雛遊《ひいなあそ》びなどするところに」〈若紫〉）

こんな状況で絵だの人形だので誘われて懐《なつ》く子供がいるとしたら、その子供には再教育が必要かと思われますが、若紫はといえば、この夜、気味の悪さに一睡もできなかったようです。光源氏の振る舞いは、やはり、子供を怯えさせる狼藉でしかなかったのです。

❖――「姫君を深く愛することでは、姫君の父上に勝っているはずです」

やがて夜が明けはじめる頃、光源氏は、若紫の家を後にします。王朝時代の男女交際の常識として、夜に女性の家を訪れた男性は、すっかり夜が明ける前に女性のもとを去るものだったのです。光源氏としては、枕をともにしたという既成事実も確かにありますし、早くも若紫の恋人のつもりだったのかもしれません。

そして、光源氏は、去《さ》り際《ぎわ》、若紫の乳母の少納言に向かって、こんなことを言います。

「実に幼いご様子の姫君ですから、これからは、私は、今まで以上に、少しの間でも姫君の心配をしないではいられないことでしょう。ですから、私の自宅（私が朝晩にもの思いに耽《ふけ》るところ）に、姫君をお迎えしようと思うのです。この姫君を、このままにしておくというのは、どうでしょう（よいはずがありません）。姫君は、昨夜も、私のことを怖がってはいらっしゃらなかったのですよ」

（「いとあはれに見奉《みたてまつ》る御《おん》ありさまを、今は、況《ま》して片時《かたとき》の間《ま》も覚束《おぼつか》なかるべし。明け暮れ眺《なが》め侍《はべ》るところに渡《わた》し奉《たてまつ》らむ。かくてのみは、いかが。もの怖《お》ぢし給《たま》はざりけり」〔若紫〕）

当の若紫の気持ちも知らずに、勝手に相手が自分に懐きつつあると思い込む、この光源氏の自信たるや、何とも見上げたものです。そして、この自信満々の貴公子は、若紫を自分の邸宅に住まわせるつもりでいるのでした。

ところが、乳母の少納言が、これに水を差します。彼女が言うには、あの兵部卿宮が、今まで放置していた娘を、ようやくにして引き取る気になったようなのです。兵部卿宮というのは、若紫の実の父親です。とすれば、本来、赤の他人である光源氏には、若紫の養育に関して、口を出す余地などありません。

ただ、若紫に固執する光源氏は、こんなことを言い出します。

「実の親子というのは、本来、頼りになる関係かもしれませんが、長く別々に暮らしていらしたのですから、父君の兵部卿宮さまも、姫君にしてみれば、私と同じく、よそよそしい相手に感じられるに違いありません。私は、これから姫君をお世話しようという身ですけれど、姫君を深く愛することでは、姫君の父上に勝っているはずです」

（「頼《たの》もしき筋《すじ》ながらも、他処他処《よそよそ》にて慣《な》らひ給《たま》へるは、同じうこそ疎《うと》う思《おぼ》え給《たま》はめ。今より見奉《みたてまつ》れど、浅《あさ》からぬ志《こころざし》は勝《まさ》りぬべくなむ」〔若紫〕）

そして、光源氏は、若紫の髪を撫でてから、幾度も幾度も後ろを振り返り振り返りしつつ、名残惜しそうに帰って行ったのでした。

❖――「これが本当の恋愛であったなら」

この嵐の夜の出来事から、光源氏の若紫への気持ちがけっして浅いものではないことは、よくかります。とはいえ、彼の若紫へのこだわりようには、かえって不安を感じずにはいられません。

また、光源氏は、明け方に若紫の家を出た直後、早速という感じで、「姫君を深く愛することでは、姫君の父上に勝っているはずです」という言葉を疑わせるような行動を取ります。

まず、光源氏は、濃い霧の中を帰る道すがら、こんなことを考えるのです。

「これが本当の恋愛であったなら、こうした霧の中の朝帰りも趣《おもむき》があろうに、童女が相手で何もできないのでは、興醒《きょうざ》めなことだ」

この部分、原文は「真《まこと》の懸想《けそう》もをかしかりぬべきに、さうざうしう思《おも》ひ御《おわ》す」となっていて、右にセリフのように紹介した言葉も、けっして光源氏が口に出したものではありません。が、ここに光源氏の心情が示されていることは確かです。そして、ここに見る限り、光源氏は、自身の若紫への気持ちを、「真の懸想（本当の恋愛）」だとは思っていないようなのです。

さらに、昨夜の若紫との逢瀬《おうせ》（？）にもの足りなさを感じる光源氏は、ちょうど、恋人の一人の家の前を通りかかると、その恋人に会おうとします。

その恋人のことは、原文の言葉で「いと忍《しの》びて通《かよ》ひ給《たま》ふところ」と書かれるばかりで、これ以前に登場している女性の誰かであるとも、これ以降に登場する女性の誰かであるとも、全くわかりません。ただ、「いと忍びて通ひ給ふ」というくらいですから、光源氏は、この女性との交際を、よほど世間に知られたくなかったのでしょう。

いずれにせよ、先ほども触れたように、男性は空が明るくなる前に女性のもとを離れるというのが、王朝時代の恋愛の常識でしたから、この謎の女性は、光源氏にとって、さほど大事な恋人ではなかったのかもしれません。もう空が明るくなりはじめる時分に訪れるなどというのは、相手の女性を蔑《ないがし》ろにしている証拠です。

そして、この光源氏によるバカにしたような扱いに、当の女性も腹を立てたのでしょう、光源氏は、従者に女性の家の門を叩《たた》かせたものの、門を開けてもらえなかったのです。光源氏という男性には、「自分は何をしても許される」と思い込んでいる節があるのですが、女性たちは、必ずしも「何をされても許してやろう」とは思っていなかったのでしょう。

なお、当時、「後朝《きぬぎぬ》の文《ふみ》」と呼ばれていたのは、逢瀬の翌朝に男性から女性へと可能な限り早急に届けられた恋文ですが、これが光源氏から若紫へと送られたのは、とうに昼を過ぎてからのことでした。一般に、後朝の文が遅いのは、愛情が浅い証拠とされたのですが。

02章
童女を見初める光源氏
若紫巻

「愛を捧げるあの方に、たいへんよく似ているから、この少女から眼を離すことができない」

◉──のぞき見をする光源氏

光源氏《ひかるげんじ》の若紫《わかむらさき》への執着の発端は、ふとした「のぞき見」でした。

なお、「のぞき見」という言葉は聞こえが悪いからか、作家さんたちも、研究者たちも、この場面の話をするときには、決まって、「のぞき見」という言葉を使わずに、「垣間見《かいまみ》」という言葉を使いたがります。そのため、光源氏が若紫を見初《みそ》める場面は、その現場となった場所にちなんで「北《きた》山《やま》の垣間見」と呼ばれていたりもします。

とはいえ、どんなに言い繕ったところで、「のぞき見」は「のぞき見」です。しかも、いわゆる「北山の垣間見」（光源氏が若紫の姿をのぞき見する場面）の原文には、はっきりと「（光源氏が）のぞき給《たま》へば」という表現が見えるのです。「のぞき給へば」の現代語訳は、「のぞいてご覧になったところ」とか、「おのぞきになったところ」とか、そんな感じにしかなりません。やはり、「のぞき見」は「のぞき見」なのです。

さて、問題の光源氏の「のぞき見」ですが、その現場は、平安京の北の郊外に広がる北山と呼ばれる山地の一角でした。より具体的な地名については、鞍馬山《くらまやま》とも岩蔵山《いわくらやま》とも推測されていますものの、結局のところ、よくわかりません。また、これは、必ずしもはっきりさせなくてもいいことなのではないでしょうか。

ともかく、光源氏が病気治療という目的で北山に向かったのは、そこに、「聖《ひじり》」と呼ばれるような徳の高い僧侶が、修行のために籠《こも》っていたためでした。このとき、光源氏は、「瘧病《わらわやみ》」と呼ばれる病気を患っており、これがなかなか治らなかったため、ついに北山の聖を頼ることにしたのです。それは、光源氏が十八歳になった年の三月の末のことでした。

光源氏は、北山の奥に分け入り、頼みとする聖を探し当てると、早速、聖に病気を治すための加持《かじ》を依頼します。修行のために山奥に籠る聖も、やんごとない身の光源氏の来訪に恐縮して、加持をするだけではなく、護符《ごふ》を作ったりと、可能な限りの手を尽くしてくれます。

そうして少し気分のよくなった光源氏は、周囲の景色を見るうち、聖の籠る岩屋を少し下ったところに幾らか洒落た造りの僧房《そうぼう》があることに気づきました。さらに、彼は、その僧房には、なぜか幾人かの女性たちや子供たちまでもが暮らしているらしいことをも知ります。

するど、その夕方、光源氏は、徒然を紛らすためもあり、腹心の惟光《これみつ》を連れて、件《くだん》の僧房に向かうのです。そして、彼は、目的の僧房の西側の小柴垣《こしばがき》の側《そば》まで行ったところで、原文の表現で、「惟光朝臣《これみつのあそん》とのぞき給《たま》へば」という挙に出たのでした。

彼がやったことは、紛れもない「のぞき見」であり、しかも、その動機はといえば、そこに女性たちがいたことにあったのです。

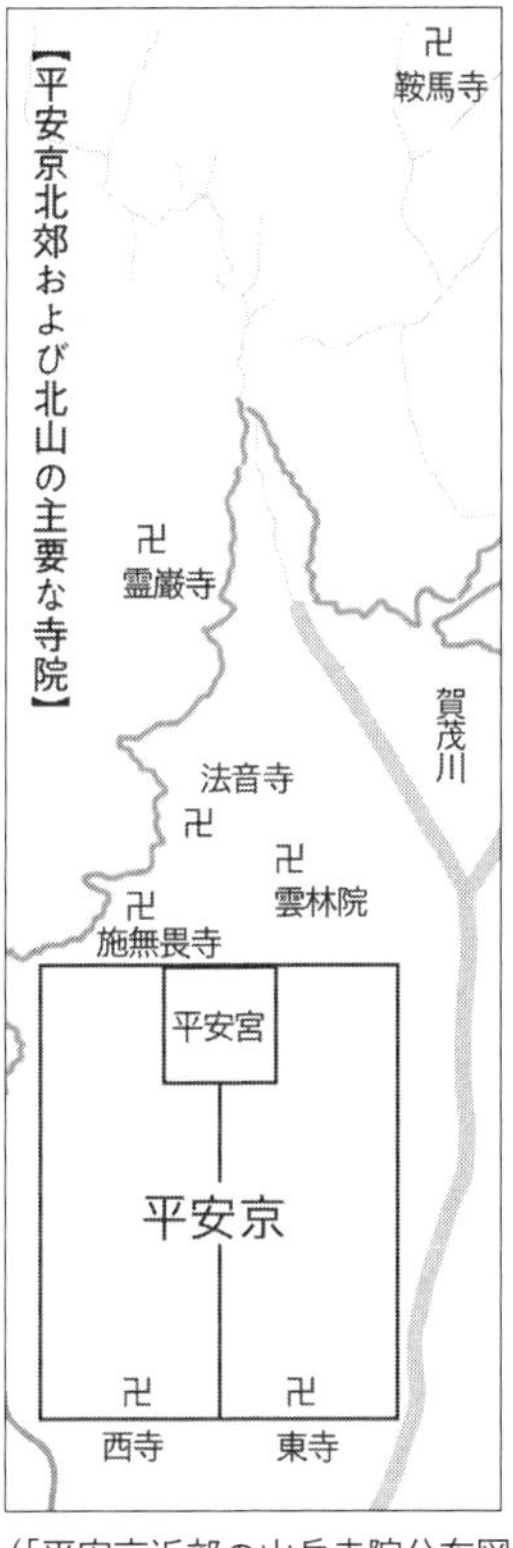

(「平安京近郊の山岳寺院分布図」『平安京提要』をもとに作成)

❖――「愛を捧げるあの方に、たいへんよく似ているから、この少女から眼を離すことができない」

いわゆる「北山の垣間見」については、ご存じの方も多いことでしょう。

光源氏が小柴垣の間から例の僧房の西側の様子をのぞいていると、初めは年配の尼《あま》やその尼に仕《つか》える女房《にょうぼう》と思しき女性たちがいただけでしたが、やがて、そこに十歳ほどの女の子が現れます。この女の子は、飼っていた雀が逃げてしまったとかで、顔を赤くして泣いていましたものの、たいへんな美少女でした。

その女の子は、顔つきがかわいらしく、眉毛が初々《ういうい》しく、さらには、額や髪の生え際《はえぎわ》がたいへんかわいらしかったのです。光源氏は、この女の子から眼が離せません。そして、彼は、口に出しこそしなかったようですが、心の中では、その思いを、こんな言葉にします。

「成長した姿を見てみたくなる女性だな」

（「伸《ね》びゆかむさまゆかしき人《ひと》かな」〔若紫〕）

言うまでもなく、こうして登場した少女こそが、若紫巻の女主人公《ヒロイン》であって、『源氏物語』全体の最も主要な女君《おんなぎみ》ともなる、若紫です。

とすると、若紫は、登場した瞬間から、光源氏を魅了していたことになります。この場面において、光源氏は、彼女が登場した瞬間から、ほとんど彼女しか見ていません。

しかし、ここで光源氏の眼を釘付けにしたものは、若紫自身の魅力ではなかったようです。そして、そのことに気づいたのは、他の誰でもなく、光源氏自身でした。これも、口から出た言葉ではなかったようですが、光源氏は、このとき、少なくとも心の中では、こんな言葉を紡《つむ》いだのです。

「私が限りなく愛を捧《ささ》げるあの方《かた》に、たいへんよく似ているから、この少女から眼を離すことができないのだなぁ」

（「限《かぎ》りなう心を尽くし聞こゆる人に、いとよう似奉《にたてまつ》れるが、目守《まも》らるるなりけり」〔若紫〕）

光源氏が若紫を見初めたのは、彼女自身がかわいかったからではなく、彼女が光源氏の一番の想《おも》い人《びと》によく似ていたためでした。光源氏としては、不意に最愛の女性にそっくりな少女を眼にしたがゆえに、その少女を見つめずにはいられなかったのです。ですから、光源氏という男性は、けっして、しばしば言われるような少女愛好者ではありません。

そして、ここに光源氏の言う「私が限りなく愛を捧げるあの方」というのは、この時点での光源氏にとっての最愛の女性であり、光源氏が絶対に恋愛感情を抱いてはいけない女性でした。そう、それは、光源氏の父親の妃《きさき》であって、光源氏には継母《ままはは》にあたる、藤壺中宮《ふじつぼのちゅうぐう》だったのです。

❖──「あの色好みの者どもは、こうしてうろつき回ってばかりいて」

愛する藤壺中宮に生き写しの少女を見つけた光源氏は、こんなことを思ったりもします。

「興味をそそられる女性を見つけたものだ。こういうことがあるから、あの色好《いろごの》みの者どもは、こうしてうろつき回ってばかりいて、それで、上手い具合に、意外な魅力ある女性を見つけ出すのだな。私など、たまたま少し足を運んだだけで、こうも思いもしなかったことに遭遇したものだよ」

（「あはれなる人を見つるかな。かかれば、この好き者どもは、かかる歩《あり》きをのみして、よくさるまじき人をも見つくるなりけり。偶《たまさ》かに立《た》ち出《い》づるだに、かく思ひの外《ほか》なることを見るよ」〈若紫〉）

ときに、光源氏といえば、王朝時代の言葉で言う、「色好《いろごの》み」の男性として知られています。そして、辞書によっては、「色好み」という言葉の意味を、「好色漢《こうしょくかん》」「猟色家《りょうしょくか》」「女好《おんなず》き」といった現代語で説明していたりするのですが、少なくとも十八歳の時点での光源氏は、好色漢でもなければ、猟色家でもなく、また、女好きでもありませんでした。

確かに、この時点においても、光源氏には、葵《あおい》の上《うえ》という正妻があり、六条御息所《ろくじょうのみやすどころ》という恋人があり、それに加えて、藤壺中宮という想い人があります。しかし、この三人の女性たちの誰に対しても、十八歳の光源氏は、浮ついた気持ちを持ってはいなかったのです。そして、物語の中でも、彼は、お堅い男性として扱われていたりします。

そんな光源氏に、ある意味で悪い影響を与えたのは、親友の頭中将《とうのちゅうじょう》や側近の惟光をはじめとする取り巻きたちでした。右に紹介したセリフの中で、光源氏が「あの色好みの者ども」と言っているのが、まさに彼らです。私が「あの色好みの者ども」と訳した部分は、原文では「この好き者ども」となっていますが、彼らは、光源氏よりも幾らか年長であったこともあって、より多くの女性たちと関係を持った経験がありましたから、自然と、光源氏の色好みの手本になっていったのです。

このあたりについては、帚木《ははきぎ》巻の世に「雨夜《あまよ》の品定《しなさだ》め」と呼ばれる場面の話をしますと、最もわかりやすいのですが、それは、またの機会にしまして、ここでは、十八歳の頃の光源氏について、純情で恋愛にも少し真面目が過ぎるくらいに真面目な若者であったということを、とりあえずは承知しておいてください。彼が天下の色好みになっていくのは、これから先のことなのです。

そして、純情な十八歳の光源氏は、その純情さゆえに、けっして許されない愛を一途《いちず》に捧げる藤壺中宮にそっくりな少女を見つけたことで、ひどく心を揺さぶられるのでした。

❖――「あの方の身代わりとして…眺めていたいものだ」

ただ、純情な光源氏は、純情であったがゆえに、かえって、ここから先、かなり歪《ゆが》んだ想いに執《と》り憑《つ》かれていきます。すなわち、藤壺中宮によく似た若紫を見出したことで、光源氏の中には、こんな気持ちが生まれ、やがては光源氏自身にも制御できないほどに大きく大きく膨らんでいくのです。

「それにしても、たいへんかわいい女の子だな。どういう素性《すじょう》の女の子なのだろう。この子を、あの方《かた》の身代わりとして身近に置いて、朝にも、夜にも、あの方への想いがかなわないことによる心の傷を癒《いや》すため、眺《なが》めていたいものだ」

（「さても、いとうつくしかりつる児《ちご》かな。何人《なにびと》ならむ。かの人の御代《おんか》はりに、明《あ》け暮《く》れの慰《なぐさ》めにも見ばや」〔若紫〕）

私は、原文に「かの人の御代はりに」とあるのを、「あの方の身代わりとして」と訳しましたが、ここで光源氏が「かの人（あの方）」と言っているのは、言うまでもなく、彼の最愛の女性である藤壺中宮です。そして、その藤壺中宮は、光源氏には継母にあたる女性であって、彼がけっして恋愛感情を向けてはいけない相手でした。とはいえ、純情で恋愛に一途な光源氏は、その一途さのゆえに、藤壺中宮への想いを断ち切ることができません。そして、それだからこそ、偶然に見つけた彼女に生き写しの少女の存在に、胸をときめかせたのです。「かの人の御代はりに…見ばや（あの方の身代わりとして…眺めていたいものだ）」と。

ここに表明された光源氏の若紫への想いは、けっして、若紫本人への想いではありません。それは、藤壺中宮にそっくりな若紫への想いであって、結局のところは、藤壺中宮への想いなのです。光源氏が若紫を必要としたのは、あくまでも若紫が藤壺中宮に生き写しであったからであって、若紫自身に魅力を感じたためではなかったのです。

誰かの身代わりに誰かを愛するというのは、現代の恋愛小説にもしばしば見られるモチーフではありますが、愛を寄せられる側からすれば、こんな不幸な愛され方はないかもしれません。相手は、けっして自分自身を見ているわけではなく、その愛は、けっして自分自身に向けられてはいないのですから。

光源氏が若紫に求めたものは、右に紹介した光源氏の心の中のセリフの言葉で言えば、「あの方への想いがかなわないことによる心の傷を癒す」ことでした。私は、原文の「慰めにも」という表現を、現代語で「あの方への想いがかなわないことによる心の傷を癒すため」と表現し直したのですが、光源氏が若紫に何を求めたかについては、むしろ、原文の「慰め」という言葉で言い表した方が、よりわかりやすいかもしれません。

◉──光源氏の評判

ところで、光源氏がのぞき見をして若紫を見つけた、小柴垣に囲まれた洒落た僧房の主《あるじ》は、僧都《そうず》の地位にある高僧でした。この僧都は、高僧ではあったものの、幾らか俗気を残していたのか、近くに光源氏が滞在していることを耳にすると、噂の光源氏との対面を望んだりします。このとき、僧都の僧房には、その妹で既に出家して尼になっていた女性が滞在していたのですが、僧都は、その妹の尼君に向かって、こんなことを言うのです。

「世間で盛んに噂する光り耀く源氏さまに、このような機会にでも、お会いしてみませんか。あの方《かた》は、人の世を棄《す》てたはずの僧侶の気持ちでさえ、そのお姿を見ただけで、この世を生きていくうえでの悩みを忘れて、寿命が延びそうなほどに、すばらしい容姿をされているのですよ」

（「この世に喤《ののし》り給《たま》ふ光《ひか》る源氏《げんじ》、かかるついでに見奉《みたてまつ》り給《たま》はんや。世を棄《す》てたる法師《ほうし》の心地にも、いみじう世の憂《うれ》へ忘れ、齢延《よわいの》ぶる人の御《おん》ありさまなり」〔若紫〕）

光源氏が世にも稀な美男子であったことは、広く知られていましょうが、彼の美貌は、「そのお姿を見ただけで、この世を生きていくうえでの悩みを忘れて、寿命が延びそうなほど」などと言われるほどに、まさに人間離れしたものだったようです。

なお、私は、僧都が光源氏のことを「光り耀く源氏さま」と呼んでいるかのように訳しましたが、それは、この部分の原文が「光る源氏《ひかるげんじ》」となっているからです。

実は、光源氏を「光源氏」と呼ぶのは、われわれ読者だけであって、物語の世界の人々は、彼を「光源氏」とは呼びません。物語の登場人物たちは、光源氏のことを、普通、「源氏の君《げんじのきみ》」と呼んだり、そのときどきの官職（中将《ちゅうじょう》とか大将《たいしょう》とか大臣《だいじん》とか）にちなんで呼んだりします。

そして、物語の中での「光源氏」に最も近い呼び方が、「光る源氏」というものなのですが、これは、彼が光り輝くようにうつくしい容姿をしていることに由来する呼び方です。したがって、原文の「光る源氏」の現代語訳は、「光り耀く源氏（さま）」でいいのです。

現代では、しばしば誤解が生まれているようですが、「光源氏」という呼び名の「光」の部分は、彼の名ではありません。「光源氏の氏名をきちんと言うと、『源光《みなもとのひかる》』になる」というのは、全くの誤りです。実のところ、光源氏の氏名に関しては、氏が源であることは間違いないものの、名はわかりません。そもそも、『源氏物語』の作者が光源氏に名を付けていないのですから、光源氏の名を知ることは不可能でしょう。

われわれ読者には馴染みの「光源氏」という呼称は、物語に登場する「光る源氏」という呼び方の「る」を勝手に端折ってしまったものに他なりません。

❖――「その女性のことを捜してみたくなるような夢を見たことがございました」

「光り耀く源氏さま」との面会を望む僧都は、思うままに、その夜、光源氏を自身の僧房に招き、さらには、そのままそこに宿泊することを勧めます。これを、光源氏は素直に受け容れますが、彼にしてみれば、そもそも病気の身体《からだ》なのですから、聖とともに岩屋で過ごすのは、かなり辛《つら》かったのでしょう。

しかし、光源氏としては、招きがなくとも、いずれは僧都の僧房を訪れたことでしょう。というのも、彼は、夕方ののぞき見で見つけた少女のことを、ひどく気にかけていたからです。偶然にも愛する藤壺中宮に生き写しの少女を見出した光源氏は、その少女について、「かの人の御代はりに…見ばや（あの方の身代わりとして…眺めていたいものだ）」との思いを抱いていました。

僧都と対面した光源氏は、かなり遠回しに少女の素性を探りはじめます。いきなり幼い女の子のことを切り出したのでは、警戒されるのはわかりきったことですから、光源氏も、ここは実に慎重でした。彼は、まずは僧都の側に話したいだけ話させた後、僧都が話し疲れたあたりで、こんな感じに問いはじめたのです。

「ここで暮らしていらっしゃる女性は、どなたなのでしょうか。実は、以前、その女性のことを

捜してみたくなるような夢を見たことがございました。それで、本日、こちらにお招きいただきまして、その夢というのが、こちらにいらっしゃる方《かた》に関するものだと思い当たったのです」

（「ここにものし給《たま》ふは誰《たれ》にか。尋《たず》ね聞《き》こえまほしき夢《ゆめ》を見給《みたま》へしかな。今日なむ、思《おも》ひ合《あ》はせつる」（若紫」））

光源氏も考えたものです。「先ほど、のぞき見をしまして」などと言い出せば、これまた警戒されることは必至でしょう。そこで、彼が持ち出したのは、夢のお告げのような話でした。もちろん、この夢の話は、完全に捏造《ねつぞう》です。光源氏は、僧都と同居する少女の素性を聞き出すために、見てもいない夢の話をしたのです。

しかしながら、さすがは僧都、光源氏の夢の話など、真《ま》に受《う》けはしません。彼は、いろいろと見《み》透《す》かしたような笑みを浮かべながら、「これはまた、唐突な夢語りでございますな」と返します。

それでも、僧都は、先ほども触れた妹の尼君のことからはじめて、光源氏の目当ての若紫のことまで、あれこれと話して聞かせてくれるのでした。さすがの僧都も、よもや光源氏が十歳の童女に熱を上げるなどとは、思いも寄らなかったのでしょう。

❖——「あの少女も、皇族のお一人であって、それで、あの方と似ているのかもしれない」

このとき、僧都の僧房には、その妹が滞在していました。この女性は、今は尼となっているものの、かつては大納言家《だいなごんけ》の正妻（北《きた》の方《かた》）でした。その夫は、物語の中では「按察大納言《あぜちだいなごん》」と呼ばれますから、尼君についても、按察大納言家の北の方だったとするべきでしょうか。

また、その按察大納言家には、一人の姫君がいました。僧都の妹の尼君が、尼となる以前に、按察大納言の正妻として産んだ姫君です。この姫君を、按察大納言は、いずれは入内《じゅだい》させるつもりで、大切に大切に育てていたといいます。

しかし、按察大納言が若くして亡くなってしまうと、その後、父親のしっかりした庇護《ひご》を失った姫君は、いつの間にか、「兵部卿宮《ひょうぶきょうのみや》」として知られる皇子と恋仲になり、その皇子の正妻（北の方）ではない妻になったのでした。そして、按察大納言家の姫君は、兵部卿宮の娘を産みますが、そのことがあったためか、何かと兵部卿宮の北の方に煩わされて、やがては病気になり、ついには幼い娘を残して亡くなるのです。

こうして、一人の女児が幼くして母親を亡くしたわけですが、その気の毒な女の子の幾らか育った姿こそが、光源氏が例ののぞき見で眼を着けた十歳ほどの少女でした。彼女は、母親を亡くした後には、母方の祖母である尼君によって養育されていて、それゆえに、この折、僧都の僧房にいたのです。また、この女の子は、われわれ物語の読者の間では、普通、「若紫」の呼び名で知られています。

なお、「兵部卿宮」と呼ばれる皇子については、どの天皇の皇子であるのか、よくわかりません。物語の中でも、わずかに桐壺帝《きりつぼてい》以前の天皇の誰かの皇子とされているだけで、詳しいことは語られないのです。

ただ、この兵部卿宮は、あの藤壺中宮には兄にあたります。しかも、兵部卿宮と藤壺中宮とは、この時代にはめずらしくもない異母兄妹ではなく、父親も母親も共通する兄妹であるように描かれています。

とすれば、若紫が藤壺中宮にそっくりであったのも、全く不思議ではありません。この二人には、かなりの程度に同じ血が流れているのです。

この点については、光源氏もまた、口に出すわけではなく、その心の中でですが、次のように納得します。

「あの少女も、皇族のお一人であって、それで、あの方《かた》と似ているのかもしれない」

（「皇子《みこ》の御筋《おんすじ》にて、かの人にも通《かよ》ひ聞《き》こえたるにや」〔若紫〕）

もちろん、「あの方」というのは、光源氏の秘密の想い人である藤壺中宮です。

❖──「私の望むままに教育しつつ、大人になるまで面倒を見てみたいものだ」

光源氏は、この夕方、のぞき見で藤壺中宮によく似た少女を見つけて、「あの方の身代わりとして…眺めていたいものだ」などと、危ない望みを抱いていましたが、同じ夜、その女の子が藤壺中宮（「あの方」）の近親者であることを知ると、さらに危険なことを望みはじめます。すなわち、彼の心の中で、こんな言葉が紡《つむ》がれたのです。

「あの少女と結婚したいものだ。彼女は、性格も気高《けだか》くて心惹《こころひ》かれるものであり、中途半端な小賢《こざか》しさもないので、ゆっくり言葉を交わしながら、私の望むままに教育しつつ、大人になるまで面倒を見てみたいものだ」

（「見まほし。人のほども貴《あて》にをかしう、なかなかの賢《さか》しら心《ごころ》なく、うち語《かた》らひて心のままに教《おし》へ生《お》ほし立《た》てて見《み》ばや」〈若紫〉）

ここでは、原文の「見まほし」という部分を、「結婚したいものだ」と訳しています。古語の「見る」という単語は、実におもしろくて、現代語の「見る」と同じ意味の他に、「結婚する」という意味を持っているのです。王朝物語において、男女の間のこととして「見る」という語が用いられるときは、多くの場合、「結婚する」の意味で使われています。

また、同じく原文の「見まほし」の部分を、多くの研究者たちは、地の文（語り手による語りの部分）と見做しているようですが、私は、この部分を、光源氏の心の中の言葉の一部として扱いました。なぜなら、そうしないと、この前後の文意が通じないからです。

それにしても、光源氏が十八歳であることを考えると、その彼が十歳の女の子との結婚を望んでいるという事態に、現代人の多くは、眉《まゆ》をひそめることでしょう。もしも、現代の若者が、光源氏が抱いたのと同じ望みを抱いて、しかも、それを口に出したりしたら、何かしらのカウンセリングを受けさせられることになるかもしれません。

しかし、光源氏は、その少女が十歳の少女であるから彼女との結婚を望んでいるのではありません。彼は、その女の子が藤壺中宮にそっくりであるからこそ、彼女を自分のものにしたいのです。先にも触れましたが、光源氏は、けっして少女愛好者ではないのです。彼は、眼の前に藤壺中宮に瓜二つ《うりふた》の女性が現れれば、彼女が五歳であっても、また、彼女が五十歳であっても、やはり、その女性との結婚を望むのではないでしょうか。

ただ、右の点で光源氏を擁護する私も、彼が一人の少女を「私の望むままに教育しつつ、大人になるまで面倒を見てみたい」などと望んでいることをめぐっては、少しも味方をする気になれません。いいえ、それどころか、こんなことを考える光源氏には、何か気持ち悪さを感じてしまいます。

❖――「あの少女の姿を見て以来、恋心が募って、涙が止まりません」

その夜、光源氏は、僧都の僧房の一室で床《とこ》に就《つ》きますが、体調の悪さもあり、なかなか寝つくことができません。しかし、そのおかげで、彼は、数珠《じゅず》が脇息《きょうそく》に当たる音から、そう離れていないところで尼君がまだ起きているらしいことに気づきます。そして、起き上がった光源氏は、部屋の仕切りになっている屏風を少し開けると、パチンッと扇を鳴らしました。

すると、尼君がいると思しき方から、一人の女房が近づいてきます。が、彼女は、屏風の向こうの光源氏には気づきません。そして、女房が「おかしいわね。空耳《そらみみ》かしら」と言って引き返そうとしたところに、光源氏が声をかけます。

「仏さまのお導《みちび》きは、暗い冥府《めいふ》に入ってさえ、けっして間違うことはないはずでしょうに」

（「仏の御導《おんしるべ》は、暗きに入《い》りても、さらに違《たが》ふまじかなるものを」〈若紫〉）

これは、『法華経《ほけきょう》』の一節を踏まえた言葉なのですが、光源氏としては、僧都の僧房に滞在中であったため、少し気を利かせてみたのでしょう。また、これは、女房を導き手の仏に喩《たと》えて、遠回しに尼君への取り次ぎを依頼する言葉でもありました。

これに対する女房は、「私は、どなたのところへの案内役なのでしょう。思い当たりませんけれど」

と、はぐらかしますが、光源氏は、こう、言葉を続けます。

「なるほど。『唐突だわ』と訝《いぶか》しくお思いになるのも、当然ですが、ともかく、

初草《はつくさ》の　若葉《わかば》の上《うえ》を　見つるより　旅寝《たびね》の袖《そで》も　露《つゆ》ぞ乾《かわ》かぬ

とお伝えくださいませんか」

（「げに、『うちつけなり』と思《おぼ》めき給《たま》はむも理《ことわり》なれど、

初草の　若葉の上を　見つるより　旅寝の袖も　露ぞ乾かぬ

と聞《き》こえ給《たま》ひてむや」〈若紫〉）

右の和歌の心は、「あの少女の姿を見て以来、恋心が募《つの》って、涙が止まりません」というところでしょうか。光源氏は、夕方に見初めた少女を、「初草の若葉」に喩えたわけですが、ここに言う少女は、もちろん、若紫です。したがって、光源氏は、まだ会ったこともない尼君に、いきなり、自分が若紫に恋をしている旨《むね》を伝えようとしたことになります。

しかし、女房には、さっぱり事情がわかりません。彼女は、「このような恋の歌をいただくにふさわしい方《かた》が、ここにはいらっしゃらないということは、ご存じのご様子ですけれど、どなたにお伝えするのですか」と返します。が、光源氏は、こう言って押しきるのでした。

「『何かしら事情があってそう言っているのだろう』と納得してください」

（「『自《おの》づから、さるやうありて聞《き》こゆるならん』と思《おも》ひ成《な》し給《たま》へかし」〈若紫〉）

❖――「この私を、お亡くなりになった母君の代わりとお思いいただけませんか」

しかし、尼君は、次のような返歌によって、光源氏の気持ちをはぐらかします。

「枕結《まくらゆ》ふ　今宵《こよい》ばかりの　露《つゆ》けさを　深山《みやま》の苔《こけ》に　比《くら》べざらなむ　」

この一首の意味するところは、「旅の宿の今夜一晩だけのあなたの悲しみなど、苔《こけ》の衣《ころも》を着て山奥に暮らす私たちの悲しみとは、比べものになりませんよ」という感じです。尼君は、光源氏の歌の核心であったはずの少女への恋という要素を、敢えて無視したのです。

これに、光源氏はむきになります。彼は、尼君の返歌を伝えた女房に、こう言います。

「このような間に人を挟んでのお返事は、今までに経験のない、初めてのことです。恐れ入りますが、この機会に直接にお目にかかって詳しく申し上げたいことがございます」

（「かうやうの伝《つて》なる御消息《ごしょうそく》は、まださらに聞こえ知らず、馴《な》らはぬことになむ。忝《かたじけな》くとも、かかるついでに細々《まめまめ》しう聞こえさすべきことなむ」〔若紫〕）

ひたすらちやほやされて生きてきた光源氏は、おそらく、誰かに何かを要求して、それを撥《は》ねつけられたりはぐらかされたりしたこともなければ、要求した相手が自ら返事を伝えに来なかったこともなかったのでしょう。やんごとない方というのは、実に厄介《やっかい》なものです。

そして、やんごとない光源氏は、尼君の無礼な返事への不満を抑えながら、尼君に対して、改めて、直接の対面を要求したのでした。

これに対して、尼君は、渋々《しぶしぶ》ながら、光源氏との面会に応じます。光源氏の身分を気にする女房たちの意見を容《い》れてのことでした。が、そんなことにはおかまいなしに、光源氏は、口を開きます。

「唐突なことで、『浅はかなことよ』とお思いになるに違いありませんような機会ですが、私自身、浅はかなつもりはございませんので、仏さまは当然にお見通しでしょう」

（「うちつけに、『浅はかなり』と御覧ぜられぬべきついでなれど、心にはさも思《おぼ》え侍《はべ》らねば、仏は自《おの》づから」〔若紫〕）

まずは「私は本気ですよ」ということを遠回しに伝えたうえで、いよいよ本題に入ります。

「お気の毒な身の上とお聞きする姫君ですので、この私を、お亡くなりになった母君の代わりとお思いいただけませんか」

（「あはれに承《うけたまわ》る御《おん》ありさまを、かの過《す》ぎ給《たま》ひにけむ御代《おんか》はりに思《おぼ》し成《な》いてむや」〔若紫〕）

あいもかわらずの持って回った言い方で、表面的には「若紫の母親代わりになりたい」という、珍妙な申し出にしか聞こえませんが、光源氏としては、これでも、若紫（「姫君」）との結婚を申し入れているつもりなのです。

❖――「姫君を恋い慕う私の心が特別なものであることを、ご覧ください」

光源氏の言葉は、まだまだ続きます。

「この私も、全く幼い頃に、母親や祖母を亡くしておりまして、どうしようもなく頼りない様子で育って参りました。ですから、『姫君も同じ境遇でいらっしゃるようなので、私を仲間とお思いください』と、どうしてもお伝えしたかったのですが、このような機会はなかなかございませんで、どのようにお思いになるかも考えずに、思いきって申し上げた次第です」

（「言《い》ふ甲斐《かい》なきほどの齢《よわい》にて、睦《むつ》ましかるべき人にも立《た》ち後《おく》れ侍《はべ》りにければ、あやしう浮きたるやうにて年月《としつき》をこそ重《かさ》ね侍《はべ》れ。『同じさまにものし給《たま》ふなるを、類《たぐい》に為《な》させ給《たま》へ』と、いと聞こえまほしきを、かかる折侍《おりはべ》り難《がた》くてなむ、思《おぼ》されんところをも憚《はばか》らず、うち出《い》で侍《はべ》りぬる」〔若紫〕）

これを素直に聞くと、光源氏の望むところは、若紫（「姫君」）と友達になることでもあるかのようですが、そうではありません。彼の望みは、若紫（「姫君」）との結婚なのです。

そして、何とも不思議なことに、物語の中では、これで、尼君には光源氏の真意が伝わっているようなのです。その証拠に、尼君は、「あの子は、本当にまだまだ幼い様子でして、大目に見ていただけるところもございませんでしょうから、お申し出をお承《う》けすることはできません」と、光源氏の申し出をやんわりと断ります。

しかし、光源氏も、こう言って食い下がります。

「姫君につきましては、全てを詳しくお聞きしていますので、堅苦しくお考えにならずに、姫君を恋い慕う私の心が特別なものであることを、ご覧ください」

（「皆《みな》、覚束《おぼつか》なからず承《うけたまわ》るものを、所狭《ところせ》う思《おぼ》し憚《はばか》らで、思《おも》ひ給《たま》へ寄《よ》るさま殊《こと》なる心のほどを御覧《ごらん》ぜよ」〈若紫〉）

こう言われた尼君は、しばし黙り込んでしまいます。光源氏にしてみれば、ついに遠回しに話す余裕をなくしただけのことだったのですが、尼君は尼君で、この率直な言いように、返す言葉を見つけることができなかったのです。

そして、夜の修行を終えた僧都が僧房に戻る物音が聞こえてきたため、この面会は、ここで中断されるのでした。しかし、光源氏は、立ち上がりながら、こうつぶやきます。

「まあ、いいだろう。こうしてとりあえずはお願いはしたのだから、たいへん心強いものだ」

（「よし。かう聞こえ初《そ》め侍《はべ》りぬれば、いと頼もしうなむ」〈若紫〉）

ずいぶんと楽天的なようですが、あるいは、負け惜しみの類《たぐい》でしょうか。

03章

童女に執着する光源氏

若紫巻

「あの姫君には、私がいろいろと教え込んでやろう」

❖――「どうにか策をめぐらして、あの少女をわが家に迎え入れて」

結局、光源氏《ひかるげんじ》は、僧都《そうず》からも、尼君《あまぎみ》からも、若紫《わかむらさき》のことに関して色よい返事をもらえないまま、北山《きたやま》を離れて都《みやこ》に帰ることになります。もちろん、都への道すがらも、若紫のことが光源氏の脳裏から離れることはありません。

ですから、光源氏は、都に戻ってからも若紫のことを考え続けます。例えば、帰洛《きらく》した晩、彼は、こんなことを思いながら床《とこ》に就《つ》いたのでした。

「あの女の子のことを僧都《そうず》や尼君《あまぎみ》が『結婚するにふさわしい年齢ではない』と思うのも、実にもっともなことだ。これでは、正面からの求婚は、無理かもしれない。どうにか策《さく》をめぐらして、あの少女をわが家《や》に迎え入れて、朝にも、夜にも、あの方《かた》への想《おも》いがかなわないことによる心の傷を癒《いや》すために眺《なが》めようじゃないか」

（「似《に》げないほどと思《おも》へりしも理《ことわり》ぞかし。言ひ寄り難《がた》きことにもあるかな。いかに構《かま》へて、ただ心安《こころやす》く迎へ取りて、明け暮れの慰《なぐさ》めに見《み》ん」〔若紫〕）

光源氏が若紫のことを思い続けていたのは、やはり、若紫自身に心惹《こころひ》かれてではなく、あくまでも彼女が藤壺中宮《ふじつぼのちゅうぐう》（「あの方」）にそっくりであったからでした。とはいえ、北山から帰って以降、光源氏が若紫のことを想い続けていたのは、間違いない事実です。しかも、彼は、「必ずしも正々堂々の求婚によらなくとも、とにかく若紫を手に入れよう」という、危《あや》ういことを考えるようにさえなっていました。

光源氏は、帰京の翌日、北山の僧都や尼君に宛《あ》てて、こんな手紙を送ります。

「お願いの件《けん》をお聞《き》き容《い》れくださらないご様子でしたので、遠慮をいたしまして、あの折《おり》には、思うところの全てをお伝えすることができませんでしたことが、ひどく心残りです。しかし、これほどまでにお願いしているという事実から、私の並々ならぬ真心を汲み取っていただけましたら、どれほどうれしいことでしょうか」

（「持《も》て離《はな》れたりし御《み》気色《けしき》の慎《つつ》ましさに、思《おも》ひ給《たま》ふるさまをもえ表《あらわ》し果《は》て侍《はべ》らずなりにしをなむ。かばかり聞《き》こゆるにても、押《お》し並《な》べたらぬ志《こころざし》のほどを御覧《ごらん》じ知《し》らば、いかにうれしう」（若紫）

そして、この手紙の端《はし》には、こんな一首が添《そ》えられていました。

「面影《おもかげ》は　身をも離れず　山桜《やまざくら》　心の限り　留《と》めて来《こ》しかど　」

この和歌の心は、「山桜のようにうつくしい姫君《ひめぎみ》のことを忘れられず、心の全てを北山に置いてきてしまいました」というところです。これは、どう見ても恋歌です。しかし、十歳の若紫（「姫君」）には、この歌を理解することは、まだ難しいのではないでしょうか。

【「山桜《やまざくら》」を詠《よ》んだ名歌（『古今和歌集《こきんわかしゅう》』『後撰和歌集《ごせんわかしゅう》』より）】

山桜　わが見《み》に来《く》れば　春霞《はるがすみ》　峰《みね》にも尾《お》にも　立《た》ち隠《かく》しつつ　詠《よ》み人《びと》知《し》らず

山桜　霞《かすみ》の間《ま》より　仄《ほの》かにも　見《み》てし人《ひと》こそ　恋《こい》しかりけれ　紀貫之《きのつらゆき》

山桜　咲《さ》きぬるときは　常《つね》よりも　峰《みね》の白雲《しらくも》　立《た》ち優《まさ》りけり　藤原興風《ふじわらのおきかぜ》？

君見《きみみ》よと　尋《たず》ねて折《お》れる　山桜　古《ふ》りにし色《いろ》と　思《おも》はざらなん　伊勢《いせ》

◉——老獪な年長者

光源氏が北山に手紙を出すと、若紫の祖母の尼君から返事が届きます。その返書の内容は、なかなかのもので、光源氏を悔《くや》しがらせます。それは、こんな手紙でした。

「先日のお話は、通りすがりのご冗談かと思わずにいられませんでしたけれど、わざわざお手紙までくださいましては、本気のお話と受け取らざるを得ず、返す言葉も見つかりませんで、困っております。あの子は、まだ満足に手紙を書くこともできませんので、お手紙をいただきましても、どうにもなりません。それにしましても、

嵐吹《あらしふ》く　尾上《おのえ》の桜《さくら》　散《ち》らぬ間《ま》を　心留《こころと》めける　ほどの儚《はかな》さ

あなたのご執心《しゅうしん》が、たいそう気がかりでございます」

（「行《ゆ》く手《て》の御事《おんこと》は、等閑《なおざり》にも思《おも》ひ給《たま》へ成《な》されしを、振《ふ》り延《は》へさせ給《たま》へるに、聞こえさせむ方《かた》なくなむ。まだ難波津《なにわづ》をだに果々《はかばか》しう続け侍《はべ》らざめれば、甲斐《かい》なくなむ。さても、

嵐吹く　尾上の桜　散らぬ間を　心留めける　ほどの儚さ

いとど後《うし》ろ目《め》たう」〈若紫〉）

尼君の和歌の心は、「あなたは、『山桜のようにうつくしい姫君のことを忘れられず』などとおっしゃいますけれど、それは、桜の花が嵐で吹き散らされるまでの短い間だけの、ほんの気まぐれで

ございましょう」といったところでしょうか。光源氏の一首を踏まえながら、みごとに光源氏の想いをはぐらかしています。

本来、こうした返歌は、恋歌を捧《ささ》げられた若紫こそがしなければなりません。しかし、残念ながら、尼君が言うには、若紫には、まだ手紙を書くことは無理なのでした。このあたり、原文では「まだ難波津をだに果々しう続け侍らざめれば」と表現されているのですが、これは、王朝時代には、「難波津《なにわづ》に／咲《さ》くやこの花《はな》／冬《ふゆ》ごもり／今《いま》は春《はる》べと／咲《さ》くやこの花《はな》」という古歌《こか》を仮名書きすることが、子供たちの習字（手習《てならい》）の最初の課題だったからです。

また、尼君が「まだ難波津をだに果々しう続け侍らざめれば」と言ったとき、そこには、若紫はまだ和歌を詠むことができないという意味も込められていたかもしれません。王朝時代において、「難波津」という言葉は、和歌の代名詞の一つでもありました。

そして、ここで、尼君が若紫には手紙や和歌は無理である旨《むね》を強調するのは、やはり、若紫は結婚や恋愛の対象にされるにはまだまだ幼過ぎるということを、今一度、光源氏に理解させたかったからでしょう。王朝貴族たちの間では、結婚であれ、恋愛であれ、まずは男女の間で手紙や和歌をやり取りすることからはじまるものだったのです。

この尼君も、その兄の僧都に劣らず、若い光源氏には手強《てごわ》い、老獪《ろうかい》な年長者でした。

❖——「『少納言の乳母』と呼ばれる女性がいるはずだ。…詳しい事情を話して私の味方にせよ」

こうして、光源氏は、正面から求婚してみても望みがかなえられることはなかろうことを思い知ります。そして、彼は、いよいよ、「いかに構へて（どうにか策をめぐらして）」という方針で動きはじめるのです。その手はじめになったのは、腹心の惟光《これみつ》への、こんな指令でした。

「北山《きたやま》の僧都《そうず》の僧房《そうぼう》には、『少納言《しょうなごん》の乳母《めのと》』と呼ばれる女性がいるはずだ。その女性のもとに行き、詳しい事情を話して私の味方にせよ」

（『少納言の乳母』といふ人あべし。尋《たず》ねて、詳《くわ》しう語《かた》らへ」（若紫））

古語の「語《かた》らふ」は、現代語の「語らう」よりも、多様な意味を持ちます。この「語らふ」が、「語らう」と同じく、「語り合う」とか「相談する」とかいった意味を持っているのは、もちろんのことなのですが、古語の「語らふ」には、さらに、「説得する」「（説得して）仲間に引き入れる」という意味もあるのです。

なお、『今昔物語集《こんじゃくものがたりしゅう》』の幾《いく》つかの説話では、悪人が悪事の仲間を増やそうとする文脈で、「語らふ」という言葉が使われています。ある屋敷を狙う盗人《ぬすびと》たちが屋敷の使用人に手引きをさせようとする場合や、暗殺を企《くわだ》てる者が陰陽師《おんみょうじ》に呪殺《じゅさつ》を依頼する場合などです。いずれも、古語の「語らふ」の「説得する」「(説得して)仲間に引き入れる」の用例にあたります。

右に紹介した光源氏のセリフには、原文では「語らふ」という言葉が使われていて、研究者の多くは、これを「語り合う」もしくは「相談する」の意味で受け取っているようですが、それでは、光源氏の意図を理解したことにはなりません。ここで光源氏が惟光に命じたのは、どうにかして若紫を手に入れるための裏工作なのです。

ここに「少納言《しょうなごん》の乳母《めのと》」として登場する女性は、この後、単に「少納言《しょうなごん》」と呼ばれて登場することもありますが、その役割は、若紫の乳母《めのと》でした。そして、この少納言の乳母は、若紫にとって、実の祖母である尼君よりも、さらに心を許せる存在だったと考えられます。

王朝時代の貴族社会の人々は、皇族や上級貴族はもちろん、少なくとも中級貴族に至るまで、男女を問わず、実の母親にではなく、乳母によって養育されるものでした。乳母は、任された若君や姫君が乳呑児《ちのみご》であるうちには授乳《じゅにゅう》を含む養育を行い、若君や姫君が乳離《ちばな》れをした後にはしつけや情《じょう》操教育《そうきょういく》を含む養育を行います。ですから、若君や姫君にとっては、実の母親よりも、乳母の方が、ずっと身近な存在だったのです。

であれば、光源氏が「いかに構へて(どうにか策をめぐらして)」という、うしろめたいかたちで若紫を手に入れるにあたっては、どうしても、若紫の乳母の協力が必要だったでしょう。そして、惟光が光源氏から任されたのは、その乳母を籠絡《ろうらく》することなのでした。

◉――当惑する乳母子

ここで光源氏から重要な裏工作を任された惟光は、これまでにも光源氏の側近として登場していますが、藤原氏の一人であるらしい彼は、正しくは藤原惟光《ふじわらのこれみつ》であるようです。そして、その藤原惟光が光源氏から全面的に信頼されている理由はというと、惟光が光源氏の乳母の息子であるという事実にあるのです。

光源氏にとっての惟光のような存在を、王朝時代の言葉で「乳母子《めのとご》」と呼びますが、王朝貴族社会においては、「乳母子」というのは、最も信頼できる人物を意味する言葉でもありました。それぞれの乳母によって兄弟姉妹が別々に育てられた王朝貴族たちにしてみれば、血がつながっているだけの実の兄弟姉妹よりも、血のつながりはなくとも一緒にいる時間の長い乳母子の方が、ずっと兄弟姉妹らしい存在だったのです。ここで持ち出すには妙な事例かもしれませんが、『平家物語《へいけものがたり》』によると、木曽義仲《きそよしなか》の乳母子の今井兼平《いまいかねひら》などは、敗軍の将となった義仲に最後まで付き従い、義仲のために壮絶な最期を遂げています。

ただ、そんな乳母子の惟光でも、光源氏について、知らないことがないわけではありません。例えば、光源氏がその継母《ままはは》にあたる藤壺中宮に恋慕していることなどは、幼い頃から光源氏を知っていたはずの惟光も、全く思いも寄りませんでした。

ですから、光源氏が若紫に執着しはじめると、これには、惟光もびっくりします。彼は、若紫を目当てにその乳母の少納言を籠絡することを命じられたとき、もちろん、心の中でですが、こうつぶやいたのです。

「こうも、何から何までご覧になっている、みごとなお心がけだよ。お目当ての少女は、ああも幼い様子だったというのに」

（「さも、かからぬ隈《くま》なき御心《みこころ》かな。さばかり稚《いわ》けなげなりし気配《けはい》を」〔若紫〕）

あの「のぞき見」の折、その場には惟光もいました。惟光もまた、小柴垣《こしばがき》の隙間から、僧都の僧房の様子をのぞき見て、若紫を目撃していたのです。しかし、光源氏のように特殊な事情を抱えていたわけではない惟光は、若紫のような少女には殊更に関心を持たなかったことでしょう。彼が眼を留めたとすれば、それは、若紫の周辺にいたであろう、乳母の少納言や尼君に仕える女房《にょうぼう》たちだったのではないでしょうか。

それだけに、他の大人の女性たちの誰かではなく幼い少女を選んだという光源氏の選択は、惟光にとっても、衝撃的なものだったはずです。彼は、光源氏に色好《いろごの》みのあれこれを吹き込んだ悪い年長者の一人ではありましたが、まさか親しくお仕えする若君が少女愛好に走るなどとは、夢にも思っていなかったことでしょう。

❖――「姫君のお書きになったお手紙を、どうしても拝見したく思っております」

とはいえ、惟光が光源氏の意向に逆らうことはありません。彼は、光源氏から僧都や尼君への手紙を届ける使者として北山の僧房を訪れると、その機会に、使命を果たすべく、若紫の乳母の少納言に面会を申し入れます。

惟光は、もちろん、脇役に過ぎません。が、私は、この物語に登場する男性たちの中では、惟光が最も気に入っています。物語の語り手によれば、彼は、「言葉多かる人《ことのはおおひと》」で、「つきづきしう言《い》ひ続《つづ》く」ことができるようです。原文の「言葉多かる人」「つきづきしう言ひ続く」という表現は、現代語にするなら、「口の達者な男」「もっともらしく長々と話す」というところでしょう。光源氏にしてみれば、まさに頼れる腹心だったに違いありません。

そして、実際に、北山に赴いた惟光は、少納言を前にすると、巧みな話術を駆使して、あれこれと語るのでした。彼は、とにかく光源氏が若紫と結婚できるよう、光源氏の人柄のよさや愛情の深さなどについて、あることも、ないことも、尾ひれに尾ひれを付けて、とうとうと説いたことでしょう。

とはいえ、光源氏のお目当ての若紫は、まだ十歳の女の子です。この点については、惟光にしても、「さばかり稚けなげなりし気配を（ああも幼い様子だったというのに）」と心配していたくらいです。

ですから、北山の大人たちは、僧都にしても、尼君にしても、少納言にしても、「どうにも幼い少女であることを、光源氏さまは、どう考えていらっしゃるのだろう」と、光源氏の望むところには、やはり、否定的な反応をするばかりでした。

なお、この折に惟光が北山に持参した光源氏の手紙には、こんなことが書かれていました。

「上手なお手紙でなくてもかまいませんので、姫君のお書きになったお手紙を、どうしても拝見したく思っております」

（「かの御放《おんはな》ち書《が》きなむ、なほ見給《みたま》へまほしき」〈若紫〉）

この文面から、光源氏もまた若紫が幼い少女であることを十分に了解しているということは、僧都・尼君・少納言にも伝わったことでしょう。が、それだけに、彼らは、より一層、光源氏の真意がわからなくなったかもしれません。

また、光源氏は、このときの手紙に、こんな和歌を書いてもいます。

「浅香山《あさかやま》　浅くも人を　思はぬに　など山《やま》の井《い》の　かけ離《はな》るらむ　」

この一首の心は、「私は、あなたのことを深く恋い慕っていますのに、どうして、あなたは、井戸の水面に映った影が消えてしまうかのように、私から走って〈駆《か》けて〉逃げてしまうのですか」ということころでしょう。「かけ」が「影」と「駆け（る）」の掛詞《かけことば》になっています。

❖——「わざわざ、こうして見舞いに参りました次第です」

その年の七月になると、若紫も、祖母の尼君とともに、北山から都に戻ります。実は、この春、若紫が北山にいたのは、彼女の保護者である尼君が、病気治療のために例の僧房に籠《こも》っていたためだったのです。そのため、秋の初めの七月、尼君の病状が緩むと、若紫は、京中の五条大路《ごじょうおおじ》もしくは六条大路《ろくじょうおおじ》の付近と思しき尼君の家に戻ったのでした。

本来ならば、これは、光源氏にとっては、願ってもない好機のはずです。これまでとは異なり、相手は都の中にいるのです。しかも、僧都は北山の僧房に留まったままですから、今なら、光源氏の望みを阻むのは、尼君だけなのです。

ところが、光源氏はといえば、この頃、別件で深く思い悩んでおり、若紫への求婚を最重要案件としてはいませんでした。その別件というのは、すなわち、彼の秘密の想い人《おもびと》にして最愛の女性である藤壺中宮にまつわることです。これについては、また後に詳しく取り上げたいと思いますが、ともかく、せっかくの機会が訪れたというのに、若紫への求婚に熱を入れずにいたというのが、この年の秋の光源氏の状況でした。

なお、この状況は、もしかすると、若紫への求婚に関して、光源氏にはひどく不利に働いていたかもしれません。というのは、執拗《しつよう》なほどだった求婚が、ふと小休止に入ったことで、尼君の光源氏の誠意への疑いが、さらに強くなってしまったかもしれないからです。

それでも、この秋の終わりには、光源氏の若紫を手に入れるための行動は、再び活発になります。そして、その契機は、尼君にしてみれば皮肉なことに、尼君の病状が再び悪化したことでした。

秋の末の月のうつくしい夜、六条京極《ろくじょうきょうごく》のあたりに住まうという、とある女性のもとを訪れようとしていた光源氏は、その途中、「木立《こだち》いともの古《ふ》りて、木暗《こぐろ》う見《み》えたる」という「荒《あ》れたる家《いえ》」の前を通りかかります。すると、こんなときには常に傍《かたわ》らにある惟光が、これが尼君の家（「故按察大納言の家」）であること、そして、尼君が今は病み臥《やふ》していることを、そっと光源氏に告げます。

光源氏は、今まさに別の女性を訪ねようとしていたように、若紫への想いを忘れかけていたのですが、ふと大事なことを思い出します。そして、供人《ともびと》を尼君の家に入れて、見舞いに訪れた旨を告げさせます。が、その折、供人に言わせようとした言葉がすごいのです。

「**わざわざ、こうして見舞いに参りました次第です**」

（「わざと、かう立《た》ち寄《よ》り給《たま》へること」〔若紫〕）

まさに、嘘《うそ》も方便《ほうべん》ですね。

❖――「どのような前世の因縁があるからなのか、初めてお姿を見かけましたときから」

光源氏が尼君を見舞ったのは、あくまでも恋人との逢瀬《おうせ》のついでのことでしたが、それでも、尼君の家に上がった彼は、いかにも見舞いのために出向いたかのように振る舞います。

「日頃からお見舞いに伺《うかが》おうと思っておりましたものの、いつもいつもつれないことをおっしゃいますので、そこに遠慮しまして、ご無沙汰をしておりました。ご病気が重いことも知りませんでしたのは、どうにもだらしのないことです」

（「常に思《おも》ひ給《たま》へ立《た》ちながら、甲斐《かい》なきさまにのみ持《も》て成《な》させ給《たま》ふに慎《つつ》まれ侍《はべ》りてなむ。悩《なや》ませ給《たま》ふこと重《おも》くとも承《うけたまわ》らざりける覚束《おぼつか》なさ」〔若紫〕）

序章でも触れましたが、光源氏は、恋愛感情とは無関係な年配の女性に対しては、常に優しい言葉を口にします。特に、病床《びょうしょう》にある年配の女性を見舞うとき、彼の口からは、次々と慈愛に満ちた言葉ばかりが紡《つむ》がれるのです。それは、彼の真に誇るべき美点の一つでしょう。

ところが、今回は、少し様子が違います。挨拶の言葉からして、何だか棘《とげ》があるのです。原文に「甲斐なきさまにのみ持て成させ給ふに慎まれ侍りてなむ」とあるところを、現代語訳では「いつもいつもつれないことをおっしゃいますので、そこに遠慮しまして、ご無沙汰をしておりました」としましたが、これをさらに意訳するならば、「何度もお願いしているのに、いっこうに姫君との結婚を許してくれないので、訪問する気になれませんでした」というところでしょうか。挨拶の言葉の中に嫌味《いやみ》が込められていることは、明らかでしょう。

さらに、光源氏は、病気で弱っている尼君を相手に、若紫への求婚を再開します。しかも、おそらくは、かなりの熱を込めて、こんなことを言うのです。

「どうして、浅い恋心などから、こうして色好《いろごの》みめいた振る舞いをお眼にかけたりするでしょうか。どのような前世《ぜんせ》の因縁《いんねん》があるからなのか、初めてお姿を見かけましたときから、しみじみと心を惹《ひ》かれてお慕いしていますのも、驚くほどのことでして、今生《こんじょう》だけの縁《えん》とは思えないのです」

（「何《なに》か、浅《あそ》う思《おも》ひ給《たま》へむことゆゑ、かう好き好きしきさまを見《み》え奉《たてまつ》らむ。いかなる契《ちぎ》りにか、見奉《みたてまつ》り初《そ》めしより、あはれに思ひ聞こゆるも、あやしきまで、この世のことには思《おぼ》え侍《はべ》らぬ」〈若紫〉）

ここでは、原文の「契り」という言葉を、「前世の因縁」と訳しましたが、光源氏は、しばしば、女性を口説くにあたって、前世の因縁を意味する「契り」「宿世《すくせ》」「前の世《さきのよ》」といった言葉を使います。王朝時代の女性たちは、「前世の因縁なので」と言われると、ついついよろっとしてしまうものだったのでしょうか。

❖──「あの幼い方がお話しになるお声を、一言だけでもお聞かせください」

若紫への想いを取り戻した光源氏は、尼君の見舞いに訪れたことなど、すっかり忘れてしまったかのように、さらに、こんなことまで言い出します。

「このままでは、何をしに来たのかわからないような気持ちにしかなりませんので、あの幼い方がお話しになるお声を、一言だけでもお聞かせください。どうか、お願いします」

（「甲斐《かい》なき心地のみし侍《はべ》るを、かの稚《いわ》けなうものし給《たま》ふ御一声《おんひとこえ》、いかで」〔若紫〕）

光源氏は、「あの幼い方がお話しになるお声を、一言だけでもお聞かせください」などと、遠回しな言い方をしていますが、ここで彼が欲しているのは、若紫と直接に対面することです。尼君に話を通そうとしても埒《らち》が明《あ》かないため、若紫本人を口説こうというのでしょう。

光源氏が若紫を見初《みそ》めたのは春の終わりで、今はもう秋の終わりです。したがって、既に半年も求婚し続けていることになるわけですから、光源氏にしてみれば、そろそろ、がまんの限界なのでしょう。彼は、何せ、ここまで、女性が靡《なび》くのは当たり前という人生を送ってきていますから、半年かけても少女一人を自分のものにできていないという事実に、かなり焦《じ》れていたはずなのです。

そして、女房の一人が、「姫君は、お休みになっています」と、光源氏の要求をはぐらかそうとしたところで、簾《す》の向こうに若紫の声が響きます。

念のためですが、このとき、尼君も、女房たちも、そして、若紫も、光源氏から見て、簾の向こう側（簾の内側）にいます。若紫に関して言えば、光源氏が訪れた時点では、さらに奥のどこかにいたのでしょうが、偶然にも、光源氏が「あの幼い方が…」と言ったところで、尼君のもとに出てきたのです。それも、次のような言葉を大きな声で発しながら。

「**お祖母《ばあ》さま、北山のお寺にいた光源氏さまが、いらっしゃったのでしょ？　どうして、お会いにならないのです？**」

（「上《うえ》こそ、この寺にありし源氏《げんじ》の君《きみ》こそ御《おわ》したなれ。など見給《みたま》はぬ」〈若紫〉）

これを、女房の一人は、「ああ、うるさい」とたしなめます。が、無邪気な若紫は、その場の空気を読んで黙ることなどなく、むしろ、無邪気に大きな声を出し続けます。

「**だって、お祖母《ばあ》さま、この前、『光源氏さまのお姿を見たら、具合いの悪いのが収まったわ』っておっしゃってたんですもの**」

（「いさ、『見しかば心地《ここち》の悪《あ》しさ慰《なぐさ》みき』と宣《のたま》ひしかばぞかし」〈若紫〉）

尼君や女房たちにしてみれば、何とも気まずい展開です。若紫のかわいらしくも大きな声は、間違いなく、簾の向こう側（簾の外側）の光源氏にも聞こえてしまったはずです。

❖――「あの姫君には、私がいろいろと教え込んでやろう」

ところが、光源氏はというと、若紫の発した言葉をはっきりと耳にしておきながら、素知らぬ顔を決め込みます。このあたり、原文の表現を紹介しますと、『いとをかし』と聞い給《き たま》へど、人々の『苦し』と思ひたれば、聞かぬやうにて、細《まめ》やかなる御訪《おんとぶら》ひを聞こえおき給《たま》ひて帰り給《たま》ひぬ」とあります。例の発言をしたとき、若紫は、たいへん得意げでした。それは、簾の外側で聞いていた光源氏にも、十分に伝わったことでしょう。だから、彼は、若紫の言葉に、「いとをかし（たいへんおもしろい）」という感想を持ったのです。

しかし、それと同時に、光源氏には、尼君や女房たちが若紫の登場に困っていることも伝わっていました。それゆえ、彼は、何も聞こえなかったかのような顔をして、かつ、尼君に丁寧な見舞いの言葉（「御訪ひ」）を伝えて、尼君の家を後にしたのでした。

このあたりの光源氏の振る舞いには、私も、素直に好感を持つことができます。

ただ、このときの光源氏の心情には、再び気持ちの悪さを感じずにはいられません。彼は、心の中で、こうつぶやいたのですから。

「なるほど、どうしようもなく幼い様子だよ。けれど、あの姫君には、私がいろいろと教え込ん

でやろう」

（「げに、言《い》ふ甲斐《かい》なの気配《けはい》や。さりとも、いとよう教《おし》へてむ」〔若紫〕）

しばらく若紫への関心を薄れさせていた光源氏でしたが、若紫を自分好みの女性に育て上げたいという彼の望みは、ここに再燃するのです。

また、光源氏は、自ら足を運んで見舞った翌日にも、尼君に見舞いの手紙を送りますが、その手紙の端《はし》に、こんな和歌を記します。

「稚《いわ》けなき　鶴《たづ》の一声《ひとこえ》　聞きしより　葦間《あしま》に泥《なず》む　舟《ふね》ぞえならぬ　」

この一首は、前日の気の利いた振る舞いを台無しにするもので、「幼くかわいらしい鶴《つる》の一声を耳にしてからというもの、そちらに伺《うかが》いたくて仕方ないのですけれど、葦《あし》に邪魔をされて、舟がいっこうに進まないのです」と、若紫を鶴に喩《たと》えながら、実は若紫の発した言葉を聞いていたことをばらしてしまっているのです。

そして、まさか、これが引き金になったということはないのでしょうが、この日、尼君は、急激に容態を悪化させて、再び北山の僧都の僧房に居を移すと、そこで亡くなってしまいます。そのことを、若紫の乳母の少納言からの手紙で知った光源氏は、しみじみと悲しい気持ちになるのでした。

❖――「自分のものにしてみたら、期待外れということもあるかもしれない」

尼君が亡くなった後のある日のこと、光源氏は、秋の終わりの夕方を、しみじみともの思いに耽《ふけ》りながら過ごします。秋は人を悲しい気持ちにさせるもののようですが、今回の光源氏のもの思いの場合、尼君の死も、一つの契機になったのかもしれません。

この折の光源氏のもの思いは、主として、原文の表現で「心《こころ》の暇《いとま》なく思《おぼ》し乱《みだ》るる人」に関するものでした。「心の暇なく思し乱るる人」を現代語で表現し直すならば、「心の休まる暇《ひま》がないほどに狂《くる》おしく恋い慕う女性」というところでしょう。そして、光源氏にとっての「心の休まる暇がないほどに狂おしく恋い慕う女性」というのは、言うまでもなく、藤壺中宮です。彼は、継母《ままはは》にあたる女性に対する許されぬ恋に、苦しみ続けていたのでした。

そして、藤壺中宮への苦しい恋慕の情は、光源氏の「強《あなが》ちなる、縁《ゆかり》も尋《たず》ねまほしき心」を煽《あお》り立《た》てます。「強ちなる、縁も訪ねまほしき心」を現代語に訳すと、「藤壺中宮さまと縁続きの少女を、無理にでも手に入れたいという気持ち」といったところです。彼は、藤壺中宮のことを考えているうち、若紫への想いを強くしたわけです。

とはいえ、この文脈からも明らかなように、光源氏にとっての若紫は、あくまでも、藤壺中宮の身代わりでしかありません。若紫は、若紫自身として光源氏に望まれているわけではないのです。しかも、光源氏は、あの幼い様子を思ってか、若紫が藤壺中宮の身代わりにさえならないことを心配したりもします。彼は、若紫について、こんなことを思うのでした。

「自分のものにしてみたら、期待外れということもあるかもしれない」

（「見《み》ば、劣《おと》りやせむ」〔若紫〕）

こんなことを思いながらも、光源氏は、誰に聞かせるでもなく、こんな和歌を詠みます。

「手に摘《つ》みて　いつしか見《み》む　紫《むらさき》の　根《ね》に通《かよ》ひける　野辺《のべ》の若草《わかくさ》」

この一首の心は、「この手で摘んで早く自分のものにしたいものだ。藤壺中宮さまと縁続きの、山で見つけた幼い少女を」という感じでしょうか。ここにも、若紫が光源氏にとっては藤壺中宮の身代わりに過ぎないということが、よく表れています。本当に不便《ふびん》な若紫です。

しかし、それでも、光源氏が若紫を強く求めていることに変わりはありません。しかも、若紫にとっては最強の防壁であって光源氏にとっては最大の障害であった尼君は、もうこの世にはいません。あの嵐の吹き荒れる冬の夜、十歳の若紫が十八歳の光源氏に寝床をともにすることを強《し》いられたのは、こうした状況においてのことだったのです。

04章

童女をさらう光源氏

若紫巻

「姫君の女房たちに口止めをしたうえで、姫君をわが家に移してしまおう」

❖——「自らお伺いしなければならないところですが、宮中から喚び出しがありまして」

王朝時代には、本気で結婚しようと思っている男性は、ある晩、相手の女性の家を訪れて新枕《にいまくら》を交わし、明け方に帰ると、次の晩も、さらに次の晩も、同じように女性のもとを訪れます。そして、当時の人々は、この続く三ヶ夜の訪れを以て、結婚の成立と見做したのでした。王朝貴族たちの結婚は、制度ではなく、習慣によって成り立っていたのです。

とすれば、光源氏《ひかるげんじ》も、あの冬の嵐の夜のみならず、その次の夜にも、さらに次の夜にも、若紫《わかむらさき》の家（亡き尼君《あまぎみ》の家）に足を運ばなければならないはずでした。彼は、あの夜、若紫に求婚の言葉をかけ、しかも、若紫のベッド（帳台《ちょうだい》）に入り込んで若紫と同衾《どうきん》したのですから。

ところが、あの嵐の夜の翌晩、光源氏はどうしたかというと、原文に「君《きみ》の御《おん》もとよりは、惟光《これみつ》を奉《たてまつ》れ給《たま》へり」とあるように、自ら若紫の家に足を運ぶのではなく、腹心の惟光《これみつ》を代理として派遣して済ませたのでした。光源氏にしてみれば、男女の行為が成り立つわけではない少女を相手に、真面目に習慣に従う気にはなれなかったのでしょう。そして、彼は、先方に対しては、こんな言い訳をします。

「自《みずか》らお伺《うかが》いしなければならないところですが、宮中《きゅうちゅう》から喚《よ》び出《だ》しがありまして、都合が付きません。お祖母《ばあ》さまを亡《な》くされてお気の毒なご様子の姫君《ひめぎみ》のことも、気がかりでならないのですが」

（「参《まい》り来《く》べきを、内裏《うち》より召《め》しあればなむ。心苦《こころぐる》しう見奉《みたてまつ》りしも静心《しずごころ》なく」〔若紫〕）

公務を楯《たて》にする光源氏ですが、彼の態度は、若紫の乳母《めのと》の少納言《しょうなごん》や若紫に仕《つか》える女房《にょうぼう》たちをがっかりさせます。若紫本人は、それこそ、その幼さゆえに、結婚の習慣を理解していませんし、そもそも自分が求婚されていることも理解していません。しかし、この時点では若紫の事実上の保護者である少納言も、他の女房たちも、前夜の同衾によって大切な姫君は既に疵物《きずもの》にされてしまったと考えていますので、光源氏にはその責任を取ってほしいと思っています。ですから、彼女たちの口からは、こんな不満が漏れ出ます。

「ひどいことですよ。姫君への求婚が光源氏さまの気まぐれにしても、早くもこんな扱いをなさるなんて」

（「あぢきなうもあるかな。戯《たわぶ》れにても、ものの初めにこの御事《おんこと》よ」〔若紫〕）

そして、光源氏の不誠実のとばっちりを受けるのは、気の毒な惟光です。光源氏は、乳母子《めのとご》の惟光にも、若紫に執着する理由を話していませんし、この前夜の若紫との同衾のことも話していません。ですから、惟光は、不満と不安とをぶつけてくる少納言を前に、「いったい、何がどうなっているのだろう」と、首をかしげるばかりでした。

【光源氏の官歴《かんれき》（葵巻まで）】

中将《ちゅうじょう》　十七歳（帚木）
三位中将《さんみのちゅうじょう》　十八歳？（紅葉賀以前）
宰相中将《さいしょうのちゅうじょう》　十九歳（紅葉賀）
右大将《うだいしょう》　二十二歳（葵）

❖──「『軽率にも、踏み外したことをしているものよ』と、人々に噂されるかもしれない」

ところが、光源氏は、その翌晩にも、同じことをします。つまり、彼は、またしても、自らは若紫のもとに足を運ばず、代わりに惟光を派遣して済ませようとするのです。

光源氏は、惟光の報告で、少納言や女房たちの不満・不安を承知していました。それに対して、さすがの彼も、一応は、原文の言葉で「あはれに思《おぼ》しや」るという受け止めをしています。ここでの「あはれに思しや(る)」は、「気の毒そうに同情する」とでも訳せましょうか。

しかし、光源氏は、若紫のもとを訪れることをめぐって、「さすがにすずろなる心地《ここち》」でいたのでした。古語の「すずろなり」には、「やり過ぎである」という意味がありますから、光源氏は、まだ幼い若紫を妻のように扱うことを「やり過ぎである」と考えていたことになります。強引に同衾しておいて、ずいぶんな態度です。

しかも、このときの光源氏は、心の中で、こんなことをつぶやいてもいました。

「あの少女のもとに通って、それを世間に知られたら、『軽率にも、踏み外したことをしているものよ』と、人々に噂《うわさ》されるかもしれない」

(「『軽々《かろがろ》しう持《も》て僻《ひが》めたる』と、人もや漏り聞かむ」〔若紫〕)

若紫との件に限ったことではないのですが、光源氏という男性は、何か問題のある恋愛をはじめたとき、すぐに世間体を気にするのです。それなら、問題のある恋愛になど、初めから手を出さなければいいのですが、この男は、手を出すだけ出して、相手の女性も巻き込んでおいて、ふと、何より自分の世間体が大事になって、相手の女性を傷付けるのです。

そして、世間体が気になって仕方がない彼は、世間体を気にするがゆえに、若紫の扱いに関して、こんな結論に達します。

「あの姫君は、とにかくわが家《や》に引き取ってしまおう」

（「ただ迎《むか》へてむ」〔若紫〕）

確かに、若紫を自分の家に住まわせてしまえば、彼が若紫のもとに通う必要はなくなりますから、そのことで噂《うわさ》が立つことはないでしょう。しかし、私には、これが正常な思考から出た結論だとは思えません。

ともかく、この夜も、光源氏は、次のような言い訳を添《そ》えて、惟光を若紫のもとに送り出したのでした。

「いろいろと不都合がありまして、お伺《うかが》いできませんが、私が姫君のことを大事にしていないとお思いでしょうか」

（「障《さわ》ることどものありて、え参《まい》り来《こ》ぬを、疎《おろ》かにや」〔若紫〕）

❖――「姫君の女房たちに口止めをしたうえで、姫君をわが家に移してしまおう」

ところが、惟光は、ほどなく光源氏のもとに戻ります。というのも、彼が若紫の家に行ってみると、少納言といい、女房たちといい、何か裁縫などに追われていたらしく、誰一人、来訪者の応対をするどころではなかったからでした。しかも、惟光が言うには、少納言がかろうじて彼に伝えたのは、「姫君の父君《ちちぎみ》の兵部卿宮《ひょうぶきょうのみや》さまから、『明日、急なことながら、姫君を引き取る』とのご連絡をいただきまして、その準備で忙しいのです」という言葉でした。

この報告を受けた光源氏は、残念がりながら、こう思案をめぐらせます。

「姫君が父君の兵部卿宮さまのもとに移ってしまったら、わざわざそこから姫君を連れ出すというのは、いかにも色好み《いろごの》みという感じになってしまうに違いない。『幼い少女を連れ去った』と、世間から非難されるだろう。だから、兵部卿宮さまが引き取る前に、姫君の女房たちに口止めをしたうえで、姫君をわが家《や》に移してしまおう」

（「かの宮《みや》に渡《わた》りなば、わざと迎《むか》へ出《い》でむも好《す》き好《ず》きしかるべし。『幼き人を盗《ぬす》み出《い》でたり』と、もどき負《お》ひなむ。その前《さき》に、しばし人にも口固《くちかた》めて、渡してむ」〔若紫〕）

そして、ついに若紫をさらうことに腹を決めた光源氏は、惟光に命じるのでした。

「この明け方、あの姫君の家に向かうぞ。牛車の装備は今のままでよいので、随身《ずいじん》の一人か二人かに、明け方に出かけるつもりでいるよう、命じておいてくれ」

（「暁《あかつき》、彼処《かしこ》にものせむ。車の装束《しょうぞく》さながら、随身《ずいじん》一人二人仰《おお》せおきたれ」〔若紫〕）

とはいえ、光源氏がこれからやろうとしていることは、そうそう簡単なことではありません。特に、世間体を気にする場合には。さすがの彼も、しばし考え込みます。

「どうしたものか。これが世間に知られてしまったら、色好《いろごの》みの評判が立ってしまうに違いない。せめて、さらう相手が分別《ふんべつ》のある年齢になっていて、世の人々も『さらわれた女性と愛し合っていたのだろう』と推測してくれるような状況なら、そうめずらしくない事件になるだろうに。それに、もし、姫君をさらった後、その父君の兵部卿宮さまが姫君の所在を突き止めたりしたら、みっともなくつまらないことになるに違いない」

（「いかにせまし。聞こえありて、好きがましきやうなるべきこと。人のほどだにものを思ひ知り、『女の心交《こころか》はしけること』と推《お》し測《はか》られぬべくは、世の常なり。父宮《ちちみや》の尋《たず》ね出《い》で給《たま》へらむも、はしたなうすずろなるべきを」〔若紫〕）

光源氏には、「地位も名声も棄《す》てて愛に生きる」などという発想は、これっぽっちもありません。彼は、常に、自身のやんごとない身をやんごとないままに保って、そのうえで恋愛に興《きょう》じようとするのです。それが、光源氏という男性の愛情のあり方でした。

◉——光源氏の破綻した結婚生活

実は、このとき、光源氏の身は、その自邸である二条院《にじょういん》にではなく、左大臣邸にありました。つまり、この夜の光源氏は、その正妻（北《きた》の方《かた》）であり左大臣家の姫君である葵《あおい》の上《うえ》のもとを訪れていたのです。

しかし、この光源氏と葵の上との若夫婦は、お世辞にも「仲睦《なかむつ》まじい」とは言《い》い難《がた》い関係にありました。この夜も、光源氏が左大臣邸を訪れても、葵の上は、光源氏に会おうともしません。原文に「君《きみ》は大殿《おとど》に御《おわ》しけるに、例《れい》の、女君《おんなぎみ》、頓《とみ》にも対面《たいめん》し給《たま》はず」とある通りです。ここでは、「君」は光源氏を、「大殿」は左大臣邸を、「女君」は葵の上を意味します。そして、「例の」は、「いつものように」といった意味合いで使われていますので、右の一文によれば、葵の上が光源氏に会おうともしないというのは、いつものことだったのです。

この結婚は、本人たちの意思に関係なく、桐壺帝《きりつぼてい》と左大臣とが決めたものでした。

とはいえ、桐壺帝にしてみれば、幼くして母方の後見《うしろみ》を失っている光源氏に、どうにか頼りになる後見を付けようとして決めた婚姻でした。新郎（聟《むこ》）が新婦の親元で暮らすという新婚生活が当たり前であった王朝時代には、新郎（聟）と新婦の父親（舅《しゅうと》）との結び付きは、非常に強く、新郎は、結婚によって第二の父親を得るようなものだったのです。

また、左大臣にしても、もともと、いずれは天皇のもとに入内《じゅだい》させるつもりで葵の上を大切に育てていましたが、成長するにともなって多様な才能を見せる光源氏に惚《ほ》れ込《こ》み、葵の上をその妻とすることを選んだのでした。左大臣もまた、光源氏との結婚こそが愛娘《まなむすめ》の幸福につながると信じていたのです。左大臣は、かなりの人格者で、単に桐壺帝の意向に逆らえなかったとか、桐壺帝の機嫌を取ろうとしたとか、そんなことで動く小物ではありません。

ところが、父親たちの親心は、光源氏にも、葵の上にも、全く伝わらなかったのでしょう。この晩も、葵の上は、原文に「女君《おんなぎみ》、例の、渋々《しぶしぶ》に心も解《と》けずものし給《たま》ふ」と表現されるような、不機嫌な態度を取り続けていましたし、光源氏は光源氏で、若紫をさらうために、夜中に出かけてしまいます。

そして、愛情のない夫婦の間では、ひどく不自然なかたちで夜中に出かけようとする夫の言い訳も、こんな胡散臭《うさんくさ》いもので、十分に通用してしまうのでした。

「自宅にどうしても片付けなければならない用件があったのを、今まさに思い出しました。それを片付けましたら、またこちらに戻って参ります」

（「彼処《かしこ》にいと切《せち》に見るべきことの侍《はべ》るを、思《おも》ひ給《たま》へ出《い》でてなん。立《た》ち返《かえ》り参《まい》り来《き》なむ」〔若紫〕）

◉──作戦開始

こうして夜中に左大臣邸から若紫の家（亡き尼君の家）に向かう光源氏でしたが、この外出は、まさにお忍びの外出でした。その供《とも》の者《もの》も、ごく少数です。このお忍びの一行について、原文には、「惟光《これみつ》ばかりを馬に乗せて御《お》しぬ」とあります。光源氏にしてみれば、これから少女を誘拐するという犯罪行為に及ぶわけですから、自身の犯罪を知る者の数は、できるだけ少なくしたかったのでしょう。

ただ、この夜の光源氏も、本当に惟光だけを連れていたわけではありません。これに先立って、光源氏自身が「車の装束さながら、随身一人二人仰せおきたれ（牛車《ぎっしゃ》の装備は今のままでよいので、随身の一人か二人かに、明け方に出かけるつもりでいるよう、命じておいてくれ）」と命じていますから、当然、牛車の牛を操る牛飼童《うしかいわらわ》および一人か二人かの随身も同行したはずです。また、王朝時代の常識からして、光源氏の傍らには、常に「童《わらわ》」と呼ばれる少年の従者がいたはずで、このお忍びの外出にも、童は同行していたに違いありません。

実のところ、「惟光ばかりを馬に乗せて御しぬ」という一文が意味するのは、「馬に跨《また》がって供《とも》を務めるような貴族身分の供人《ともびと》は、惟光だけであった」ということなのです。いずれにせよ、この一文からは、惟光がどれほど光源氏の信頼を勝ち得ていたかが窺《うかが》われるのですが。

ともかく、光源氏のお忍びの一行は、若紫のもとに向かいます。そして、若紫の家に到着した一行は、叩《たた》いた門が開くや、速やかに牛車を門内へと進ませます。全ては、速やかに、かつ、静かに進行するのです。

次いで、惟光が若紫のいる寝殿の勝手戸（妻戸《つまど》）を叩いて咳払《せきばら》いをします。すると、若紫の乳母の少納言が出て来ました。このあたり、光源氏が惟光に命じておいた事前工作が上手くいっていたということなのでしょう。そして、惟光は、「ここに、御《おわ》します」と、光源氏の来訪を告げます。「ここに、御します」というのは、原文そのままのセリフですが、現代語にするならば、「今、光源氏さまがいらしています」というところでしょうか。

ところが、少納言は、「姫君はお休みになっています。どうして、よりにもよって、こんな明け方に近いような深夜にいらっしゃったのです」と、かなり迷惑そうです。彼女は、この前夜・前々夜の経緯から、光源氏の誠意を疑っています。そして、光源氏の若紫への愛情に不信感を抱く彼女は、この夜の光源氏の訪れについても、誰か他の女性と逢瀬《おうせ》を楽しんだ帰りについでに立ち寄ったまでのものと早合点したのでした。

せっかく、惟光が少納言との間に一定の信頼関係を作ったというのに、肝心の光源氏自身が、少納言に信用されていないのです。何とも困ったものです。

❖──「まだ目を覚ましてはいらっしゃらないでしょうね。では、私が起こして差し上げましょう」

光源氏は、自分を信じてくれていない少納言には、若紫を連れ出すつもりであることを明かすことができず、とりあえず、こう言います。

「姫君は、兵部卿宮《ひょうぶきょうのみや》さまのもとに移られるとのことですので、『その前に姫君にお話ししておきたい』と思いまして」

（「宮《みや》へ渡《わた》らせ給《たま》ふべかなるを、『その前《さき》に聞こえおかむ』とてなむ」〈若紫〉）

これは、なかなか上手い言い方です。これなら、一見、光源氏には、若紫を引き取るという兵部卿宮の意図を妨げるつもりはないかのようです。しかも、話をするだけという体裁で、若紫のもとに案内してもらうこともできるでしょう。若紫を連れ去るつもりの光源氏は、ともかく若紫に近づきたいのですから、ここでは、右のように言い繕うのが最善でしょう。

案の定、少納言は、光源氏が若紫を連れ去ろうとしているなどとは思いもせず、「どんなご用なのでしょう。姫君は、さぞや、よいお返事をなさることでしょう」と、皮肉を口にしながらも、光源氏を若紫のベッド（帳台）のもとへといざないます。なお、少納言の皮肉は、「姫君はお休みになっているのですから、どうせ、何を話しかけても、お返事なんてありませんよ」ということを遠回しに言っているのです。

こうして屋内に招き入れられた光源氏は、若紫のベッドに近づきながら、こんな言葉を口にします。

「まだ目を覚ましてはいらっしゃらないでしょうね。では、私が起こして差し上げましょう。このような朝霧のすばらしさも知らずに眠っていてよいものですか」

（「まだ驚《おどろ》い給《たま》はじな。いで、御目覚《おんめさ》まし聞こえむ。かかる朝霧を知らでは寝《ぬ》るものか」〔若紫〕）

何か風流なことを言っているようにも思えますが、どうにも気持ちの悪いセリフです。少なくとも、少女の眠るベッドに近づきながら言うことではありません。「驚く」という古語には、「目を覚ます」という意味があります。ですから、光源氏が原文の表現で「まだ驚い給はじな」と言っているからには、若紫は、まだ眠っているのです。

そして、まんまと若紫の眠るベッドの傍らに立った光源氏は、原文の表現で「何心《なにごころ》もなく寝給《ねたま》へる」という様子の若紫を、これも原文の表現で「抱《いだ》き驚《おどろ》かし」ます。「何心もなく寝給へる」とは、「何も知らずにお休みになっている」ということ、「抱き驚かす」とは、「抱き起《だお》こす」ということですから、若紫は、何も知らずにすやすや眠っていたところを、いきなり抱き起こされたことになります。幼い彼女は、さぞや驚いたことでしょう。

❖──「**私も、お父上と同じなのですよ**」

真夜中に不意に起こされた若紫は、当然、寝呆《ねば》けています。そして、寝呆《ねぼ》け眼《まなこ》の少女は、ぼんやりと、「父上がいらっしゃったのね」と理解します。おそらく、彼女は、寝起きの頭でも、自分を抱き起こしたのが男性であることは認識できたのでしょう。

すると、若紫を抱き起こした手は、今度は、寝乱《ねみだ》れた彼女の髪の毛を直しはじめます。母親も祖母も亡くして父親を恋しがっていた若紫にすれば、幸せな瞬間だったかもしれません。

ところが、彼女の髪を直す手は、父親の手ではありませんでした。その手の持ち主は、こう言ったのです。

「**さあ、いらっしゃい。私は、兵部卿宮さまのお使いとしてお迎えに参ったのですよ**」

（「いざ、給《たま》へ。宮《みや》の御使《みつかい》にて参《まい》り来《き》つるぞ」〔若紫〕）

ここで、光源氏が偽《いつわ》って兵部卿宮の使者と称したのは、若紫を安心させようとしてのことだったのでしょうか。

しかし、若紫は、先ほどから自分に触れている手が父親の手ではないことを知るや、途端《とたん》に怯《おび》えはじめます。彼女は、「父上ではなかったの」「怖い」と、続けてつぶやいたのでした。

それでも、光源氏が容赦することはありません。彼は、若紫が怯えているのを見ると、こんなことを言うのです。

「ああ、情けないこと。私も、お父上と同じなのですよ」

（「あな、心憂《こころう》。まろも同《おな》じ人《ひと》ぞ」〔若紫〕）

原文の表現で「まろも同じ人ぞ」というセリフ、とりあえず「私も、お父上と同じなのですよ」と訳しておきましたが、正直なところ、ここで光源氏が言わんとしていることは、よくわかりません。光源氏が言う「自分も兵部卿宮も同じ」とは、若紫の庇護者《ひごしゃ》としては同じという意味合いにおいてなのか、皇子《おうじ》（天皇の息子）であることでは同じという意味合いにおいてなのか、あるいは、それ以外の意味合いにおいてなのか。

もちろん、「まろも同じ人ぞ（私も、お父上と同じなのですよ）」の意味するところは、若紫にもわからなかったことでしょう。そして、ただでさえ怯えていたところにわけのわからない言葉をかけられた若紫は、さらに怯えたに違いありません。

が、光源氏はといえば、若紫の気持ちになど、全く配慮することなく、ついには若紫を抱き上げて、そのまま外に出て行こうとします。こうなると、幼い若紫は、もう、されるがままになっているしかありませんでした。

❖―「私が安心できるところに姫君をお連れしたい」

さすがに、若紫の乳母である少納言は、大切な姫君を連れ去ろうとする光源氏に、多少は抵抗します。彼女は、原文の表現で「こは、いかに」と言うことで、光源氏の狼藉《ろうぜき》を牽制《けんせい》したのです。

古語の「こは、いかに」は、幾《いく》らか言葉を補って現代語に訳すと、「これは、どうなさるおつもりですか」といったところでしょうか。とはいえ、光源氏が若紫を連れ去ろうとしていることは、一目瞭然《いちもくりょうぜん》ですから、この「こは、いかに」は、けっして疑問を投げかけているわけではありません。これは、あくまでも、相手の行動を制する言葉なのです。

ただ、この折、惟光もまた、光源氏が若紫を連れ出すのを見て、光源氏に向かって「こは、いかに」という言葉を発していますが、惟光の「こは、いかに」は、少納言の「こは、いかに」とは、意味合いが違うはずです。惟光の場合、「これは、どうなさるおつもりですか」と、まさに、光源氏に疑問を投げかけたのです。光源氏の計画を知らない惟光には、いきなり少女を連れ出すという光源氏の行動は、とんでもない奇行に見えたに違いありません。

しかし、光源氏本人は、実に澄ましたものでした。彼は、二人の口から出た二つの「こは、いかに」に、こう応じたのです。

「『こちらには毎日のようには参ることができないことが不安なので、私が安心できるところに姫君をお連れしたい』と申し上げたものを、困ったことに、姫君はお父上の兵部卿宮さまのもとにお移りになるとのことで、そうなると、これまで以上に姫君に私の心の内をお伝えすることも難しくなるので、こうして連れて行くのだ。姫君にお仕えする人たちの誰か一人、姫君について来なさい」

（「『ここには、常にもえ参《まい》らぬが覚束《おぼつか》なければ、心安《こころやす》きところに』と聞こえしを、心憂《こころう》く渡《わた》り給《たま》ふべかなれば、況《ま》して聞こえ難《がた》かべければ。人一人参《ひとひとりまい》られよかし」〔若紫〕）

ここで光源氏が言っていることは、全く以て無茶苦茶です。ここには、彼の都合しかありません。光源氏は、ただただ若紫を自分のものにしたいだけで、若紫が連れ去られてしまったことで女房たちが兵部卿宮から厳しく叱責《しっせき》されるであろうことはもちろん、尼君の思い出の残る家を離れることで若紫が深い孤独を味わうであろうことさえ、これっぽっちも考えていないのです。幾ら物語の主人公でも、これほどまでに自己中心的でいいものなのでしょうか。

この光源氏の狼藉も、せめて若紫と相思相愛の関係にあってのものなら、まだ幾らか理解できるのですが、そんな関係はなく、若紫はといえば、ただただ怯えているだけなのです。

❖──「それは、そなたの気持ち次第であろうよ」

そんな自分勝手な光源氏を相手に、少納言が食い下がります。彼女は、女房たちが兵部卿宮に叱《しか》られてしまうであろうことを持ち出して、どうにか若紫が連れ去られることを阻止しようとしたのです。彼女は、「宮《みや》の渡《わた》らせ給《たま》はんには、いかさまにか聞こえやらん（兵部卿宮さまがいらっしゃったら、どのように言い訳をすればいいのでしょう）」「候《さぶら》ふ人々、苦しう侍《はべ》るべし（姫君にお仕えする私たちが、困ってしまいます）」と、光源氏を責めることは避けて、自分たちの窮状《きゅうじょう》を強調するようにして、切々《せっせつ》と訴えました。

が、これに対する光源氏の反応は、冷淡なものでした。彼は、こう言い放ったのです。

「よかろう。では、まだ姫君にお仕《つか》えする気のある者は、後ほど、わが家に参上せよ」

（「よし。後《のち》にも人《ひと》は参《まい》りなむ」〔若紫〕）

このセリフの後、光源氏は、牛車を寝殿に寄せさせて、若紫とともに自邸に引き上げようとします。これには、少納言も、他の女房たちも、もうどうすることもできず、ただただ途方に暮れるばかりです。また、若紫さえもが、大きな不安に包まれて、とにかく泣くばかりでした。何とも気まずい場面ですが、もう間もなく、若紫は連れ去られます。

すると、どうやっても光源氏を阻止することはできないと覚悟した少納言が、自分の持つ最もいい衣裳に着換え、かつ、この前夜、兵部卿宮邸への転居に備えて仕立てた若紫の新しい衣裳を携えて、光源氏と若紫とが乗る牛車へと乗り込んだのでした。これは、実に勇気と忠義とに溢《あふ》れた行動ですが、まさに乳母ならではの行動なのかもしれません。

また、若紫にしてみれば、乳母の少納言が意を決して同行してくれたことは、実に幸いでした。幼い女の子が、それまで一緒に暮らしていた乳母や女房たちの全てと引き離されてしまうなど、あまりに気の毒で、ちょっと考えたくありません。まして、若紫は、少し前に母親代わりであった祖母を亡くしたばかりなのです。

それでも、当の少納言は、ひどく不安でした。彼女は、二条院に到着するや、ふと「夢を見ているような気がしますが、どうしたらいいのでしょうか」とつぶやきます。

しかも、そんな少納言に、光源氏がかけたのは、こんなひどい言葉でした。

「それは、そなたの気持ち次第であろうよ。姫君はお連れしたから、そなたが『帰りたい』と言うのならば、あの家まで送ってもよいぞ」

（「そは心《こころ》なななり。御自《おんみずか》ら渡《わた》し奉《たてまつ》りつれば、『帰りなむ』とあらば送りせむかし」〔若紫〕）

光源氏にしてみれば、少納言など、もう用済みの存在だったのでしょう。このセリフは、どうやっても、悪役のものにしか見えません。

❖——「これからは、そんな子供のような寝方はしてはいけないのですよ」

またしても光源氏に言葉の冷水《ひやみず》を浴《あ》びせられた少納言は、苦笑いをしながらも、姫君の傍らを離れないことを決心して、牛車を降ります。そして、彼女は、頼るべき親族を亡くした姫君の哀《あわ》れな境遇を思って泣きそうになりますが、この日を姫君の結婚生活がはじまるめでたい日と考えて、王朝時代には不吉なものとされていた涙を、ぐっとこらえます。

これに対して、ようやく若紫を手に入れた光源氏は、文句なしの上機嫌でした。彼は、特に使い方を決めていなかった西対《にしのたい》を若紫の居所とすることを決めると、惟光に命じて、さまざまな調度品《ちょうどひん》を運び入れさせ、若紫の新しい生活空間を整えさせます。そして、最後は、自身の起居《ききょ》の場となっている東対《ひがしのたい》から寝具を運ばせると、早速、若紫とともに横になるのでした。彼は、またもや十歳の少女と同衾したのです。

しかし、若紫の気分は、光源氏のそれとは全く異なっていました。彼女は、またしても光源氏と共寝《ともね》しなければならなくなったことを、原文の表現で「いとむくつけう」と感じ、これも原文の言葉で「いかにすることならむ」と考えながら、ずっと震えていたのです。

古語の「むくつけし」には、「気味が悪い」という意味がありますから、「いとむくつけう」を現代語にすると、「たいへん気味が悪く」というところでしょう。また、「いかにすることならむ」を言葉を補いながら現代語にするならば、「この人は、私をどうするつもりなのかしら」という感じでしょうか。

しかも、このときの若紫は、原文に「さすがに声立《こえた》ててもえ泣《な》き給《たま》はず」とあるように、声を出して泣くこともできないほどに、光源氏を怖がっていたのでした。彼女は、気味の悪さに震えながらも、恐ろし過ぎて泣くこともできずにいたのです。

そして、がまんできなくなった若紫は、光源氏に「少納言と一緒に寝たい」と告げます。やはり、彼女は、少納言の存在に救われていたのです。が、光源氏は、これを許しません。彼は、こんなことを言ったのでした。

「これからは、そんな子供のような寝方はしてはいけないのですよ」

（「今は、さは大殿籠《おおとのごも》るまじきぞよ」〔若紫〕）

どうやら、光源氏は、毎晩のように若紫と同衾するつもりでいるようなのです。若紫でなくとも、気味の悪さを感じる話です。そして、光源氏の意図するところを察した若紫は、ついに泣き出します。彼女にとっては、絶望的な状況だったに違いありません。

また、若紫の寝所の側《そば》に控えていた少納言は、若紫のことが心配で、一睡もできなかったのでした。

05章

童女と暮らす光源氏

若紫巻・末摘花巻

「私が教えてあげますから」

❖――「女性には、心が柔らかいことが、大切なのですよ」

その夜、若紫《わかむらさき》は、いきなり光源氏《ひかるげんじ》の二条院《にじょういん》に連れ込まれて、いきなり光源氏との同衾《どうきん》を強《し》いられる中、泣き声も上げられずに恐怖に震えていましたが、ついには泣き出し、いつしか眠りに落ちたのでした。

そして、翌日の昼頃、若紫を目覚めさせたのは、やはり、光源氏でした。彼は、寝入っていた少女を、原文の言葉で「責《せ》めて起《お》こし」ます。「責めて起こす」とは、すなわち、「無理に目を覚まさせる」

ということですが、このときの若紫は、間違いなく、寝不足であったうえに、恐怖と緊張とで疲労《ひろう》困憊《こんぱい》していたはずです。そして、その原因は、光源氏の狼藉《ろうぜき》にあるのですから、彼は、その日くらい、若紫を眠るままにしておいてもよかったでしょう。

しかし、光源氏としては、ようやく念願の若紫を手に入れたことが、うれしくて仕方なかったのです。彼は、これから若紫を自分好みの女性に育てていくことができるということに、浮かれまくっていたに違いありません。そのことは、彼が寝起きの若紫にかけた、次の言葉にも明らかです。

「そんなに心配なさいますな。私がいい加減な男なら、こうもあなたのために手を尽くしたりはしませんよ。女性には、心が柔《やわ》らかいことが、大切なのですよ」

（「かう心憂《こころう》くな御《おわ》せそ。すずろなる人《ひと》は、かうはありなむや。女は、心柔《こころやわ》らかなるなむ、よき」（若紫））

ここに見えるように、光源氏が女性に求めるものの第一は、「心が柔らかいこと」でした。原文に「心柔らかなる」とあるのを、「心が柔らかいこと」と訳したのですが、光源氏の言う「心柔らかなる（心が柔らかいこと）」とは、要するに、光源氏に対して我《が》を張《は》ったり意固地《いこじ》になったりしないことです。呆《あき》れるほどに自己中心的な考え方ですが、光源氏は、自分に都合のいい、意思の薄弱な感じの女性が好きなのです。

言われてみれば、光源氏にとって忘れられない女性となった夕顔《ゆうがお》は、「心柔らかなる」が強調される女性でしたし、それほどの美貌《びぼう》の持ち主でもないにもかかわらず、光源氏の大切な女性であり続けた花散里《はなちるさと》も、「心柔らかなる」が際立《きわだ》つ女性でした。また、光源氏の最高の恋人であった朧月《おぼろづき》夜《よ》も、頭のネジの足りなさが疑われるほどに「心柔らかなる」女性です。そして、彼女たちとは対照的に、その正妻（北《きた》の方《かた》）でありながら光源氏がどうにも馴染《なじ》めずにいた葵《あおい》の上《うえ》は、「心柔らかなる」とは、無縁の女性でした。

そんな光源氏は、幼い若紫に対しても、まず何より、「心柔らかなる」女性でいることを求めたのです。

【「心柔《こころやわ》らかなる」夕顔を懐《なつ》かしむ光源氏】

○どれほど想《おも》いを寄《よ》せても寄せ足りないほどに好きだった夕顔に先立たれた悲しみを、光源氏は、年月《としつき》が経《た》っても、忘《わす》れることができず、…

（思《おも》へどもなほ飽《あ》かざりし夕顔の露《つゆ》に後《おく》れし心地《ここち》を、年月経《としつきふ》れど、思《おぼ》し忘《わす》れず、…〔末摘花〕）

○親《した》しげな感じで心を開いてくれた夕顔を、しみじみと他《ほか》とは比べようもなく恋しくお思いになる。

（け近《ちか》く打《う》ち解《と》けたりし、あはれに似《に》るものなう恋《こい》しく思《おも》ほえ給《たま》ふ。〔末摘花〕）

○あの五条大路《ごじょうおおじ》に近い夕顔の仮《かり》の宿《やど》りの明け方に聞いた砧《きぬた》の音も、耳障《みみざわ》りでうるさかった、ということまでもが、恋《こい》しく思い出されるままに、…

（かの砧《きぬた》の音も、耳につきて聞《き》きにくかりしさへ、恋《こい》しう思《おぼ》し出《い》でらるるままに、…〔末摘花〕）

◉――美少女であることの確認

　ところで、光源氏は、若紫の心情には、全く配慮しないものの、彼女が不自由なく暮らせる環境を調えることに関しては、細やかに気を配ります。彼は、若紫をさらった夜、二条院の西対《にしのたい》を彼女の寝所とすることを決めると、そこに帳台《ちょうだい》・屏風《びょうぶ》・几帳《きちょう》といった調度《ちょうど》を運ばせましたが、翌日、寝入っている若紫を起こす前に、彼女に仕《つか》える人員を手配するのでした。

　まず、これは、おそらく、若紫の乳母《めのと》の少納言《しょうなごん》への言葉なのでしょうが、光源氏は、若紫の家（尼君《あまぎみ》の家）に残してきた女房《にょうぼう》たちを喚《よ》び寄《よ》せるように言います。

「お仕《つか》えする女房《にょうぼう》がいなくては困るだろうから、必要な女房たちを、夕方になったら喚《よ》び寄《よ》せなさいな」

（「人《ひと》なくて悪《あ》しかめるを、さるべき人々、夕《ゆう》づけてこそは迎へさせ給《たま》はめ」〔若紫〕）

　宮家《みやけ》の姫君《ひめぎみ》や上級貴族家の姫君は、食事も、着換《きが》えも、自分一人ではしないものです。姫君たちは、女房たちに給仕《きゅうじ》をされて食事し、女房たちに脱がされたり着せられたりして着換えるものでした。

　また、若紫自身がまだ十歳の子供であったため、光源氏は、彼女に、幾人《いくにん》かの少女の従者を付けようとします。これは、惟光《これみつ》に対するものでしょうか、光源氏は、こんな指示を出したのです。

「幼い者だけ、特別にこちらに仕《つか》えよ」

（「小さき限り、殊更《ことさら》に参《まい》れ」〔若紫〕）

王朝貴族社会では、彼女たちのような少女の従者は、普通、「女童《めのわらわ》」と呼ばれていました。ですから、若紫には、光源氏の配慮によって、四人の「いとをかしげ（たいへん素敵）」な女童が付けられたことになります。

こうして、若紫が二条院で暮らすのに必要なあれこれの準備を済ませたところで、光源氏は、ようやく若紫を起こしました。そして、あの「女は、心柔らかなるなむ、よき（女性には、心が柔らかいことが、大切なのですよ）」というセリフを口にしたのです。

なお、光源氏も、若紫の姿を、陽《ひ》の光《ひかり》のもとに間近で見るのは、このときが初めてでした。祖母を亡《な》くしたばかりの彼女は、喪服《もふく》を着ていて、しかも、その喪服も、以前から着ていた衣裳を染め直したものであるためか、だいぶくたびれています。が、それでも、改めてまじまじと若紫を見つめた光源氏は、原文の表現で「いみじう清《きよ》らにて」という感想を持ちました。王朝時代において、「清ら」というのは、容姿のうつくしさを賞賛するにあたっての最高の誉め言葉ですから、彼女は、やはり、たいへんな美少女だったことになります。

❖――「私が教えてあげますから」

　それからの二ヶ日もしくは三ヶ日、光源氏は、公務に出ることもなく、ひたすら若紫の相手をして過ごします。原文に「君は、二三日《ふつかみか》、内裏《うち》へも参《まい》り給《たま》はで、この人《ひと》を懐《なつ》け語《かた》らひ聞《き》こえ給《たま》ふ」と語られるところです。

　ここで、原文に見える「懐け語ら（ふ）」という表現に注目すると、実に興味深くあります。まず、ここの「語らふ」は、「説得する」とか「（説得して）仲間に引き入れる」とかいった意味で使われているわけではなく、「親しく言葉を交《か》わす」ほどの意味で用いられているのでしょう。また、古語の「懐く」には、現代語の「懐く」と同じ意味を持つ自動詞の「懐く」の他に、現代語の「懐かせる」と同じ意味を持つ他動詞の「懐く」がありますが、ここの「懐く」は、「懐かせる」と訳される方の「懐く」です。すると、右の「懐け語ら（ふ）」は、「懐かせようとして親しく言葉を交わす」とでも訳されることになりましょう。

　そうです、光源氏は、さらってきた少女を自分に懐かせようと、ずっとその少女とおしゃべりをしていて、二日間も三日間も仕事をサボっていたのです。

　ただ、おしゃべりをしていたといっても、ただただ取り留めのないことをしゃべっていたのではないようです。光源氏は、言葉を交わすきっかけを作るべく、若紫に書《しょ》の腕を披露したりもしたのでした。

例えば、光源氏は、「知《し》らねども／武蔵野《むさしの》といへば／託《かこ》たれぬ／よしやさこそは／紫《むらさき》のゆゑ」という古歌《こか》から「武蔵野といへば託たれぬ」の二句を取って、紫色の紙に、みごとな筆遣《ふでづか》いで書いてみせます。すると、若紫は、この書に見入るのですが、彼女がよくよく見ると、小さな字で、光源氏の詠《よ》んだ、次のような和歌も書かれているのです。

「　ねはみねど　あはれとぞ思《も》ふ　武蔵野《むさしの》の　露分《つゆわ》け詫《わ》ぶる　草のゆかりを　」

そして、光源氏は、若紫にも何か書いてみるように言います。が、若紫は、「まだ上手く書けない」と言って尻込みをします。すると、光源氏は、困った顔で自分を見上げる若紫のかわいらしさによろこびながら、こう言うのです。

「上手くなくても、恥ずかしがって書かないのは、もっとよくないですよ。私が教えてあげますから」

（「よからねど、むげに書かぬこそ悪《わろ》けれ。教へ聞こえむかし」〈若紫〉）

さあ、光源氏が願い続けていた教育の機会です。そして、若紫は、光源氏から隠すように少し横を向いて、何かを書きはじめるのですが、こうした仕草もまた、光源氏をよろこばせるのでした。

❖――「大切に想っています…藤壺中宮さまの親類の少女を」

ところで、光源氏がその一部を書いた「知らねども／武蔵野といへば／託たれぬ／よしやさこそは／紫のゆゑ」という和歌なのですが、ここで彼がこの一首を選んだことには、きちんと理由があるのです。

『古今和歌六帖《こきんわかろくじょう》』にも載《の》る右の古歌を現代語にするならば、「武蔵野には行ったこともないのに、『武蔵野』と聞くと、溜息《ためいき》が出てしまう。ああ、そうか。それは、武蔵野には懐かしい紫草《むらさきぐさ》が生《は》えているからだ」といったところでしょう。そして、光源氏は、この歌の「紫（紫草）」に、眼の前にいる若紫を見るとともに、密かに愛する藤壺中宮《ふじつぼのちゅうぐう》をも見ています。藤の花の色が紫色に近いことは、すぐにも思い出されましょう。

光源氏は、若紫を前にして「武蔵野といへば託たれぬ」と書いたとき、「この少女を見ていると、溜息が出てしまう。なぜなら、この少女は、藤壺中宮さまを思い出させるからだ」という気持ちでした。この気持ちは、もちろん、若紫には全く伝わりませんが、しかし、この気持ちを若紫の前で文字にするなど、光源氏の無神経さには驚くばかりです。

が、光源氏の無神経な振る舞いは、これだけではありません。先にも紹介した「ねはみねど／あはれとぞ思ふ／武蔵野の／露分け詫ぶる／草のゆかりを」の一首にも、掛詞《かけことば》の技法によって、右に見たような気持ちが込められているのです。

この歌は、最初の「ね」を「根」と解釈して訳すと、「まだ根がつながっていることを確かめてはいませんが、素敵だと思います。露《つゆ》に濡《ぬ》れた草に阻《はば》まれて本物を見つけられない紫草に似た草を」となります。しかし、最初の「ね」を「寝」と見做《みな》すならば、同じ一首が、「まだ本当の男女としての共寝《ともね》はしていませんが、大切に想《おも》っています。お会いできずに涙（露）に暮れるばかりの藤壺中宮さまの親類の少女を」と訳されることになるのです。そして、言うまでもなく、この二つ目の訳こそが、光源氏が右の和歌に込めた心でしょう。

光源氏は、若紫を「懐け語らふ（懐かせようとして親しく言葉を交わす）」ことの一環として、「教へ聞こえむかし（私が教えてあげますから）」という姿勢で、若紫と一緒に字を書いていたはずでした。しかし、そんなときにさえ、彼は、眼の前にいる若紫への気持ちではなく、心から恋い慕う藤壺中宮への想いを言葉にするのです。これを、彼の藤壺中宮への一途《いちず》さの表れと見れば、何か美談っぽくもありますが、若紫に対しては、あまりにひどい仕打ちです。

とはいえ、そもそも、光源氏が若紫を見初《みそ》めたのは、「かの人《ひと》の御代《おんか》はりに…見《み》ばや（あの方《かた》の身代わりとして…眺《なが》めていたいものだ）」という思いからでした。ですから、若紫にとっての唯一の救いは、幼い彼女には何一つ事情がわからないことかもしれません。

◉――やがて「紫の上」へと成長する少女

そんな哀《あわ》れな若紫ですが、光源氏は、彼女が自分に対して少し横を向いて筆を執《と》る姿が、かわいくて仕方ありません。そして、彼は、若紫をあまりにもかわいく感じる自分に、「あやし」という感情を抱《いだ》きます。

古語の「あやし」は、「不思議だ」「奇妙だ」「めずらしい」などの多様な意味を持ちますが、ここで光源氏が自身に感じた「あやし」は、「不思議だ」と「奇妙だ」との入り混じったものでしょう。彼は、自分がこうも若紫に魅了《みりょう》されるとは思っていなかったのかもしれません。そして、この瞬間、光源氏を惹《ひ》きつけたのは、あるいは、藤壺中宮とは無関係な、若紫自身の美質だったのではないでしょうか。

それはともかく、光源氏が見ているうち、若紫は、自ら字を書いた紙を隠すようにしながら、「書《か》き損《そこな》っちゃった」とつぶやきます。

この若紫のセリフの原文は、「書《か》き損《そこな》ひつ」というものです。これを直訳すると、「書き損ってしまった」というところでしょう。が、まさか、これをそのまま十歳の女の子のセリフにするわけにはいかないでしょうから、私は、右のように「書き損っちゃった」と訳したのです。子供のセリフの訳は、簡単ではありません。

また、若紫の言う「書き損ひつ（書き損っちゃった）」は、どうやら、言葉を間違えたとか字を間違えたとかではなく、彼女なりに上手くは書けなかったということのようです。というのも、彼女が隠そうとするものを光源氏が無理に見ると、そこには、ふっくらとした女性らしい筆遣いの、将来の上達が期待できるような書が出来上がっていたからです。

しかも、その書の内容は、若紫が自分で詠んだ次のような和歌でした。

「託《かこ》つべき　ゆゑを知らねば　覚束《おぼつか》な　いかなる草《くさ》の　ゆかりなるらん　」

この一首の心は、「あなたが嘆《なげ》かなければならない理由を知りませんので、気になるところです。私は、どのような草に似た草なのでしょうか」というところでしょう。そして、「託つ」「ゆゑ」「草のゆかり」といった言葉が見えることに明らかなように、この和歌は、光源氏が一部を書き付けた「知らねども…」の古歌と光源氏自身が詠んだ「ねはみねど…」の一首とに対する返歌《へんか》に他なりません。

どうやら、若紫は、幼いながらも、光源氏が自分をめぐって何か妙な感情を抱いていることを察しているようです。光源氏は、若紫の姿に無邪気なかわいらしさばかりを見ているようですが、それは、間違っているのかもしれません。やがて「紫《むらさき》の上《うえ》」と呼ばれる嫉妬《しっと》深《ぶか》い女性へと成長する若紫は、このとき、早くも、その片鱗《へんりん》を見せていたのではないでしょうか。

◉——人形遊びに興じる光源氏

若紫の書に満足した光源氏は、次いで、雛遊《ひいなあそ》びをはじめます。王朝時代に「雛遊び」と呼ばれていたのは、要するに、人形遊《にんぎょうあそ》びです。

「雛《ひいな》（ひな）」と聞くと、現代人の多くは、三月三日に飾る雛人形《ひなにんぎょう》を思い浮かべるかもしれませんが、その雛人形の一種に、「紙雛《かみびな》」とか「立《た》ち雛《びな》」とか呼ばれるものがあるのは、ご存じでしょうか。これは、和紙で出来た紙製の雛人形で、紙を折って作った男女の人形に、さまざまな色の紙で着物を着せたものです。これが「紙雛」と呼ばれるのは、右述のように紙製だからですが、「立ち雛」という呼び名は、この人形の多くが立ち姿であることに由来します。

そして、この現代において「紙雛」「立ち雛」と呼ばれる紙製の人形は、王朝時代においては、「雛《ひいな》」と呼ばれており、かつ、子供の遊び道具として扱われていました。当時の子供たちは、紙で出来た男女の人形に、さまざまな衣裳を着せたり、好みの名前を付けたり、いろいろの役割を与えたりしていたのです。光源氏に至っては、若紫のため、人形用の家まで用意したのでした。しかも、「雛《ひいな》など、わざと屋《いえ》ども作《つく》り続《つづ》けて」という原文からすると、彼が若紫の人形遊びのために用意した人形用の家は、一軒ではなかったようです。

なお、こうして若紫と一緒に遊ぶ光源氏の心情について、語り手は、原文の表現で「もろともに遊びつつ、こよなきもの思《おも》ひの紛《まぎ》らはしなり」と語ります。「もの思ひ」は、そのまま現代語にするならば、「悩みごと」ですが、『源氏物語』序盤においては、光源氏の「もの思ひ（悩みごと）」といえば、十中八九、藤壺中宮への苦しい恋慕です。また、ここに言う「紛らはし」は、「気晴《きば》らし」とでも訳されるべきでしょうか。

どうやら、一緒に字を書いたり一緒に人形遊びをしたりという若紫との戯《たわむ》れは、藤壺中宮への想いに苦悩する光源氏にとって、何よりの気晴らしになっていたようです。そして、このことは、逆説的に、光源氏の想いは、眼の前の若紫にではなく、若紫を通して思い浮かぶ藤壺中宮にあったことを示します。彼の心は、どこまでも、藤壺中宮のものなのです。そして、若紫は、あくまでも、藤壺中宮の代用品でしかないのでした。

それでも、若紫は、その後、順調に光源氏に懐いていきます。光源氏は、若紫を連れ込んだ当初こそ、二日も三日も公務を疎《おろそ》かにして若紫の相手ばかりをしていたものの、それから後は、公務のためか、他の女性たちを訪ねるためか、普通に自宅を空けるようになりますが、そんな彼が帰宅したとき、真っ先に彼を出迎えたのは、若紫でした。光源氏の自邸で彼に仕える人々の大半は、若紫の正体を知らされていなかったようですから、邸内には変な空気も流れていたでしょうが、光源氏と若紫との二人は、幸せな時間を過ごしていたのです。

❖——「この子は、実に変わったお姫さまだよ」

若紫は、光源氏が出かけている間、ふと寂《さび》しさを感じたときには、亡き尼君《あまぎみ》を慕《した》って泣きました。しかし、その若紫も、父親の兵部卿宮《ひょうぶきょうのみや》に関しては、その存在を思い出すことさえありません。もともと疎遠《そえん》であった父親は、初めからいないも同然の存在だったのでしょう。

そして、今や、若紫にとって最も信頼できる相手は、光源氏でした。このあたり、原文では「今は、ただこの後《のち》の親《おや》をいみじう睦《むつ》び纏《まつ》はし聞《き》こえ給《たま》ふ」と語られます。古語の「睦《むつ》ぶ」は「馴《な》れ親《した》しむ」を意味し、古語の「纏《まつ》はす」は「纏《まと》わり付《つ》く」「絶えず側《そば》にいさせる」を意味します。また、ここに言う「この後の親」とは、光源氏のことです。したがって、若紫は、さらわれてからほどなく、いつも纏わり付いているくらいに光源氏に懐《なつ》いたことになります。

実際、彼女の懐きぶりは、すごいもので、先にも触れたように、光源氏が外出先から帰宅すると、真っ先に出迎えるわけですが、その後は、原文の言葉で「御懐《おんふところ》に入り居《い》て、いささか、疎《うと》く『恥《は》づかし』とも思《おも》ひたらず」という様子でした。

「御懐に入り居て」というからには、若紫は、光源氏に抱っこされて、彼の膝《ひざ》の上に座っていたのでしょう。なんと、あの冬の嵐の夜、光源氏が望んでもかなえられなかった、あの体勢ではないですか。しかも、今の若紫は、光源氏の膝に乗っていることについて、「少しばかりも、気がねして『恥ずかしい』と思ったりしない」のです。「いささか、疎く『恥づかし』とも思ひたらず」とは、そういうことです。

一方、光源氏はというと、自分の膝に乗る若紫を見ながら、こんなことを考えていました。

「女性が、利口ぶって、あれこれと厄介《やっかい》な相手になると、こちらも『私にも少し不愉快《ふゆかい》なことが起きたりするのでは』と遠慮がちになり、女性の側も私を恨むようになって、いきおい、予想外の不和も生じようものを、この姫君は、たいへんかわいらしい遊び相手だ。実の娘でさえ、やはり、これくらいの年齢になると、気安《きやす》く接したり、親密に一緒に寝たりなどは、まずできないだろうに、この子は、実に変わったお姫さまだよ」

(「賢《さか》しら心《ごころ》あり、何くれと難《むつか》しき筋《すじ》になりぬれば、『わが心地も少し違《たが》ふ節《ふし》も出《い》で来《く》や』と心置《こころお》かれ、人も恨みがちに、思《おも》ひの外《ほか》のこと自《おの》づから出《い》で来《く》るを、いとをかしき玩《もてあそ》びなり。娘などはた、かばかりになれば、心安くうち振る舞ひ、隔《へだ》てなきさまに臥《ふ》し起《お》きなどは、えしもすまじきを、これは、いとさま変はりたる傅《かしず》き種《ぐさ》なり」〔若紫〕)

彼は、若紫の懐きっぷりが、うれしくて仕方なかったようです。

そして、『源氏物語』という長編物語において最も重要な位置を占める若紫《わかむらさき》巻は、右の光源氏の感慨を以て結ばれます。

◉──「紫のゆかり」の相手に忙しい光源氏

「常陸宮《ひたちのみや》」と呼ばれる皇子《おうじ》は、その時点では既に故人でしたが、彼には、忘《わす》れ形見《がたみ》の姫君があって、その姫君は、やがて、彼女に興味を持った光源氏と関係を持つことになります。それは、光源氏が十八歳の秋のことでしたから、光源氏は、葵の上という正妻を持ち、ずっと以前から六条御息所《ろくじょうのみやすどころ》と交際し、継母《ままはは》の藤壺中宮を恋い慕い、かつ、北山《きたやま》で見初めた少女に想いを寄せながら、常陸宮の姫君との恋愛にも励んでいたことになります。まさに色好《いろご》のみの所業です。

しかし、光源氏は、この常陸宮の姫君と恋仲になってほどなく、小さからぬ後悔をします。その姫君は、歌を詠みかけても、普通に話しかけても、ただただ恥ずかしそうにしているばかりで、返歌を詠むこともなければ、返事を返すこともないのです。

しばしば勘違いされているところですが、光源氏という男性は、必ずしも容姿のうつくしい女性ばかりが好きなわけではありません。彼は、基本的に、頭のいい女性が好きなのです。といっても、この場合の頭のよさというのは、上手に生きていくための頭のよさのような打算的なものではなく、和歌を詠みかければ即座に返歌を詠み返してくるような頭のよさです。彼は、打てば響くような機智に富んだ女性が大好きでした。ただ、その女性がうつくしかったりすれば、彼は、なお満足だったことでしょう。

ですから、光源氏にしてみれば、返歌どころか返事もないような退屈な女性は、問題外の存在でした。彼の色好みというのは、けっして肉欲に溺《おぼ》れる類《たぐい》のものではなく、恋愛関係を一種の知的な遊戯として楽しむものだったのです。

それゆえ、光源氏の足は、だんだんと常陸宮の姫君のもとからは遠ざかります。そして、このあたりのことを、語り手は、「かの紫《むらさき》のゆかり、尋《たず》ね盗《と》り給《たま》ひては、そのうつくしみに心入《こころい》り給《たま》ひて、六条辺《ろくじょうわた》りにだに離《か》れ増《ま》さり給《たま》ふめれば、況《ま》して荒《あ》れたる宿《やど》は、あはれに思《おぼ》し怠《おこた》らずながら、もの憂《う》きぞわりなかりける」と語ります。

ここで「荒れたる宿」と言われているのが、常陸宮の薨《こう》じた後は荒れ果てる一方の常陸宮の邸宅です。また、光源氏は、この「荒れたる宿」のことを忘れたわけではない（「あはれに思し怠らず」）ものの、そこを訪れることには気が進まず（「もの憂き」）にいるのです。

そして、右に引用した一文によると、その頃の光源氏は、常陸宮の姫君のことはもちろん、六条御息所（「六条辺り」）のことさえ、疎《おろそ》かにしていたようですが、その一番の原因は、さらってきた若紫の相手をするのに忙しかったことにありました。「かの紫のゆかり」は、若紫に他なりません。

なお、これは、『源氏物語』末摘花《すえつむはな》巻で語られる物語です。

◉──ふざけ合う「いとをかしき妹背」

末摘花巻といえば、その女主人公《ヒロイン》は、読者の間では「末摘花《すえつむはな》」の呼び名で知られる女性ですけれども、先ほどから常陸宮の姫君として登場しているのが、末摘花その人です。また、末摘花という と、個性的な容姿を持つことで知られますが、彼女の容姿をめぐって、よくある誤解を正しておくと、光源氏が彼女と関係を持ったことを後悔したのは、彼女の容姿を見たからではありません。

先ほども触れたように、光源氏が末摘花にがっかりしたのは、まずは、彼女が返歌も返事もできなかったからでした。しかし、それでも、光源氏は、末摘花の人生に対する責任を取る覚悟を決めて、サボりがちながらも彼女のもとに通い続けます。そして、彼は、少なくとも関係のはじまった秋から同じ年の冬までの間、末摘花の容姿を知らなかったのです。

とはいえ、冬のある朝、雪明かりに照らされて露《あら》わになった末摘花の容姿は、光源氏にとっても、かなり衝撃的なものだったようです。特に、彼女の長く垂《た》れ下《さ》がって先端の赤い鼻は、光源氏の心を鷲把《わしづか》みにしたのでした。

その翌年の正月のことですが、自宅でくつろいでいた十九歳の光源氏は、十一歳の若紫の幼いうつくしさに見入りながら、こんなことを考えるのです。

「自分から望んでのこととはいえ、どうして、私は、こうもつまらない男女関係を持ってしまう

のだろう。これほどまでに気がかりな姫君の側《そば》を離れて」

（「心《こころ》から、などか、かう憂《う》き世《よ》を見扱《みあつか》ふらむ。かく心苦《こころぐる》しきものをも見《み》て居《い》たらで」〈末摘花〉）

また、光源氏は、若紫と一緒に絵を描くうち、自分で自分の鼻を赤く塗ってみて、それを見た若紫が笑うと、こんなことを言います。

「もし、私がこんな変な顔になったら、どうしますか」

（「まろが、かく片端《かたは》になりなむとき、いかならむ」〈末摘花〉）

とはいえ、光源氏は、若紫に末摘花のことを話したりはしません。そして、自分の鼻の絵の具を拭《ふ》き取《と》ろうとする若紫に、彼は、こうふざけかかります。

「平貞文《たいらのさだふん》の顔のように黒くしないでくださいよ。赤いのなら、がまんできますけれど」

（「平中《へいぢゅう》がやうに彩《いろど》り添《そ》へ給《たま》ふな。赤からむは、敢《あ》へなむ」〈末摘花〉）

こんな二人を、語り手は、「いとをかしき妹背《いもせ》」と評します。王朝時代の「妹背」の語は、夫婦をも兄妹をも意味しますが、いずれにせよ、鼻先の赤い末摘花も、顔を真っ黒にした逸話のある平《たいらの》貞文《さだふん》も、光源氏が若紫と仲睦《なかむつ》まじくするための材料にされてしまうのでした。

二、葵の上・六条御息所をめぐるセリフ

06章

正妻を持て余す光源氏

若紫巻・末摘花巻・紅葉賀巻

「おれの浮気の原因は、おまえにあるんだよ」

❖――「かわいく受け応えをしてくださるなら、愛しく思えるものを」

光源氏の最初の正妻（北《きた》の方《かた》）となった女性を、われわれ読者は、普通、「葵の上《あおいうえ》」と呼びますが、この呼び方は、実は、物語の中には一度も登場しません。それでも彼女が「葵の上」と呼ばれるのは、彼女が葵《あおい》巻の女主人公《ヒロイン》だからです。ただ、この女性は、葵巻で初めて登場するわけではありません。例えば、これまで読んできた若紫《わかむらさき》巻にも、幾《いく》つか彼女の登場する場面があるのです。

既に見たように、若紫巻は、瘧病《わらわやみ》を患う光源氏が北山《きたやま》に籠《こも》る聖《ひじり》のもとを訪れるところからはじまります。そして、光源氏は、その北山において若紫を見初《みそ》めたのでしたが、その翌日、都《みやこ》に戻ると、まずは父親である桐壺帝《きりつぼてい》への報告のために内裏《だいり》に参り、次いで正妻（北の方）の葵の上が待っているはずの左大臣邸に向かいました。葵の上は、左大臣家の姫君《ひめぎみ》ですから。

すると、左大臣は、原文に「いとど玉《たま》の台《うてな》に磨《みが》き室礼《しつら》ひ、万《よろず》を調《ととの》へ給《たま》へり」とあるように、邸宅内の何から何までを磨き上げて、光源氏の訪れを待っていました。この左大臣は、娘婿《むすめむこ》の光源氏を、本当に大切にしていたのです。

ところが、肝心の葵の上はというと、原文に「女君《おんなぎみ》、例《れい》の、這《は》い隠《かく》れて頓《とみ》にも出《い》で給《たま》はぬを」と語られる通り、夫《おっと》である光源氏に、なかなか姿を見せようとしません。しかも、『源氏物語』で使われる「例の」には、「いつものように」という意味合いがありますから、光源氏の訪れがあっても葵の上が顔を見せないというのは、いつものことだったようです。

ただ、この日の葵の上は、やがて、渋々《しぶしぶ》ながらですが、光源氏の前に出ます。とはいえ、それは、左大臣が懇切に言って聞かせた結果でした。

そして、葵の上は、姿を見せたとはいえ、全く口を開くことはなく、それどころか、全く身動きすることもありません。語り手は、この様子を、「ただ、絵《え》に描《か》きたるものの姫君のやうにし据《す》ゑられて、うち身動《みじろ》き給《たま》ふことも難《かた》く、麗《うるわ》しうてものし給《たま》へば」と伝えます。物語絵《ものがたりえ》の姫君に喩《たと》えられる彼女は、たいへんな美人ではありましたが、光源氏に対して、心を開こうとはしなかったの

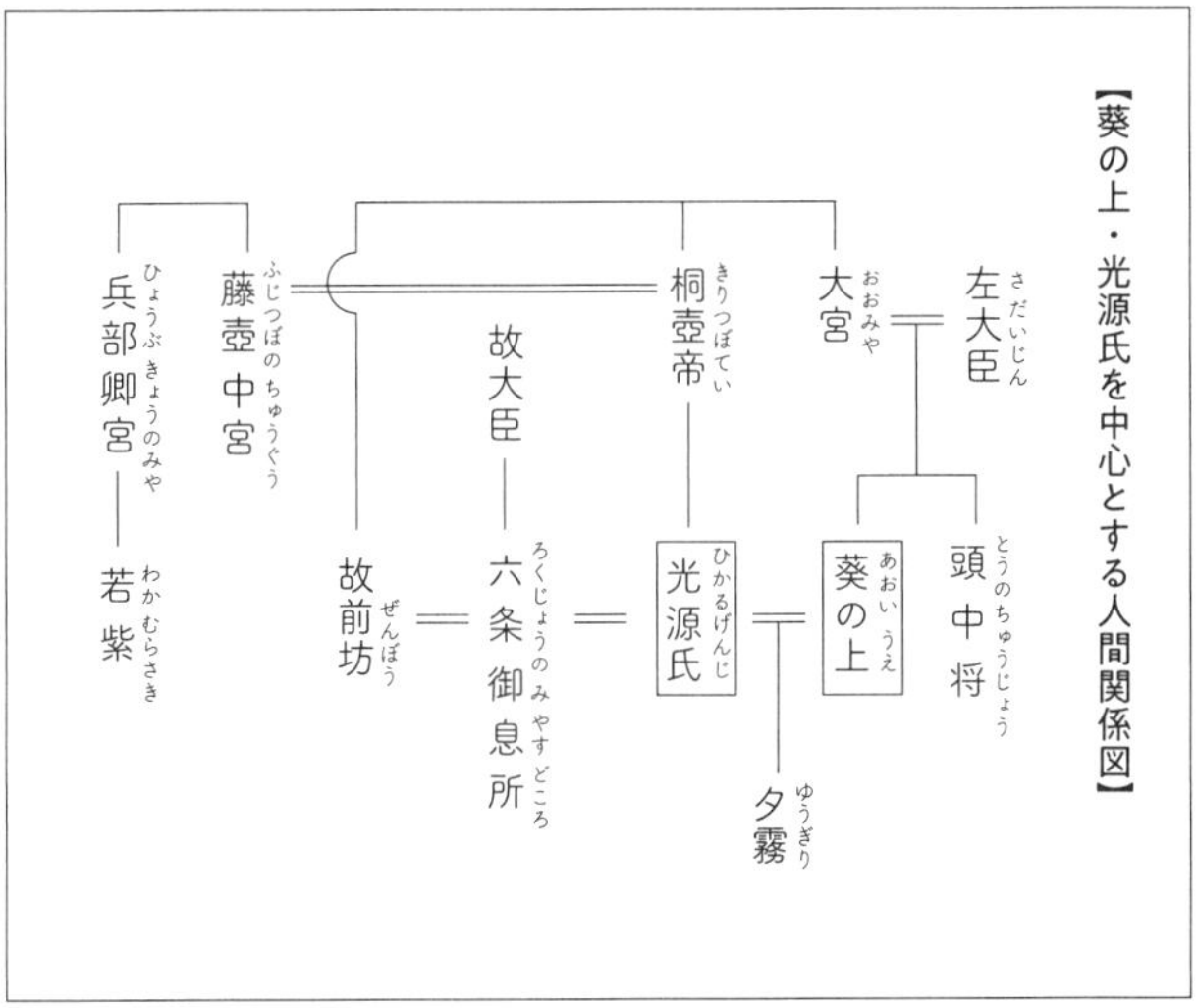

です。

そんな彼女を前に、光源氏は、こんなことを思います。

「心に思ったことをそれとなく言うにしても、今回の北山での出来事を話すにしても、話す甲斐《かい》がある感じにかわいく受け応えをしてくださるなら、愛《いと》しく思えるものを」

（「思ふこともうち掠《かす》め、山路《やまみち》の物語をも聞こえむ、言《い》ふ甲斐《かい》ありてをかしうち答《いら》へ給《たま》はばこそ、あはれならめ」〔若紫〕）

光源氏は、物語絵の姫君のようなうつくしい正妻を、完全に持《も》て余《あま》しているのでした。

❖——「ときには、世の中の普通の妻のようなうち解けたご様子を、見てみたいものですよ」

葵の上を前にしての光源氏の心の中での抗議は、まだ続きます。

「全《まった》く以《もっ》て、心を開いてはくれず、よそよそしく、私を腫《は》れ物《もの》のように扱って、年月が経《た》つに従って心の壁が高くなるので、たいへん辛《つら》く」

（「世《よ》には心《こころ》も解《と》けず、疎《うと》く恥《は》づかしきものに思《おぼ》して、年《とし》の重《かさ》なるに添《そ》へて、御心《おんこころ》の隔《へだ》ても増《ま》さるを、いと苦《くる》しく」〔若紫〕）

光源氏が葵の上と結婚したのは、彼が十二歳のときですから、それから光源氏十八歳の現在まで、足かけ七年もの歳月が流れています。それだけの時間があれば、いかに親の決めた政略結婚まがいの結婚であったにせよ、とりあえずは夫婦なわけですから、愛情とは言わないまでも、友情とか、信頼とか、せめて親しみとか、それくらいのものは、多少は生まれてもよさそうなものです。しかし、この夫婦の場合、足かけ七年の歳月をかけて、堅固な相互不信の壁を築き上げてしまったのです。

もちろん、こうなったことには、それなりの原因があります。

その一つは、葵の上の側《がわ》の問題で、彼女の気位《きぐらい》が高過ぎることでしょう。実は、彼女は、左大臣にとっては、たった一人の娘なのです。左大臣は、息子ならば、光源氏の親友として知られる頭《とうの》中将《ちゅうじょう》をはじめ、幾人か持っているのですが、娘となると、一人しか持っていないのです。それゆえ、彼女は、いずれは帝《みかど》のもとに入内《じゅだい》して次代の帝を産むべき身として養育されてきたのでした。当然、そのように育てられた姫君は、気位の高い姫君に成長するでしょう。

ところが、結婚適齢期の十六歳になった葵の上が、実際に結婚させられた相手は、四つ年下の、皇子《おうじ》ではあっても源氏《げんじ》になってしまっていて帝になる見込《みこ》みなどない、哀《あわ》れな皇子だったのです。これは、気位の高い姫君には、堪え難いことだったに違いありません。

そして、この日、光源氏の側が、夫婦仲に関する不満を、ついに口に出します。

「ときには、世の中の普通の妻のようなうち解けたご様子を、見てみたいものですよ。私が病気でひどく苦しんでいるときも、『具合いはどうですか』と見舞ってくださることさえなかったのも、いつもの通りでめずらしいことではありませんが、やはり、恨めしいのです」

（「ときどきは世《よ》の常《つね》なる御気色《みけしき》を見ばや。堪《た》へ難《がと》う患《わずら》ひ侍《はべ》りしをも、『いかが』とだに問《と》ひ給《たま》はぬこそ、めづらしからぬことなれど、なほ恨《うら》めしう」〔若紫〕）

病気で身も心も弱っているときには、見舞ってくれそうな人が見舞ってくれなかったりすると、ひどく落ち込むものです。病んだ夫に見舞いの言葉をかけることもない妻――そんな妻を持っているかと思うと、さすがに光源氏に同情したくなります。

◉――葵の上からの絶縁状

こうして、泣《な》き言《ごと》まがいの本音をぶつける光源氏ですが、この気の毒な光源氏を、葵の上は、驚くほど冷たくあしらいます。

このとき、葵の上が光源氏に返したのは、「問《と》はぬは辛《つら》きものにやあらん」という、わずか一言だけでした。しかも、この一言は、古歌《こか》の一部を少し変えたもので、解釈の仕方によっては、葵の上が光源氏に突き付けた絶縁状《ぜつえんじょう》にもなり得るのです。

葵の上の一言の元になったのは、「忘《わす》れねと／言《い》ひしに叶《かな》ふ／君《きみ》なれど／問《と》はぬは辛《つら》き／ものにぞありける」という一首ですが、これは、「本院《ほんいん》の内蔵《くら》」として知られる女性の詠歌で、『後撰和歌《ごせんわか》集《しゅう》』に収められています。また、この歌の心は、「私が『私のことは忘れて』と言って別れることを望んで、その通りに別れてくれたあなたですけれど、だからといって、その後は手紙の一つもくれないというのは、薄情というものですよ」といったところでしょう。また、『後撰和歌集』に見える詞書《ことばがき》によると、本院の内蔵の元恋人は、今は他の女性と交際していて、本院の内蔵のことなど、すっかり忘れてしまったかのようなのです。

光源氏の不満に「問はぬは辛きものにやあらん」と応じたことからすれば、葵の上が教養のある女性であることも、彼女が機智《きち》に富《と》んだ女性であることも、疑う余地はありません。その意味では、彼女は、光源氏が女性に求めるものの一つを、間違いなく持っているのです。今回の光源氏の訴えに対する葵の上の反応は、まさに打てば響くといった感じでした。

ただ、ここで問題になるのは、その響き方なのです。というのは、葵の上が口にした「問はぬは辛きものにやあらん」という言葉は、表面的には「見舞わないのは、薄情というものかしら」という程度の意味しか持ちませんが、この言葉の元になった和歌の詞書までを踏《ふ》まえて解釈すると、「既に縁《えん》を切られた私なのに、あなたの病床《びょうしょう》を見舞わないのは、薄情というものなのかしら」という意味を持つことになるからです。

ここで、葵の上は、光源氏の泣き言に応えるかたちで、しかも、古歌の一部を借用するかたちで、たいへんやんわりと、「あなたを夫《おっと》だとは思っていない」ということを伝えます。光源氏がどう言おうと、彼女は、この結婚を認めていないのです。

さらに、葵の上がわざわざ本院の内蔵の和歌を選んで用いた意図を考えると、彼女は、ここで、光源氏のあれこれの浮気をなじってもいるのかもしれません。というのは、件《くだん》の一首の詞書によれば、本院の内蔵の元恋人は、他の女性に夢中であるらしいからです。

そして、この夫婦の不仲の原因の一つが、光源氏の盛んな女性関係にあることは、どうやっても否定できません。彼の側にも、夫婦関係を危《あや》うくする問題があったのでした。

❖――「生きてさえいれば、いつかどうにかなるかもしれません」

ところで、「問はぬは辛きものにやあらん」と言ったとき、葵の上は、光源氏の顔を見ようとさえしていませんでした。原文には、「からうじて、『問はぬは辛きものにやあらん』と、後目《しりめ》に見寄《みお》こせ給《たま》へる眼《まみ》、いと恥《は》づかしげに、気高《けだこ》ううつくしげなる御容貌《おんかたち》なり」とありますから、おそらく、彼女は、光源氏の正面に座ることさえ嫌《いや》だったのでしょう。「後目《しりめ》」というのは、流《なが》し目《め》のことです。そして、相手を流し目（「後目」）で見るのは、相手の正面にいないからではないでしょうか。

ただ、ここにおいても、語り手は、葵の上の美貌を強調します。それも、「気高ううつくしげなる御容貌なり」などと語るのですから、彼女は、気高さをも備えた美人だったことになるでしょう。そして、そんな高貴さを漂わせる美人ですから、彼女の流し目（「後目」）には、その眼で見られた側が恐縮してしまうような独特の力があります。原文の「いと恥づかしげに」は、そういうことを言っているのです。この葵の上の流し目、私は、一度でいいから経験してみたいと思っています。

しかし、光源氏には、私と同じ趣味はなかったようです。彼は、この葵の上の態度が、全く気に入らず、こう言い返したのでした。

「めずらしく何かおっしゃったと思えば、耳を疑うようなお言葉です。『問はぬは』の一首が詠ま

れた男女関係は、私たちの関係とは違っています。悲しくなるようなことをおっしゃるものですよ。あなたがいつもいつも素っ気《そけ》なく振る舞われることについても、『もしかしたら、考え直してくださるかもしれない』と思って、あれこれと試みてきましたが、そのことさえも、あなたは、鬱陶《うっとう》しくお思いになるのでしょう。仕方ありません。それでも、生きてさえいれば、いつかどうにかなるかもしれません」

（「稀々《まれまれ》はあさましの御言《おんこと》や。『問はぬ』などいふ際《きわ》は、異《こと》にこそ侍《はべ》るなれ。心憂《こころう》くも宣《のたま》ひ成《な》すかな。世《よ》とともにはしたなき御持《おんも》て成《な》しを、『もし思《おぼ》し直《なお》る折《おり》もや』と、とざまかうざまに試み聞こゆるほど、いとど思《おぼ》し疎《うと》むなめりかし。よしや。命《いのち》だに」〔若紫〕）

光源氏に感心することの一つは、この葵の上に対するがまん強さです。

実のところ、彼には、どうしても葵の上と夫婦でいなければならない理由はありません。今上《きんじょう》帝《てい》の皇子である光源氏は、少なくとも現時点においては、左大臣家の後ろ盾《うしだて》などなくとも、政治的にも、経済的にも、社会的にも、特に困ることはないのです。が、彼は、葵の上と離婚することなく、夫婦仲の改善を望み続けます。

もっとも、二人の夫婦仲が悪いことの責任の大半は、光源氏の側にあるのですが。

❖——「またこちらに戻って参ります」

それから半年以上も後、光源氏が初めて若紫と同衾《どうきん》した冬の嵐の夜の翌々晩のこと、光源氏は、「いろいろと不都合がありまして、お伺《うかが》いできませんが、私が姫君のことを大事にしていないとお思いでしょうか」などという、全く心の籠《こも》らない弁解をして、若紫のもとに足を運ぶことをサボります。

では、その夜、光源氏はどこにいたのかというと、それは、葵の上のいる左大臣邸でした。とはいえ、葵の上の態度は、いつもの通りでした。語り手が「例《れい》の、女君《おんなぎみ》、頓《とみ》にも対面《たいめん》し給《たま》はず」と語るように、彼女は、訪れた光源氏に顔を見せようともしなかったのです。

そして、これをおもしろくなく思う光源氏は、琴《こと》を玩《もてあそ》びながら、「常陸《ひたち》には田《た》をこそ作《つく》れ」と、「常陸《ひたち》」という風俗歌《ふうぞくか》を口吟《くちずさ》みます。この風俗歌、正しくは「常陸《ひたち》にも／田《た》をこそ作《つく》れ／徒心《あだごころ》や／かぬとや君《きみ》が／山《やま》を越《こ》え／雨夜来《あまよき》ませる」というもので、その心は、「私は、常陸国《ひたちのくに》で田を耕しているだけなのに、『浮気心があるんじゃないのかしら』と疑って、あなたは、山を越えて、雨の降る夜にやって来たのです」というところです。光源氏がこの歌を選んだのは、葵の上が邸内にいる自分のもとにさえ出てこないことに当て付けるためかもしれませんし、葵の上が何かと自分の浮気に臍《へそ》を曲《ま》げることをなじるためかもしれません。

ただ、光源氏の場合、「常陸」の男性と違って、現に浮気をして回っているわけですから、葵の上が彼の浮気に臍を曲げるとしても、葵の上には非はありません。ですから、光源氏が自身の浮気をめぐって葵の上をなじるとしたら、それは、開き直りでしかないでしょう。

しかも、光源氏は、この夜も、葵の上から見れば浮気でしかない行為に及びます。すなわち、彼は、これから、若紫をさらいに、彼女の家に向かうのです。今夜の光源氏は、当初、若紫のもとに赴くつもりはありませんでした。が、惟光《これみつ》からの報告によって翌日には兵部卿宮《ひょうぶきょうのみや》が若紫を引き取ることを知った彼は、急遽、若紫の誘拐を実行することにしたのです。

そして、光源氏は、この真夜中の怪しい外出に際して、葵の上には、こんな胡散臭《うさんくさ》い挨拶をします。

「自宅にどうしても片付けなければならない用件があったのを、今まさに思い出しました。それを片付けましたら、またこちらに戻って参ります」

（「彼処《かしこ》にいと切《せち》に見るべきことの侍《はべ》るを、思《おも》ひ給《たま》へ出《い》でてなん。立《た》ち返《かえ》り参《まい》り来《き》なむ」〈若紫〉）

こう言いながらも、この夜、光源氏が左大臣邸に戻ることはありませんでした。が、葵の上は、光源氏の言葉など、初めから信じていなかったのかもしれません。

◉――いじらしい中務の君

ところで、あちらこちらの女性と男女の関係を持つ光源氏ですが、彼は、よりにもよって、正妻(北の方)である葵の上に仕《つか》える女房《にょうぼう》の一人とも、そうした関係になっていました。

末摘花《すえつむはな》巻の女主人公は、「末摘花《すえつむはな》」の呼び名で知られる個性的な女君《おんなぎみ》ですが、その末摘花に興味を持った光源氏は、ある夜、末摘花の弾く琴の音を聴くため、こっそりと末摘花の家(常陸宮《ひたちのみや》邸)に忍び込みます。が、その親友である頭中将は、光源氏の不審な動きを見逃しませんでした。彼は、こそこそと末摘花の家に入っていく光源氏の後を、さらにこそこそと尾行します。そして、二人の貴公子は、末摘花の家の敷地内で鉢合わせし、微妙な空気の中、笛を吹き合わせながら、ともに左大臣邸に向かうのでした。

ここで、光源氏が左大臣邸に向かったのは、彼が左大臣家の聟《むこ》だからですが、これに頭中将が同道したのは、彼が左大臣家の御曹司《おんぞうし》だからです。頭中将は、葵の上の兄なのです。

そして、二人は、左大臣邸に着くと、またまたともに笛を吹きはじめますが、そこに、左大臣の笛が加わり、葵の上に仕える女房たちの琴が加わり、左大臣邸は楽しい夜を迎えます。

ところが、この愉快な夜に、独り悲しげに何かにもたれかかっている女房がいました。

彼女は、葵の上に仕える女房の一人で、物語の中では「中務《なかつかさ》の君《きみ》」と呼ばれています。そして、この中務の君は、琵琶《びわ》の名手でした。しかも、彼女は、なかなかの美人でもあったらしく、頭中将の想い人《おもいびと》であったといいます。

では、そんな中務の君が、演奏会にも加わらずにつまらなそうにしていたのは、どうしてなのでしょうか。

それは、彼女が光源氏の恋人だったからです。

中務の君は、光源氏の正妻（北の方）に仕える身でありながら、光源氏と恋仲になっていたのですから、光源氏が左大臣邸にいるときでさえ、思うままに光源氏との逢瀬《おうせ》を楽しめたわけではありません。葵の上の眼もあり、同僚の眼もあり、さらには、左大臣家の人々の眼もあり、何かとたいへんだったでしょう。

それどころか、中務の君は、光源氏と恋仲になったことで、左大臣家での立場を危うくしてさえいました。彼女の直接の主人である葵の上がどう思っていたかはわかりませんが、物語には「大宮《おおみや》」の呼び名で登場する葵の上の母親は、中務の君に対して、原文の表現で「よろしからず」という感情を抱《いだ》いていたのです。中務の君は、左大臣家の女性陣の最高権力者である大宮から不興を買っていたわけです。

しかし、中務の君は、光源氏への一途《いちず》な想《おも》いから、左大臣家を去らずにいたのでした。

❖——「おれの浮気の原因は、おまえにあるんだよ」

さて、これは、紅葉賀《もみじのが》巻で語られるところなのですが、自邸の二条院《にじょういん》に若紫を迎えて以降、光源氏が左大臣邸に足を運ぶことは、ますます少なくなります。そして、それが兵部卿宮の姫君（若紫）であることまではわからなかったまでも、光源氏が誰か女性を自邸に囲ったらしいことは、ほどなく、左大臣家の人々の耳にも入りました。さらに、この件は、「二条院《にじょういん》には人迎《ひとむか》へ給《たま》ふなり」という言葉として、葵の上の耳にも届きます。

もちろん、これを聞いた葵の上は、不快感を示します。このあたり、原文は『いと心《こころ》づきなし』と思《おぼ》いたり」となっているのですが、古語の「心づきなし」は、普通、「気に入らない」「好感が持てない」「不愉快である」と訳される言葉ですから、葵の上の抱いた不愉快さは、かなりのものだったのでしょう。

そして、この葵の上の反応は、光源氏にも伝わります。が、これに対して、光源氏は、呆《あき》れるばかりの反応を示します。彼は、こんなぼやきを洩《も》らしたのです。

「こちらの内情はご存じないのですから、そのようにご不満に思われるのも、もっともなことかもしれません。もっと素直なお気持ちで、普通の女性のように恨み言《ごと》をおっしゃるのでしたら、

私の方でも隠すところなく全てをうち明けてなだめて差し上げもしましょう。けれども、勝手に私が予想もしないような誤解をなさることが、私としても気に入らず、それで、私がとんでもない浮気をするということになるのですよ」

（「うちうちのありさまは知《し》り給《たま》はず、さも思《おぼ》さむは理《ことわり》なれど、心うつくしく例の人のやうに恨み宣《のたま》はば、われも裏なくうち語りて慰《なぐさ》め聞《き》こえてんものを、思はずにのみ取《と》り成《な》い給《たま》ふ心づきなさに、さもあるまじき遊《すさ》びごとも出《い》で来《く》るぞかし」〈紅葉賀〉）

これを要約すれば、「おれの浮気の原因は、おまえにあるんだよ」ということですね。光源氏の言うところ、彼が浮気をするのは、葵の上が素直に焼《や》き餅《もち》を焼かないためなのだそうです。彼が浮気をしても、それに対して葵の上が素直に焼き餅を焼きさえすれば、彼は何も隠《かく》しごとをせずに葵の上をなだめるものを、実際には葵の上が焼き餅を焼くのではなく何かしらの誤解をするので、それが気に入らない彼は、さらに浮気をするのだそうです。

この理屈、皆さんなら納得できますか。「おまえが素直に焼き餅を焼かずに変な誤解をするから、おれはさらに浮気をするんだ」。こんな理屈をこねる夫がいるとして、妻は、こう言い返してやるべきです。「じゃあ、最初の浮気は何なの？」と。

光源氏としては、何かもっともらしいことを言っているつもりのようですが、どう考えても、彼の浮気をめぐっては、悪いのは光源氏自身です。

❖——「いずれは、私の気持ちを知って、考えを改めてくださるだろう」

そんな身勝手な光源氏ですが、彼は、このとき、その正妻（北の方）である葵の上という女性について、こんなことをぼやいてもいます。

「あの方《かた》の人柄《ひとがら》には、何かが欠けていて、そこに満足できないというような欠陥《けっかん》があるわけではない。他の誰よりも先に男女の仲となったのだから、愛《いと》しく大切に想《おも》っている私の気持ちを理解してもらえないうちは仕方ないとしても、いずれは、私の気持ちを知って、考えを改めてくださるだろう」

（「人の御《おん》ありさまの、片帆《かたほ》に、そのことの飽《あ》かぬと思《おぼ》ゆる疵《きず》もなし。人より先に見奉《みたてまつ》り初《そ》めてしかば、あはれにやむごとなく思ひ聞こゆる心をも知《し》り給《たま》はぬほどこそあらめ、つひには思《おぼ》し直《なお》されなむ」

〔紅葉賀〕）

このセリフの直後、語り手も、「穏《おだ》しく軽々《かろがろ》しからぬ御心《みこころ》のほども『自《おの》づから』と、頼《たの》まるる方《かた》は殊《こと》なりけり」と語ります。「穏しく軽々しからぬ御心のほど」とは、葵の上の「穏やかで思慮深い人柄」のことで、「自づから」とは、「葵の上が自然と光源氏の真心に気づく」ことです。また、「頼まるる方は殊なりけり」とは、「光源氏が頼りにする女性としては、葵の上は特別な存在であった」ことです。すなわち、語り手の言うところでも、光源氏は、葵の上との親密な関係を望んでおり、かつ、葵の上の聡明さに期待しているのです。

どうやら、少なくとも光源氏の側には、葵の上に対する愛情が全くないというわけではないようです。彼は、常々、葵の上の素っ気なさに不満を抱いていました。そして、少なくとも彼自身の中では、その葵の上の素っ気なさへの不満こそが、数々の浮気の原因でした。

とはいえ、ここで光源氏の言うところを、全面的には支持できません。ただ、もしかすると、葵の上が光源氏に素っ気なくするのをやめさえすれば、光源氏は、今よりも頻繁に葵の上のもとに足を運び、葵の上に対してもあれこれと甘い言葉を囁《ささや》くようになるのかもしれません。そうなれば、葵の上自身も、今までよりは、ずっと楽しく幸せに生きられることでしょう。彼女には、自分で自分を不幸にしているところがあるように思えてなりません。

が、仮に、そうなったとしても、光源氏が葵の上以外の女性と恋仲になることをやめるとは、全く思えません。彼は、正妻の葵の上が、素っ気なくとも、素っ気なくなくとも、やはり、他の女性に気を取られることでしょう。藤壺中宮《ふじつぼのちゅうぐう》への想いと、そこから派生した若紫への想いと、最低でも、この二つの恋慕だけは、葵の上の態度に関係なく、光源氏を囚《とら》え続《つづ》けるはずなのです。

このあたり、光源氏は、どのように葵の上を納得させるつもりなのでしょうか。

❖──「少しは世間の夫婦のようになろうとするお気持ちを見せてくださるなら」

そうこうするうち、その年は暮れて、新しい年になります。そして、十九歳になった光源氏は、宮中の元旦の儀式に参列した後、新年の最初の夜を葵の上のもとで過ごすべく、左大臣邸に向かいました。

しかし、葵の上の態度は、あいかわらずです。原文は「例《れい》の、麗《うるわ》しう装《よそお》しき御《おん》さまにて、心うつくしき御気色《みけしき》もなく」と描写しますが、現代語にするならば、「いつものように、隙《すき》のない澄《す》ましたご様子で、かわいらしい雰囲気《ふんいき》もお持ちでなく」というところでしょうか。

これを、光源氏は、原文の表現で「苦《くる》し」と感じます。「苦し」という古語は、「辛《つら》い」という意味を持ちます。そして、葵の上があいかわらず素っ気ないことを「辛い」と感じた光源氏は、葵の上に向かって、こんな言葉を口にしました。

「せめて今年からでも、少しは世間の夫婦のようになろうとするお気持ちを見せてくださるなら、どれほどうれしいことでしょう」

（「今年よりだに、少し世付《よづ》きて改《あらた》め給《たま》ふ御心見《みこころみ》えば、いかにうれしからむ」〔紅葉賀〕）

しかしながら、これは、かなり虫のいい言いようでした。というのも、この頃《ころ》の葵の上は、光源氏が自邸の二条院に女性を住まわせているということが、気になって気になって仕方なく、かといって、動揺しているところを光源氏に見せたくなかったために、今まで以上に素っ気ない態度を取らざるを得なかったからです。彼女に素っ気ない態度を取らせ続けていたのは、誰でもない、光源氏その人でした。

そして、そのことは、光源氏も多少はわかっていたようです。彼は、口には出さなかったものの、葵の上の前で、こんなことを思いもしたのです。

「どんなことが、この女性の欠点だというのだろう。私の心にあまりにも不届《ふとど》きな浮気性があるために、こうも恨《うら》まれるのだろうよ」

（「何《なに》ごとかは、この人の飽《あ》かぬところはものし給《たま》ふ。わが心のあまりけしからぬ遊《すさ》びに、かく恨《うら》みられ奉《たてまつ》るぞかし」〔紅葉賀〕）

なお、こんなことを思いながら、光源氏は、原文に「盛《さか》りに整《ととの》ほりて」と表現される葵の上の美貌に見惚《みと》れていました。「盛りに整ほりて」とは、「今を盛りに整って」ということですから、葵の上は、二十三歳になった今こそが、最もうつくしかったのでしょう。とすれば、光源氏が見惚れるのも無理はありません。

とはいえ、このことも、二人の関係を和《なご》ませはしないのです。光源氏二十歳の春を描く花宴《はなのえん》巻でも、葵の上の「例《れい》の、ふとも対面《たいめん》し給《たま》はず」という態度が続きます。

07章

正妻に惚れ直す光源氏

葵巻

「一人の男の妻と恋人とという関係にある女性どうしは、思いやり合うものだ」

◉――結婚十一年目の関係

葵《あおい》の上《うえ》を女主人公《ヒロイン》とする葵《あおい》巻では、光源氏《ひかるげんじ》は二十二歳になり、葵の上は二十六歳になります。そして、二人の夫婦関係は、足かけ十一年目を迎えます。

が、この夫婦の仲はといえば、あいかわらずでした。この関係についての葵の上の気持ちを、語り手は、「かくのみ定《さだ》めなき御心《みこころ》を『心《こころ》づきなし』と思《おぼ》せど、あまり包《つつ》まぬ御気色《みけしき》の言《い》ふ甲斐《かい》なければにやあらむ、深《ふこ》うも怨《えん》じ聞《き》こえ給《たま》はず」と語ります。

「定めなき御心」というのは、光源氏の浮気性のことです。それを、葵の上は、「心づきなし（気に入らない）」とは思っているのです。が、「あまり包まぬ御気色」とあるように、光源氏が自身の浮気を特に隠し立てしようともしないため、葵の上としては、「言ふ甲斐なければ」とあるように、もうとやかく言う気にもなれず、したがって、「深うも怨じ聞こえ給はず」とあるように、光源氏を恨みもしないのでした。

この頃《ころ》の光源氏にとっての主要な想い人《おもびと》といえば、これまでにも幾度も登場している藤壺中宮《ふじつぼのちゅうぐう》・六条御息所《ろくじょうのみやすどころ》・若紫《わかむらさき》に加えて、花宴巻《はなのえん》で登場した朧月夜《おぼろづきよ》と葵巻で新たに登場する朝顔《あさがお》の姫君《ひめぎみ》とでしょうか。このうち、藤壺中宮のことは、葵の上が知るよしもなかったのですが、他の女君《おんなぎみ》たちのことは、光源氏が殊更《ことさら》に隠そうともしなかったこともあって、葵の上の耳に入っていました。それゆえ、彼女は、光源氏の「定めなき御心（浮気性）」に、一種の諦《あきら》めを感じていたのでしょう。

こうなると、光源氏にとって、ある意味では、たいへん都合がよかったことでしょう。正妻に恨まれることなく、好きに浮気ができるのです。そして、実際、彼は、好きなように浮気を繰り返していました。物語の中で特に描かれはしませんが、中務の君《なかつかさのきみ》との関係も、続いていたに違いありません。中務の君というのは、葵の上の女房《にょうぼう》でありながら光源氏と恋仲になっていた、そして、それゆえに葵の上の母親の大宮《おおみや》に睨《にら》まれていた、あの中務の君です。

しかし、葵の上が光源氏の浮気性に諦めを感じていたとなると、この夫婦の関係が睦《むつ》まじいものになることは、かなり難しいでしょう。「好き」という感情の反対は、「嫌い」という感情ではなく、無関心に他なりません。そして、葵の上の諦めは、無関心に近いものであるように思えるのです。もし、葵の上が、光源氏を嫌ったり恨んだりするのではなく、そもそも光源氏への関心を失っていたのだとすれば、光源氏は、これまでのように口先でもっともらしい言葉を並べるだけでは、葵の上から好意を得ることはできないでしょう。

そして、このような状況下、葵の上の妊娠が判明します。この夫婦の間に子供ができるなど、ちょっと信じられませんが、物語の中では、そういうことになっているのです。

【光源氏・葵の上の互いへの第一印象】

［光源氏の見た葵の上］

左大臣家《さだいじんけ》の姫君《ひめぎみ》（葵の上）は、たいそう大切に育てられた人のように見えるものの、心《こころ》を惹《ひ》かれることがないように感じられて、…

（大殿《おおとの》の君《きみ》、いとをかしげに傅《かしず》かれたる人《ひと》とは見《み》ゆれど、心《こころ》にも着《つ》かず思《おぼ》え給《たま》ひて、…〔桐壺〕）

［葵の上の見た光源氏］

姫君《ひめぎみ》（葵の上）は、光源氏さまよりも少し年上で、光源氏さまがずいぶん年下でいらっしゃるので、「私にふさわしい夫《おっと》ではないから、受《う》け容《い》れられないわ」と思わずにはいられませんでした。

（女君《おんなぎみ》は、少《すこ》し過《す》ぐし給《たま》へるほどに、いと若《わこ》う御《おわ》すれば、「似《に》げなく、恥《は》づかし」と思《おぼ》いたり。〔桐壺〕）

◉――葵の上の懐妊と一条大路の車争い

葵の上が妊娠したことで、光源氏に変化が見られました。

まず、光源氏は、葵の上が妊娠したことを知ると、原文の表現で「めづらしく『あはれ』と思《おも》ひ聞《き》こえ給《たま》ふ」のです。古語の「あはれ」は、さまざまに訳される言葉ですが、ここでは、「愛《いと》しい」という現代語を宛《あ》てるのが適切でしょう。また、右の「めづらしく」は、「今までに例がなく」という意味合いで、さらに意訳すると「初めて」という意味合いで使われています。したがって、光源氏は、その妊娠を知って、初めて、葵の上に対して「愛しい」という感情を抱《いだ》いたのです。

そして、葵の上を愛しく思うようになった光源氏は、あまり他の女性たちのもとを訪れなくなります。語り手は、「かやうなるほど、いとど御心《みこころ》の暇《いとま》なくて、思《おぼ》し怠《おこた》るとはなけれど、途絶《とだ》え多《おお》かるべし」と、遠回しに語りますが、「途絶え」は、恋人たちのもとから足が遠退《とおの》いたことを言っているのです。しかも、「思し怠るとはなけれど」とあるように、光源氏には、恋人たちへの愛情が薄くなったという自覚がありません。彼は、自分でも気づかないうちに、恋人たちよりも葵の上を大事にするようになっていたのでした。

絶望的であった夫婦関係にも、少し明るい兆《きざ》しが見えてきたのかもしれません。

ところが、こんなときに限って、嫌《いや》な事件が起きます。『源氏物語』にはめずらしい荒っぽい事件であるだけに、多くの読者に強い印象を残す、「車争い《くるまあらそ》」と呼ばれる事件です。

王朝時代には、毎年、四月の二回目の酉日《とりのひ》（中酉日《なかのとりのひ》）に、賀茂社《かもしゃ》の例祭である賀茂祭《かものまつり》が行われることになっており、さらに、これに先立つ吉日に、賀茂斎院《かものさいいん》が賀茂川《かもがわ》の河原に出て禊祓《みそぎはらえ》を行うことになっていて、この禊祓は、「御禊《ごけい》」と呼ばれていました。また、賀茂祭当日には、賀茂社へと向かう勅使《ちょくし》や賀茂斎院の行列が、多くの見物を集めましたが、これに先立つ御禊の日にも、賀茂川へと向かう賀茂斎院の行列がたくさんの見物を集めたのです。

世に「車争い」として知られる事件が起きたのは、賀茂斎院の御禊の行列を見物しようと多くの牛車《ぎっしゃ》がひしめき合う一条大路《いちじょうおおじ》においてでした。この日の行列には、光源氏も参加するということで、彼の最も古い恋人である六条御息所も、一条大路の路肩《ろかた》に牛車を駐《と》めて、行列が通るのを待ちます。すると、そこに、葵の上の乗る牛車と彼女に仕える女房たちの乗る数輌《すうりょう》の牛車とが、多くの従者たちや使用人たちを引き連れて現れるのですが、この一行は、見物の場所を確保するため、六条御息所の牛車を乱暴に道端《みちばた》へと押しやってしまったのでした。

この事件は、六条御息所に、たいへんな屈辱《くつじょく》を与えます。そして、その屈辱が、やがては、光源氏と葵の上との夫婦に、大きな災禍《さいか》をもたらすことになるのです。

【車争いの場面を描いた屏風】

狩野山楽筆「車争図屏風」（東京国立博物館所蔵）、部分
出典：国立文化財機構所蔵品統合検索システム

❖――「一人の男の妻と恋人とという関係にある女性どうしは、思いやり合うものだ」

後日、光源氏も、御禊の日の車争いのことを耳にします。そして、事件のことを知った彼は、まず、「いといとほしう、憂《う》し」との感慨を抱くのでした。「いといとほし」というのは、事件の被害者となった六条御息所に対する、「何とも気の毒な」という感情でしょう。また、「憂し」というのは、自分が関係を持つ二人の女性たちが、荒っぽく外聞の悪い事件の当事者になったことについての、「嫌だ」という気持ちでしょう。

さらに、光源氏は、この一件を承《う》けて、葵の上について、このように思いを廻《めぐ》らせます。

「あの方《かた》は、やはり、残念なことに、慎重な女性ではいらっしゃるにしても、情緒が足りず、素っ気ないところが眼に余って見受けられるので、ご本人にそのつもりはなかったのだろうけれども、『一人の男の妻と恋人とという関係にある女性どうしは、思いやり合うものだ』などとはお考えにもならない雰囲気をお持ちであって、それに影響されて、従者たちがさらに下々の使用人たちにさせたことなのだろうよ」

(「なほ、あたら、重《おも》りかに御《おわ》する人の、ものに情《なさ》け後《おく》れ、すくすくしきところ付《つ》き給《たま》へるあまりに、自《みずか》らはさしも思《おぼ》さざりけめども、『かかる仲《なか》らひは情《なさ》け交《か》はすべきもの』とも思《おぼ》いたらぬ御掟《おんおきて》に従《したが》

ひて、次々《つぎつぎ》よからぬ人のせさせたるならむかし」（葵）

先日の車争いは、実のところ、葵の上の意図したものではありません。当日の一条大路には、たくさんの貴族たちが牛車で出向いていて、その周りを、多くの従者たちや使用人たちが取り巻いていました。そして、語り手が「いづ方《かた》にも、若き者ども、酔《え》ひ過《す》ぎ立《た》ち騒《さわ》ぎたるほどのことは、えしたため敢《あ》へず」と語るように、その場にいた下々の多くは、祭の酒に酔って、主人たちにも統制することができない状態にあったのです。

これは、葵の上の牛車に付き従う左大臣家の従者たちや使用人たちも同じだったでしょう。そして、そんな状態で、葵の上の一行は、六条御息所の牛車に出くわしたのです。左大臣家の下々が六条御息所への狼藉《ろうぜき》に及ぶのも、当然のことでしょう。彼らは、かねてより六条御息所の存在を不快に思っていたうえに、そのときは酒に酔っていたのですから。

こうした事情は、光源氏にもわかっていたようです。が、彼は、葵の上の日頃の態度にこそ根本的な原因があると考えるのでした。すなわち、光源氏の考えるところ、葵の上が普段から六条御息所をはじめとする光源氏の恋人たちに対して寛容な態度を見せていれば、左大臣家の従者たちや使用人たちも、彼女たちを敵視することはなかったはずでした。

呆《あき》れたことに、どうやら、光源氏は、「一人の男の妻と恋人とという関係にある女性どうしは、思いやり合うものだ」と、本気で考えているようなのです。

❖——「お互いに角を立て合ったりせずに、仲よくなさいな」

「妻と恋人たちとには、仲よくしてほしい」とは、浮気男なら誰しもが考えることなのかもしれません。が、こんな身勝手な理屈を受け容れてくれる女性は、そうはいないのではないでしょうか。そして、それは、現代でも、王朝時代でも、同じことでしょう。

しかし、光源氏はといえば、真剣にそう思っているようなのです。彼は、六条御息所は六条御息所で、激しく落ち込んでいるであろうことを想像しながら、こんなことをつぶやきます。

「どうしてこうなるのだろうか。このようにお互《たが》いに角《かど》を立て合ったりせずに、仲よくなさいな」

（「なぞや。かく互《かたみ》に稜々《そばそば》しからで御《おわ》せかし」〈葵〉）

私には不思議でならないのですが、この光源氏という男は、本当に、王朝時代の女性たちの間で人気を博していたのでしょうか。私は、王朝時代人ではありませんし、女性でもありませんが、その現代の男性の一人である私には、光源氏は、かなりダメな男にしか見えないのです。

もちろん、皇子《おうじ》である光源氏は、生まれ育ちに文句は付きません。また、その生まれからして、彼は、経済的にもたいへん恵まれています。そして、「光る源氏《ひかるげんじ》」と呼ばれた彼は、すばらしい容姿の持ち主です。さらに、彼は、あらゆる学芸を得意とする一流の文化人です。こうした設定からすると、彼は、乗馬・弓・蹴鞠《けまり》といった身体《からだ》を動かす技芸でも、一流だったに違いありません。

しかし、この男には、人間として大事なものが、いろいろと欠けているように思えるのです。事実、彼と関係を持った女性たちが、幸せな人生を送ったかというと、とてもそうは見えません。物語の世界だというのに、光源氏の妻たち・恋人たちの多くが、何か気の毒な生き方を強《し》いられることになるのです。

あるいは、これは、現代の凡庸《ぼんよう》な男の僻《ひが》みに過ぎないのでしょうか。

『更級日記《さらしなにっき》』の作者である菅原孝標女《すがわらのたかすえのむすめ》は、若い頃には『源氏物語』の熱烈な愛読者であったことが知られていますが、彼女のような王朝時代当時の女性読者たちの感想が気になるところです。彼女たちは、やはり、光源氏という男性に魅了されていたのでしょうか。

ちなみに、「后《きさき》の位《くらい》も何《なに》にかはせむ（皇后《こうごう》の地位が何よ！）」とばかりに『源氏物語』に夢中だった孝標女は、夕顔《ゆうがお》や浮舟《うきふね》のような悲劇の女君《おんなぎみ》に憧《あこが》れていたようです。とすると、彼女などは、光源氏のような、女性を不幸にする男性に、強く魅了されたのでしょう。もしかすると、王朝時代の女性と現代の男性とでは、とんでもなく価値観が違うのかもしれません。

◉——六条御息所の生霊に苦しむ葵の上

さて、光源氏が虫のいいことを言って現実逃避をしているうちに、事態は悪い方向に動きはじめます。

身重《みおも》の葵の上が病《やまい》の床《とこ》に臥《ふ》したのです。しかも、その病気は、語り手が「御《おん》もののけめきて、いたう患《わずら》ひ給《たま》へば」と語るように、王朝時代の人々が「もののけ」と呼んだ、神や霊や鬼などに憑《つ》かれたことを原因とする病気でした。

これを承《う》けて、光源氏は、恋人たちのもとへの夜歩きもやめ、自邸の二条院に戻ることも控え、左大臣邸の自室において葵の上の心配をし続けます。彼は、験者《げんじゃ》（密教僧）を呼んで自室で密教修《みっきょうしゅ》法《ほう》を行わせるようなことまでしていました。

もちろん、左大臣家としても、幾人もの名のある験者たちを喚《よ》んで、幾つもの密教修法を行わせます。が、それらも、ほとんど効果がありません。王朝時代の人々は、神や霊や鬼などを原因とする病気を「もののけ」と呼ぶとともに、病気の原因である神や霊や鬼のことをも「もののけ」と呼んでいましたが、この後者の意味でのもののけが、数多く、葵の上を苦しめ続けるのです。

そして、そうしたもののけたちの一つは、六条御息所の生霊《いきすだま》でした。王朝時代の人々が「生霊」と呼んだのは、まだ生きている人間の霊です。ですから、このとき、六条御息所の霊が、まだ生きている御息所の身体《からだ》を離れて、葵の上に憑いていたことになります。そして、この六条御息所の生霊こそが、葵の上を苦しめるもののけたちの中で、最も厄介《やっかい》な存在となっていました。

しかし、六条御息所も、自ら望んで生霊として葵の上を苦しめていたわけではありません。思慮深く慎み深い彼女は、けっしてそんなことを望んだりはしないのです。とはいえ、彼女の深層意識には、やはり、葵の上への恨みがわだかまっていたのでした。そして、その無意識の恨みが、生霊になっていたのです。このあたりのことは、また章を改めて取り上げたいと思いますが、能《のう》の「葵《あおいの》上《うえ》」という演目は、そのタイトルから葵の上を主人公としていそうで、実際には、葵の上を苦しめる生霊となって表層意識と深層意識との葛藤《かっとう》に苦しむ六条御息所こそを、主人公としています。

一方、葵の上はというと、語り手は、その苦しむ姿を、「ただ、つくづくと音《ね》をのみ泣《な》き給《たま》ひて、折々《おりおり》は胸《むね》をせき上《あ》げつつ、いみじう堪《た》へ難《がた》げに惑《まど》ふ態《わざ》をし給《たま》へば」と語ります。彼女は、病床《びょうしょう》にあって、六条御息所の生霊をはじめとするもののけたちに責《せ》め苛《さいな》まれる苦しさに、ただただ泣き続けていたのでした。

❖――「こんなに素敵な女性だったんだな」

そんなある日、光源氏は、葵の上に呼ばれて、彼女の病床の傍《かたわ》らに座ります。もちろん、葵の上は、病に窶《やつ》れていました。が、その姿を見た光源氏は、こんな感懐を抱《いだ》くのです。

「こんなに素敵な女性だったんだな」

（「をかしかりけれ」〔葵〕）

そして、葵の上のうつくしさに改めて気づいた光源氏は、彼女の手を握ると、こんなことを言います。

「ああ、ひどい。私に悲しい思いをさせないでください」

（「あな、いみじ。心憂《こころう》き目《め》を見《み》せ給《たま》ふかな」〔葵〕）

しかし、こう言った光源氏は、それ以上は何も言いません。彼は、もう言葉を発することもできず、ただただ泣き続けるのでした。そして、葵の上は、そんな光源氏を見つめますが、原文に「涙のこぼるるさまを見給《みたま》ふは、いかがあはれの浅からむ」とあるように、光源氏の涙を見た葵の上は、ここに光源氏の深い愛情を感じます。

あれだけ不仲であった夫婦が、初めて夫婦らしくなった瞬間です。

それからしばらくは、二人とも、ただただ泣きました。ようやく本当の夫婦になれた二人は、その夫婦関係が終わってしまうかもしれないことを悲しんでいたのでしょうか。このときの葵の上の心中は、光源氏が察するに、こんな感じでした。

「この方《かた》は、お気の毒なご両親のお気持ちをお考えになり、また、こうして私と夫婦になったことについても、これで死に別れてしまうことを残念にお思いになるからだろうか」

(「心苦《こころぐる》しき親たちの御事《おんこと》を思《おぼ》し、また、かく見給《みたま》ふにつけて口惜《くちお》しう思《おぼ》え給《たま》ふにや」〈葵〉)

やがて、光源氏が再び口を開きます。

「何ごとも、そんなに思い詰めてはいけません。幾ら何でも、病気が治らないということはないでしょう。それに、あなたと私とは、どんなことがあっても必ずめぐり逢《あ》うことになっているようですから、再びお眼にかかれるでしょう。お父上の左大臣殿やお母上の大宮《おおみや》さまにしても、前世の縁が深い間柄の人々は、生まれ変わっても、離れ離れにはならないようですので、『いずれ出逢《であ》うことになるだろう』とお思いなさい」

(「何《なに》ごとも、いとかうな思《おぼ》し入《い》れそ。さりともけしうは御《おわ》せじ。いかなりとも必ず逢《あ》ふ瀬《せ》あなれば、対面《たいめん》はありなむ。大臣《おとど》・宮《みや》なども、深き契《ちぎ》りある仲《なか》は、廻《めぐ》りても絶《た》えざなれば、『相《あ》ひ見《み》るほどありなむ』と思《おぼ》せ」〈葵〉)

このとき、光源氏が葵の上に深い愛情を抱《いだ》いていたことは、間違いありません。

◉――夕霧の誕生

ところが、光源氏の言葉に返事をした葵の上は、姿は葵の上であっても、その魂《たましい》は葵の上ではありませんでした。彼女は、「いいえ、そんなことで悲しんでいるのではないのです。私は、こうしてここに来ようなどとは少しも思わないのに、もの思いに耽《ふけ》る人の魂は、本当に身体《からだ》から抜け出して彷徨《さまよ》ってしまうもののようです」と言うや、こんな和歌を口にします。

「嘆《なげ》き侘《わ》び　空《そら》に乱《みだ》るる　わが魂《たま》を　結《むす》び留《とど》めよ　下前《したがい》の褄《つま》　」

この一首の心は、「悲しみのあまりに身体を抜け出て宙を漂う私の魂を、あなたの上着の裾《すそ》に結び付けておいてください」というところです。ここには、人魂《ひとだま》を見たときの呪術が詠み込まれているのですが、その点については、拙著『王朝貴族のおまじない』でもご覧いただくとして、この歌の詠み手は、魂が身体を離れて彷徨《さまよ》っている人物でなければなりません。

右の言葉と和歌とを聞いた光源氏は、原文の表現で「いとあやし」と思います。それは、言葉と和歌との内容はもちろん、それを伝える声といい、それを伝えるときの雰囲気といい、明らかに葵の上のそれではなかったからです。そして、彼は、考えを廻らし、ついに思い至ります。

「まさに、あの六条御息所《みやすどころ》ではないか！」

（「ただ、かの御息所なりけり」〔葵〕）

実のところ、これまでにも、左大臣家の一部の人々が、葵の上を苦しめる生霊の正体が六条御息所である可能性を取り沙汰《とざた》していました。それを、光源氏は、「ろくでもない連中の出まかせに過ぎない」と、聞き流していたのです。が、そんな彼も、こうなっては、自分の恋人が生霊として自分の正妻を苦しめているという聞き苦しい現実を、ついに認めざるを得ませんでした。

しかし、この後、六条御息所の生霊は、しばらく鳴りを潜めます。光源氏の前に正体を顕《あらわ》したことで、執念深い生霊も、幾らか気を晴らすことができたのかもしれません。

そして、その間に、少し体調の戻った葵の上が、無事に男の子を産みます。その男の子は、たいへんな美貌の持ち主だったそうですが、彼こそが、われわれ読者の間では「夕霧《ゆうぎり》」として知られる貴公子へと成長することになります。

葵の上が光源氏の息子を産んだということで、左大臣家の人々はもちろん、貴族社会の多くの人々は、よろこびに沸《わ》き立《た》ちました。王朝時代の習俗として、子供が生まれて三日目・五日目・七日目に、「産養《うぶやしない》」と呼ばれる祝いの儀式が行われることになっていましたが、これも、たいへん盛大に催《もよお》されたようです。

❖――「ここ何年もの間、私は、この方にどんな欠点があると思っていたのだろう」

これに安心した光源氏は、久しぶりに宮中に参上しようとします。そして、彼は、その出がけに、葵の上に挨拶をしますが、その出がけの挨拶も、これまでのようなよそよそしいものではなく、愛情の籠《こも》った、たいへん優しいものでした。

「宮中にもずいぶん久しく参上しておりませんで、気にかかっていますので、今日からまた参内《さんだい》しはじめようと思うのですが、本当は、もうしばらくお側《そば》にいて話をしていたいところです」

（「内裏《うち》などにもあまり久《ひさ》しう参《まい》り侍《はべ》らねば、訝《いぶ》せさに、今日なむ初立《ういだ》ちし侍《はべ》るを、少し気近《けぢか》きほどにて聞《き》こえさせばや」〔葵〕）

この二人、結婚して既に足かけ十一年にもなりますが、まるで新婚夫婦のようではありませんか。離婚しないことが不思議なくらいだった夫婦が、たいへんな変わりようです。

しかも、光源氏は、右の挨拶をしただけでは、すぐには出かけようとしません。彼は、葵の上の病床に近づき、さらに言葉をかけます。

「いや、もう、申し上げたいことは、本当にたくさんありますけれど、まだ元気がなく思っていらっしゃるようですので」

（「いさや、聞《き》こえまほしきこといと多《おお》かれど、まだいと弛《たゆ》げに思《おぼ》しためればこそ」〔葵〕）

しかも、光源氏は、自ら薬湯《やくとう》を飲ませるなど、甲斐甲斐《かいがい》しく葵の上の世話をするのです。これは、今までの二人には、全く考えられないことでした。ですから、それを見た女房たちも、「光源氏さまは、いったい、いつ、看護の仕方を学ばれたのかしら」と、びっくりするやら、感動するやらです。

こんな光源氏ですが、彼は、この出がけにも、さらに葵の上に惚《ほ》れ直《なお》します。

今、彼の眼の前にいるのは、病気と出産とに苦しめられて今にも消えてしまいそうなほどに弱った美人です。それでも、彼女のうつくしく長い髪には、一筋の乱れも見られません。そんな葵の上の様子を眺《なが》めながら、光源氏は、心の中で、こうつぶやくのでした。

「ここ何年もの間、私は、この方《かた》にどんな欠点があると思っていたのだろう」

（「年来《としごろ》、何《なに》ごとを飽《あ》かぬことありて思《おも》ひつらむ」〔葵〕）

もはや、光源氏の葵の上に対する感情は、現代のあまり上品ではない言葉で表現するならば、「ベタ惚《ぼ》れ」とか「ぞっこん」とか「首《くび》ったけ」とか言われる類《たぐい》のものです。今、二人の周囲には、その近くにいるだけで酔《よ》ってしまいそうなほどの、甘い甘い空気が満ちていそうです。

❖──「**少しずつでも元気を取り戻してくださって、普段のご寝所で私をお待ちください**」

光源氏は、なかなか出かけません。そして、彼は、なおも葵の上に言葉をかけます。

「**上皇さまのところなどに伺《うかが》って、早めに帰ってきます。このようにして、気がねなく一緒にいられるのでしたら、私もうれしいのですけれど、お母上の大宮さまがいつもあなたに付きっきりでいらっしゃるので、『お邪魔《じゃま》するのも気《き》の利《き》かないことかな』と、これまでは遠慮してきたのですが、それも辛《つら》いことですので、やはり、少しずつでも元気を取り戻してくださって、普段のご寝所で私をお待ちください。あんまり子供のようにお母上に甘えていらっしゃるのも、一つには、このようにいつまでも病気でいらっしゃる原因なのですよ**」

（「院《いん》などに参《まい》りて、いと早《と》う罷《まか》でなむ。かやうにて、覚束《おぼつか》なからず見奉《みたてまつ》らば、うれしかるべきを、宮《みや》のつと御《おわ》するに、『心地《ここち》なくや』と慎《つつ》みて過《す》ぐしつるも、苦しきを、なほ、やうやう心強く思《おぼ》し成《な》して、例《れい》の御座所《おましどころ》にこそ。あまり若《わか》く持《も》て成《な》し給《たま》へば、片方《かたえ》は、かくもものし給《たま》ふぞ」〔葵〕）

こう言うと、光源氏も、さすがに出かけますが、かつての二人の間では考えられなかったような、何とも優しい言葉を残していったものです。今や、あの光源氏が、愛妻家になってしまったのでしょうか。葵の上も、この日は、かわいい新妻のように、横たわりながらも、可能な限り、光源氏を眼で見送ります。

この日は、王朝貴族たちには最も大事な政務である、除目《じもく》がありました。除目というのは、朝廷の人事異動を扱う政務ですが、今も、昔も、組織に属する人々にとっては、人事こそが最大の関心事です。ですから、除目の予定されていたその日には、光源氏のみならず、左大臣や頭中将《とうのちゅうじょう》をはじめとする左大臣家の男性陣は、挙《こぞ》って内裏に参上していたのでした。

すると、そうした隙《すき》を突《つ》くかのように、しばらくはおとなしくしていたもののけが、再び葵の上を苦しめはじめます。女房のような誰かに仕える身であっても、貴族身分の女性は、外出することを憚《はばか》らなければならなかった王朝時代には、男性陣がいない折には、何かトラブルがあっても、どうしても対処が遅れるものでした。ですから、男性陣の留守中に葵の上がにわかに苦しみ出したときにも、験者（密教僧）を手配するといった対処は、ひどく遅れてしまいます。

そして、葵の上は、しばらく苦しんだ後、内裏にいる光源氏や左大臣に連絡が届く前に、儚《はかな》くも息を引き取ったのでした。ようやく夫との関係もよくなり、初めての出産も無事に終えて、まさにこれからというときの、突然の死でした。葵の上、享年《きょうねん》二十六です。

❖――「どうして…あの方に『ひどい夫だ』と思われるようなことをしてしまったのだろう」

それは、八月の二十日頃、王朝時代の暦《こよみ》では、秋の半ばを過ぎたあたりのことでしたが、葵の上の死は、光源氏を打ちのめします。

もちろん、たった一人の娘を亡くした左大臣も、「大臣《おとど》は御涙《おんなみだ》の暇《いとま》なし」と語られるように、悲しみの涙を流し続けていましたし、その妻で葵の上の母親である大宮などは、悲嘆に暮れるあまり、ついには寝込んでしまいます。しかし、光源氏もまた、左大臣や大宮に負けないほど、葵の上の死を悲しんだのでした。

葵の上の亡骸《なきがら》は、平安京東郊の鳥辺野《とりべの》に運ばれて、そこで荼毘《だび》に付《ふ》されましたが、光源氏は、その荼毘から立ち上る煙を見つめながら、こうつぶやきます。

「昇《のぼ》りぬる　煙《けぶり》はそれと　分《わ》かねども　並《な》べて雲居《くもい》の　あはれなるかな　」

これが和歌であることは、見ての通りですが、その心は、「あなたの亡骸を焼く荼毘から立ち昇った煙がどの雲になったのかは、わかりませんが、どの雲を見ても、あなたを愛《いと》しく思うのですよ」というところでしょうか。これは、まさしく哀傷歌《あいしょうか》です。

また、鳥辺野から左大臣邸に戻った光源氏は、生前の葵の上の姿を思い出しながら、一人、こんなことを考えます。

「どうして、『いずれは私の気持ちをわかってくださるだろう』と気長に構えて、遊びの浮気とはいえ、あの方《かた》に『ひどい夫《おっと》だ』と思われるようなことをしてしまったのだろう。あの方は、結婚以来、私のことを、よそよそしくてうち解けられない夫だと思ったまま亡《な》くなってしまったではないか」

（『つひには自《おの》づから見直《みなお》し給《たま》ひてむ』と長閑《のどか》に思ひて、等閑《なおざり》の遊《すさ》びにつけても、『辛《つら》し』と思《おぼ》えられ奉《たてまつ》りけむ。世《よ》を経《へ》て疎《うと》く恥《は》づかしきものに思ひて過《す》ぎ果《は》て給《たま》ひぬる」（葵））

そして、光源氏は、亡き妻の喪《も》に服《ふく》すために、喪服《もふく》に着換えますが、それでも、喪服をまとっていることが現実のことであるようには思えません。しかし、彼は、当時の法の定めによって、妻が服す亡き夫の喪が重いものであるのに対して、夫が服す亡き妻の喪が軽いものであることを悲しみながら、こんな和歌を詠むのです。

「限《かぎ》りあれば　薄墨衣《うすずみごろも》　浅《あさ》けれど　涙《なみだ》ぞ袖《そで》を　ふちと成《な》しける　」

法の定め（「限り」）によって、夫が亡き妻のためにまとう喪服は、色の浅いもの（「薄墨衣」）でなければなりませんでした。しかし、光源氏は、その喪服の袖《そで》を、自身の流す大量の涙で淵《ふち》（「ふち」）に変えるとともに、喪服の色にふさわしい深い藤色《ふじいろ》（「ふぢ」）に変えるのでした。

08
章

寡婦を振り回す光源氏

葵巻

「あの方は、本当に大切にしなければならない女性であって、このままではお気の毒である」

◉——子持ちの未亡人

葵巻《あおい》の冒頭に近いところに、光源氏《ひかるげんじ》が父親に叱《しか》られる場面があります。光源氏の父親といえば、言わずと知れた桐壺帝《きりつぼてい》ですが、その桐壺帝も、葵巻がはじまった途端に退位して上皇となり、今や「院《いん》」と呼ばれています。そして、その桐壺院が、これまでは溺愛して甘やかすだけ甘やかしてきた光源氏を、めずらしく叱りつけたのです。

そのお叱りの言葉は、こんなものでした。

「亡《な》き東宮《とうぐう》がたいへん大切に想《おも》って寵愛《ちょうあい》なさった女性を、そなたが、軽々しく扱い、他の女性たちと同じように待遇するのが、本当に気の毒でならない。私は、かの女性の娘である今の伊勢《いせの》斎宮《さいぐう》をも、私自身の皇女《おうじょ》たちの姉妹のようなものと思っているのだから、いずれにせよ、かの女性に対して粗略《そりゃく》なことがないようにするのが、よいだろう。気まぐれに色好《いろごの》みに耽《ふけ》るというのは、世間から強く非難されて当たり前のことなのだぞ」

（「故宮《こみや》のいとやむごとなく思《おぼ》しときめかし給《たま》ひしものを、軽々《かろがろ》しう押《お》し並《な》べたるさまに持《も》て成《な》すなるが、いとほしきこと。斎宮《さいぐう》をも、この皇女《みこ》たちの列《つら》になむ思へば、いづ方《かた》につけても、疎《おろ》かならざらむこそ、よからめ。心の遊《すさ》びに任せてかく好《す》き態《わざ》するは、いと世《よ》のもどき負《お》ひぬべきことなり」

〔葵〕）

語り手は、右のセリフに続けて、「御気色悪《みけしきあ》しければ」と語ります。どうやら、この場面の桐壺院は、かなりご立腹のようです。

とはいえ、ここで、桐壺院は、光源氏の色好《いろごの》み全般を叱っているわけではありません。桐壺院が問題にしているのは、光源氏が、「亡き東宮がたいへん大切に想って寵愛なさった女性」を恋人の一人としていながら、その女性をあまり大切に扱っていないことなのです。

その女性は、「亡き東宮がたいへん大切に想って寵愛なさった女性」と言われているように、かつては、皇太子《こうたいし》（東宮）に立てられながらも即位《そくい》して天皇となる以前に亡くなってしまった皇子《おうじ》の寵愛する妃《きさき》でした。しかも、この女性は、亡き東宮の娘を産んでおり、その娘は、皇族の女性の一人として、現在、伊勢斎宮《いせのさいぐう》を務めているようです。そして、その女性も、その女性の娘も、桐壺院の亡き東宮を慕《した》う立場からすれば、丁重に庇護《ひご》すべき対象でした。

さて、おわかりでしょうか。ここで問題になっている女性は、あの六条御息所《ろくじょうのみやすどころ》です。光源氏の最初の恋人として知られる六条御息所は、かつて東《とう》宮妃《ぐうひ》だったことがあり、それゆえに「御息所《みやすどころ》」と呼ばれるのですが、彼女の夫《おっと》であった東宮は既に亡く、今は寡婦《かふ》（未亡人）なのです。また、彼女には、先夫との間の娘があり、その娘は、今は伊勢斎宮となっています。

光源氏の主要な恋人の一人は、子持ちの未亡人なのです。

【六条御息所・光源氏を中心とする人間関係図】

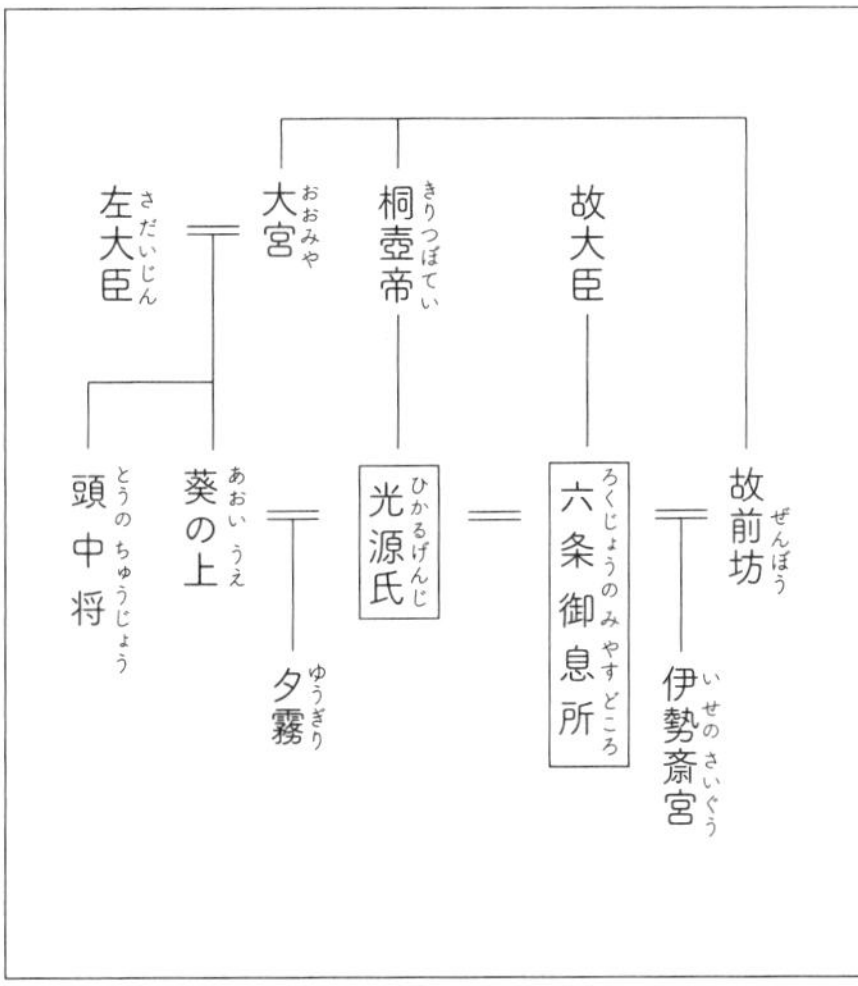

❖――「あの方は、本当に大切にしなければならない女性であって、このままではお気の毒である」

この父親からのお叱りの言葉に、光源氏は、ぐうの音《ね》も出ません。彼は、ただただ桐壺院の前に畏《かしこ》まるばかりでした。しかし、父上のありがたいお説教は続きます。

「相手の女性に恥をかかせるようなことはせず、どの女性をも等しく大切にして、自分の恋人の女性から恨みを買わないようにせよ」

（「人のため恥《はじ》がましきことなく、いづれをもなだらかに持《も》て成《な》して、女の恨みな負《お》ひそ」〔葵〕）

この言葉、男女を問わず、光源氏の周囲の誰もが、一度は光源氏に言ってやりたいと思っていたものなのではないでしょうか。もし、彼が桐壺帝（桐壺院）のお気に入りの皇子でさえなかったなら、もっと早くに、しかも、いろいろな人たちが、同じことを言って光源氏を叱っていたかもしれません。

いずれにせよ、光源氏は、桐壺院からの強い叱責に、かなり肝《きも》を冷《ひ》やしたようです。原文に「畏《かしこ》まりて罷《まか》で給《たま》ひぬ」とあるように、彼は、ひどく恐縮しながら、桐壺院の御前を辞《じ》します。

では、この頃《ころ》、光源氏は、六条御息所という恋人のことを、実際に、どう思い、どう扱っていたのでしょうか。

彼は、桐壺院に叱られた後、こんな思いを廻《めぐ》らします。

「あのように桐壺院《きりつぼいん》さまもお耳になさっていて私をお叱りになるからには、六条御息所《ろくじょうのみやすどころ》さまの名誉にとっても、私自身にとっても、軽々しい色恋沙汰《いろこいざた》めいていて下手《まず》い感じであるけれど、あの方《かた》は、本当に大切にしなければならない女性であって、このままではお気の毒である」

（「かく院《いん》にも聞《き》こし召《め》し宣《のたま》はするに、人の御名《おんな》も、わがためも、好きがましういとほしきに、いとどやむごとなく心苦《こころぐる》し」〔葵〕）

どうやら、六条御息所ほどのやんごとない身の女性を、単なる恋人の一人としておくことが、ひどく体裁の悪いことであることは、光源氏にも、それなりにわかっていたようです。本来、彼女のような女性と関係を持つのであれば、きちんと結婚をして、正妻（北《きた》の方《かた》）として扱うべきなのです。しかし、この時点では、光源氏には、葵《あおい》の上《うえ》という、これまたやんごとない身の正妻がいました。それゆえ、光源氏は、わかっていながらも、六条御息所を一人の恋人として扱うという不適切なことを、ずるずると続けていたのでした。

◉——光源氏の愛情をあてにできない年上の恋人

ただ、光源氏が桐壺院の言うところを本当に理解していたかというと、それは、かなり怪しいものです。

葵巻の開始時点では、光源氏は二十二歳で、六条御息所は二十九歳です。光源氏にとって、六条御息所は、だいぶ年上の恋人でした。そして、この年齢差を、六条御息所の側《がわ》では、かなり気にしていました。

それゆえ、六条御息所は、光源氏との関係において、いつも遠慮がちであり、葵の上の場合とは違った意味で、なかなかうち解けた態度を見せられずにいたようです。もちろん、そんな彼女は、光源氏の正妻になることを、心の中では望んでいたとしても、その望みを実現するために自ら積極的に働きかけることなど、けっしてしようとはしません。

そして、この六条御息所の奥ゆかしさは、光源氏には好都合でした。彼は、六条御息所の当たり前の真意を知りつつも、彼女が表面的には自分の正妻になることを特には望んでいないかのように振る舞うことから、彼女の意思を尊重するふりをして、幾年にも渡って、彼女をただの恋人のままにしていたのです。

結局、光源氏は、六条御息所との関係においても、どこまでも自分の都合しか考えていませんでした。

そんなことでしたから、六条御息所は、光源氏との関係について、ひどく悩みます。

六条御息所は、自分に対する光源氏の愛情を、原文の表現で「大将《たいしょう》の御心映《おんこころば》へも、いと頼《たの》もしげなきを」と見ていました。ここで「大将」と呼ばれているのは、朝廷の近衛大将《このえたいしょう》を務める光源氏です。ですから、「大将の御心映へ」という表現は、直訳すれば、「光源氏の気持ち」となり、少し言葉を補って意訳するならば、「光源氏の自分（六条御息所）に対する愛情」となります。また、古語の「頼もしげなし」の意味は、「頼りにならない」「あてにできない」といったところです。したがって、六条御息所は、光源氏の愛情を頼りにできないと思っていたことになりましょう。

そして、この頃、亡き東宮との間に儲けた娘が、新たに伊勢斎宮に選ばれ、遠からず伊勢国《いせのくに》に下ることになったため、六条御息所は、その娘とともに伊勢国に下ることを考えはじめます。光源氏の六条御息所に対する愛情が浅いものであったのに対して、六条御息所の光源氏に対する愛情は、かなり深いものでした。それゆえ、光源氏との関係に明るい未来を望めない六条御息所は、都《みやこ》を離れるという思い切った行動によって、自分から光源氏との間に距離を置こうと考えたのです。

❖——再び「お互いに角を立て合ったりせずに、仲よくなさいな」

光源氏の六条御息所に対する愛情の薄さは、われわれ読者の間では「車争い《くるまあらそ》」の呼び名で広く知られている事件をめぐっても、顕著に観察されます。

その事件が起きたのは、賀茂斎院《かものさいいん》が賀茂祭《かものまつり》を前に賀茂川《かもがわ》の河原で禊祓《みそぎはらえ》を行う「御禊《ごけい》」と呼ばれる行事のあった、四月の吉日のことでした。御禊の日、賀茂斎院は、仰々《ぎょうぎょう》しい行列を組んで賀茂川へと向かうことになっていましたが、例年、この行列を見物しようと、貴族・庶民を問わない多くの男女が、行列の通る一条大路《いちじょうおおじ》に集まります。そして、その人だかりの一条大路において、光源氏の正妻（北の方）である葵の上の一行が、見物の場所を確保するために、そこに先に来ていた六条御息所の牛車を乱暴に撤去したのです。

この車争いは、六条御息所の心に大きな傷を残すこととなりました。彼女は、賀茂斎院の行列に加わる光源氏の晴れ姿を見たかっただけなのに、衆人環視《しゅうじんかんし》の中でひどい狼藉《ろうぜき》を働かれたのです。人前で狼藉を受けることは、王朝貴族たちにとって、たいへんな恥辱《ちじょく》でした。

しかし、光源氏は、この事件の後、自ら六条御息所を慰《なぐさ》めようとするでもありません。彼も、とりあえず、こんな感じに、六条御息所の心配をするにはするのです。

「六条御息所さまは、性格がたいへんご立派で、奥ゆかしくていらっしゃるので、そんな目に遭《あ》って、どれほど嫌《いや》な思いをなさったことだろうか」

（「御息所《みやすどころ》は、心ばせのいと恥《は》づかしく、由《よし》ありて御《おわ》するものを、いかに思《おぼ》し倦《う》むじにけん」〔葵〕）

また、光源氏は、原文の言葉で「いとほしくて参《もう》で給《たま》へり」という行動にも出ます。すなわち、彼は、六条御息所のことを気の毒に思って、彼女のもとに足を運んだのでした。

ところが、彼は、その邸宅を訪れながらも、六条御息所と顔を合わせようとはしません。このことについて、語り手は、「斎宮《さいぐう》のまだ本《もと》の宮《みや》に御《おわ》しませば、榊《さかき》の憚《はばか》りに託《ことつ》けて、心安《こころやす》くも対面《たいめん》し給《たま》はず」と語ります。すなわち、そのとき、六条御息所の邸宅には、彼女の娘の伊勢斎宮（「斎宮」）が同居していたため、光源氏は、その伊勢斎宮の神聖な生活空間を尊重すること（「榊の憚り」）を口実として、邸宅の奥に入ろうとはしなかったのでした。

しかも、光源氏は、車争いをめぐって、こんなつぶやきさえ洩《も》らすのです。

「どうしてこうなるのだろうか。このようにお互《たが》いに角《かど》を立て合ったりせずに、仲よくなさいな」

（「なぞや。かく互《かたみ》に稜々《そばそば》しからで御《おわ》せかし」〔葵〕）

光源氏にしてみれば、今回の事件など、ただただ面倒なだけのものだったのでしょう。

❖――「末永く見守ってくださるというのが、深い愛情というものなのではないでしょうか」

かの「車争い」があってからの六条御息所の様子を、語り手は、「御息所《みやすどころ》は、ものを思《おぼ》し乱《みだ》るること、年来《としごろ》よりも多《おお》く添《そ》ひにけり」と語ります。もともと光源氏とのことで悩みがちであった六条御息所が、車争いのことで、さらに苦悩を深めてしまったのです。

さらに、語り手は、このとき、六条御息所が思い煩っていたことを、「辛《つら》き方《かた》に思《おも》ひ果《は》て給《たま》へど、『今は』とて、ふり離《はな》れ下《くだ》り給《たま》ひなむは、いと心細《こころぼそ》かりぬべく、『世《よ》の人聞《ひとぎ》きも、人笑《ひとわら》へにならんこと』と思《おぼ》す」と伝えます。

「辛き方」というのは、六条御息所に対して薄情な光源氏のことです。そして、その「辛き方」に「思ひ果て給」うのですから、六条御息所は、薄情な光源氏のことを、もうすっかり諦《あきら》めているのです。

また、「『今は』とて、ふり離れ下り給ひなむ」というのは、「もうこれまで」と覚悟を決めて、娘の伊勢斎宮とともに伊勢国に下ることです。これは、かねてより検討していたことですが、それでも、六条御息所は、都を離れることについて、まだ「いと心細」いと、決めかねているのでした。

ここまでは、単に六条御息所が自身と光源氏との関係について廻らせた思案ですが、彼女は、その身の処《しょ》し方《かた》によっては、世間の笑いものになるかもしれないということについても、考えを廻らせます。『世の人聞きも、人笑へにならんこと』と思す」というのは、そういうことです。六条御息所が懸念《けねん》していたのは、具体的に言えば、世間の人々から「若い恋人の光源氏に愛されなくなって、都から逃げ出した」と嘲笑《ちょうしょう》されることに他なりません。

もちろん、六条御息所は、そのまま都にいてもいいのです。それは、これまで通りの暮らしを続けるというだけのことなのですから。しかし、彼女は、先日の車争いの一件もあって、自分は既に都の人々の間で笑いものになっていると思っていたのです。

そんな六条御息所は、「釣りする海人《あま》の浮子《うけ》なれや」という古歌《こか》の一句を口吟《くちずさ》みながら、ひたすら悩み暮らします。振り回されるばかりの彼女は、まさに釣りの浮《うき》のようでした。

と、そこに、六条御息所が都を離れると耳にした光源氏が、慌てて訪ねてきます。が、彼は、愛情を込めて六条御息所を引き留めるでもなく、こんな言いがかりをつけるのです。

「出来損《できそこな》いの私などの相手をするのが嫌《いや》になって、都をお出になるというのも、もっともなことですけれど、今のところは、私の不甲斐《ふがい》なさも大目に見て、末永く見守ってくださるというのが、深い愛情というものなのではないでしょうか」

（「数《かず》ならぬ身《み》を見《み》ま憂《う》く思《おぼ》し棄《す》てむも理《ことわり》なれど、今は、なほ言《い》ふ甲斐《かい》なきにても御覧《ごらん》じ果《は》てむや、浅《あさ》からぬにはあらん」〔葵〕）

❖──「何ごとも寛大にお許しくださるなら、たいへんうれしいところです」

その後、六条御息所は、思い悩むことが募《つの》って、病《やまい》の床《とこ》に臥《ふ》してしまいました。そして、病を得た彼女は、自邸を離れて某所に移り、そこに験者《げんじゃ》（密教僧）を喚《よ》んで病気治療のための密教修法《みっきょうしゅほう》を行わせます。このとき、彼女が自分の邸宅を出たのは、そこには伊勢斎宮に選ばれた娘も暮らしていたからに他なりません。伊勢神宮の神は、ひどく仏教を嫌うため、伊勢神宮そのものにはもちろん、伊勢斎宮にも、仏教に関わるものを近づけてはいけないのです。

さて、すると、六条御息所が療養する某所へと、光源氏が見舞いに訪れます。ただ、この訪問について、語り手は、「『いかなる御心地《おんここち》にか』と、いとほしう思《おぼ》し起《お》こして渡《わた》り給《たま》へり」と語るのです。

この語り方の何が問題かというと、「思し起こして」の部分に光源氏の薄情さが凝縮されているのです。「『いかなる御心地にか』と、いとほしう」という部分には、何の問題もありません。「『どのような具合いだろうか』と、心配で」という、人間らしい心理が表現されているだけです。しかし、古語の「思し起こして」という表現は、現代語では「気が進まないところを無理をして」と表現されることになります。光源氏は、この折、いやいや見舞いに来たのでした。

しかも、彼は、見舞いに来たはずであるにもかかわらず、まずは、見舞いに来るのが遅くなったことの言い訳を、長々と述べ立てます。また、その言い訳のダメ押しのつもりだったのでしょう、今度は、その正妻（北の方）である葵の上も重く病み臥していることについて、詳しく話します。
そして、光源氏は、病床《びょうしょう》の六条御息所に、こんなことを言うのです。

「私自身は、妻の病状をそれほど心配してはいないのですが、妻の両親がたいへん大袈裟《おおげさ》に考えて右往左往《うおうさおう》していらっしゃるのが気の毒でして、『妻が病床にある間は、その世話に努めよう』と決めましたため、なかなか外出もままならなかったのです。ですから、何ごとも寛大にお許しくださるなら、たいへんうれしいところです」

（「自《みずか》らはさしも思《おも》ひ入《い》れ侍《はべ》らねど、親《おや》たちのいと事々《ことごと》しう思《おも》ひ惑《まど》はるるが心苦《こころぐる》しさに、『かかるほどを見過《みす》ぐさむ』となむ。万《よろず》を思《おぼ》し和《のど》めたる御心《みこころ》ならば、いとうれしうなむ」（葵））

この言葉の、どこに、六条御息所をいたわる気持ちが見えるでしょうか。
光源氏には、六条御息所の側《がわ》の気持ちなど、どうでもいいのでしょう。彼は、ただ、さほど愛していない女性にも、いい顔をしていたいだけなのです。「誰からも好感を持たれている自分」という幻想、それこそが、彼にとって最も大切なものなのではないでしょうか。

❖──「妻は…今日、急にひどく苦しそうにしはじめましたので、ここを動くことができません」

こんな調子でしたから、見舞いを受けた六条御息所には、少しも満たされた気持ちはありませんでした。語り手は、光源氏が翌明け方に帰って行ったことを、「うち解《と》けぬ朝《あさ》ぼらけに出《い》で給《たま》ふ」と語りますが、光源氏が六条御息所の病床の傍《かたわ》らにいる状態で一晩を過ごしたにもかかわらず、二人の心が通うことはなかったのです。

ただ、右の引用部分をきちんと最後まで引用すると、「うち解《と》けぬ朝《あさ》ぼらけに出《い》で給《たま》ふ御《おん》さまのをかしきにも、なほ、ふり離《はな》れなむことは思《おぼ》し返《かえ》さる」という一文になっていまして、これによると、六条御息所は、明け方に帰って行く光源氏の姿を見ただけで、都を離れるのをやめたくなったようです。光源氏の容姿のすばらしさというのは、相当なもののようです。

容姿の優れた男性は、女性に対してかなり不誠実なことをしても許されるというのは、もしかすると、現代の現実においてもあることなのかもしれません。とすると、ましてや、王朝時代の物語の世界でなら、それがまかり通っても、問題はないのでしょう。

が、それにしても、『源氏物語』という物語は、基本的に、光源氏の容姿が優れているという一点によって支えられているような気がしてなりません。六条御息所への仕打ちに明らかなように、光源氏というのは、ひどく不誠実でひどく身勝手な、かなりひどい男です。そして、彼は、次々と女性たちを傷付けていきます。しかし、それでも、どの女性も、どの女性も、彼の姿を見るなり、さらりと全てを許してしまうのです。そして、これが幾度も幾度も繰り返されていくことが、『源氏物語』という物語の骨組みとなっているのではないでしょうか。

と、『源氏物語』論のような話はここまでにして、六条御息所の話に戻りましょう。

光源氏に見舞われてその素敵な姿を眼にした彼女は、彼から離れようという思いが鈍るのですが、その夕方、光源氏からの手紙を受け取り、その手紙に少しわれを取り戻します。それは、こんな手紙でした。

「妻は、この数日、少しよくなっていたのですが、今日、急にひどく苦しそうにしはじめましたので、ここを動くことができません」

（「日来《ひごろ》、少し怠《おこた》るさまなりつる心地《ここち》の、にはかにいといたう苦《くる》しげに侍《はべ》るを、え引《ひ》き避《よ》かでなむ」（葵））

これを見た六条御息所は、「例《れい》の託《ことつ》け」と見做《みな》します。「託け」という古語を現代語にするならば、「口実」とするのがふさわしいでしょう。つまり、六条御息所には、「いつものことだけれど、また口実を設けて私のところには来てくださらないのね」と感じられたのです。

❖――「『この女性だけでいい』と心に決められるほどの女性はいないのが、辛い」

六条御息所は、光源氏の誠意のなさにがっかりしながらも、こんな返事を送ります。

「袖濡《そでぬ》るる　こひぢと且《か》つは　知《し》りながら　下《お》り立《た》つ田子《たご》の　自《みづか》らぞ憂《う》き　」

見ての通りの和歌ですが、この二句目の「こひぢ」は、「泥《こいじ》」と「恋路《こいじ》」との掛詞《かけことば》となっていまして、一首全体の心は、「袖《そで》が濡《ぬ》れる泥《どろ》だとわかっていながら泥の中に下り立った農民（「田子」）のように、私は、結局は悲しい思いをして袖を濡らすことになる恋路《こいじ》だとわかっていながら、あなたに恋をしてしまったのです。そんな自分が悲しい限りです」というところでしょう。すなわち、六条御息所は、光源氏と関係を持ったことへの後悔を、はっきりと光源氏に向けて示したのです。

この手紙を開いた光源氏は、まず、「御手《おんて》は、なほ、ここらの人の中に優《すぐ》れたりかし」との感想を持ちます。この感想を現代語訳するならば、「筆遣《ふでづか》いに関しては、やはり、私の知っている女性たちの中では、この六条御息所さまこそが、最も優れていらっしゃるな」となりましょうか。実は、六条御息所は、『源氏物語』において、最も書《しょ》に堪能《たんのう》な女性とされているのです。もちろん、女性ですから、彼女が得意としたのは、かな書きの書になります。

また、改めて六条御息所の書の才能に触れた光源氏は、こんなことを考えるのでした。

「この世の中は、どうなっているのだろうか。人柄《ひとがら》も、容姿も、それぞれで、どの女性にしても、全く魅力がないなどということはなく、かといって、『この女性だけでいい』と心に決められるほどの女性はいないのが、辛《つら》い」

（「いかにぞやもある世《よ》かな。心《こころ》も容貌《かたち》もとりどりに、棄《す》つべくもなく、また、思《おも》ひ定《さだ》むべきもなきを、苦《くる》し」〈葵〉）

これまた、ずいぶんなことを考える光源氏です。「どの女性にしても、全く魅力がないなどということはなく」というのは、個性尊重の博愛主義的な考えで、多くの女性が喝采《かっさい》するかもしれませんが、『この女性だけでいい』と心に決められるほどの女性はいないのが、辛い」とは、なかなか豪胆《ごうたん》に過ぎる考えで、多くの女性たちを敵に回すのではないでしょうか。

そして、こんな考えを持つ光源氏は、和歌のかたちを借りた六条御息所の悲しい告白に、きちんと向き合おうとはしません。彼は、六条御息所にこんな一首を返したのでした。

「浅《あさ》みにや　人《ひと》は下《お》り立《た》つ　わが方《かた》は　身《み》も濡《そぼ》つまで　深《ふか》きこひぢを　」

この歌の心は、「袖が濡れるだけとは、浅いものだったのですね、あなたが下り立った泥（恋路）は。私が下り立ったのは、全身が濡れるほどの深い泥（恋路）だというのに」というところです。この一首は、六条御息所の真剣な悩みを、すっかり茶化しているのです。

❖――「どなたかわかりません。はっきりとおっしゃってください」

その後、葵の上の病気が非常に重いものになっていきます。ただでさえ懐妊《かいにん》によって普通の体調ではなかったところに、重い病気を患ったのですから、葵の上の苦しみようは、たいへんなものでした。しかも、彼女の病気は、神や霊や鬼などに憑《つ》かれたことによるものなのです。このような病気は、王朝時代には「もののけ」と呼ばれていました。

また、王朝時代の人々は、病気の原因となる神や霊や鬼などのことをも「もののけ」と呼んでいましたが、葵の上を悩ますもののけの正体として、世間が噂したものの一つは、六条御息所の生霊《いきすだま》（いきりょう）でした。そして、この噂《うわさ》は、六条御息所を悩ませます。彼女にしてみれば、全く身に覚えのないことだったからです。

ただ、一つだけ、六条御息所にも、思い当たることがありました。それは、その頃に彼女が繰り返し見ていた夢で、その夢の中で、彼女は、葵の上と思《おぼ》しきうつくしい女性に、激しい暴行を加えるのです。この夢のことは、六条御息所をさらに悩ませます。

そして、ついに六条御息所の生霊こそが葵の上を悩ませるもののけであることが判明したのは、光源氏が葵の上に呼ばれて彼女の病床の傍らに座ったときでした。

光源氏が手を握って涙ながらにさまざまに優しい言葉をかけていると、葵の上は、こんな和歌を詠みます。

「　嘆《なげ》き侘《わ》び　空《そら》に乱《みだ》るる　わが魂《たま》を　結《むす》び留《とど》めよ　下前《したがい》の褄《つま》　」

この一首に詠まれているのは、「悲しみのあまりに身体《からだ》を抜け出て宙を漂う私の魂を、あなたの上着の裾《すそ》に結び付けておいてください」といった心でしょう。そして、これを口にしたとき、光源氏の眼の前の葵の上は、光源氏の眼には、葵の上としては映りませんでした。語り手は、「宣《のたま》ふ声《こえ》・気配《けはい》、その人《ひと》にもあらず変《か》はり給《たま》へり」と語ります。葵の上は、すっかり別人のようになっていたのです。

これを怪しんだ光源氏は、しばし考え、そして、気がつきます。

「まさに、あの六条御息所ではないか！」

（「ただ、かの御息所《みやすどころ》なりけり」〈葵〉）

しかし、光源氏は、葵の上に憑いた六条御息所に向かって、こんなことを言うのです。

「そうおっしゃいますが、どなたかわかりません。はっきりとおっしゃってください」

（「かく宣《のたま》へど、誰《たれ》とこそ知《し》らね。確《たし》かに宣《のたま》へ」〈葵〉）

おそらく、光源氏としては、自分の恋人が生霊になって自分の正妻を苦しめているという見苦しい事態を、どうしても受け容れたくなかったのでしょう。

❖──「直接に対面するのは…きっと不快そうな顔をしてしまうだろうから、あの方が気の毒だ」

光源氏は、葵の上を苦しめるもののけが六条御息所の生霊であることを確認しながら、そのことを誰にも言いませんでした。彼としては、言わなかったというより、言えなかったのかもしれません。これは、明らかに、彼の不徳のいたすところでしたから。

しかし、それからしばらくの間、六条御息所の生霊の活動は、すっかり沈静化します。そして、その間に、葵の上は、たいへんうつくしい男の子を産むのでした。われわれ読者が「夕霧《ゆうぎり》」と呼ぶ男の子の誕生です。

こうして、光源氏の周辺には、平穏が戻ったかのようでした。

が、六条御息所の心は、全く穏やかではありません。彼女は、一時は重篤な状態にあると聞いていた葵の上が無事に出産を遂げたと知って、おもしろくなく思ったのです。そして、それは、彼女自身にとっても、驚くべきことでした。彼女は、本来、他人の不幸を望むような女性ではなかったからです。

そして、彼女は、自分の衣裳《いしょう》に芥子《けし》を焼いた匂いが染《し》みついていることに気づきます。王朝貴族たちにとって、芥子を焼く匂いといえば、それは、験者（密教僧）の行う密教修法の匂いでしたが、このところ、六条御息所の周辺で密教修法を行ったことなどありません。しかも、その匂いは、衣裳を着換えても、さらには、髪を洗っても、いっこうに消えないのです。その匂いは、どうやら、彼女の魂に染みついたもののようでした。

これによって、六条御息所も、自分が生霊として葵の上を苦しめていたことを、ついに否定できなくなります。そして、彼女は、自分自身を嫌うようになるのです。

では、こんなとき、光源氏は、どうしていたのでしょうか。彼は、ここまで追い詰められた六条御息所のために、恋人らしいことの一つもしたのでしょうか。

実のところ、彼は、ほとんど何もしません。

光源氏としては、現に六条御息所に憑かれた葵の上を目《ま》の当《あ》たりにしていましたので、六条御息所を放ってはおけませんでした。とはいえ、彼には、六条御息所のもとを訪れる度胸はありません。そこで、彼は、六条御息所のもとに手紙だけは送るというかたちで、自分自身に対して体裁を取り繕おうとするのです。そして、そうするにあたって、光源氏は、次のような理屈をこねることで、自己を正当化するのでした。

「直接に対面するのは、どうだろうか。きっと不快そうな顔をしてしまうだろうから、あの方《かた》が気の毒だ」

（「気近《けぢか》う見奉《みたてまつ》らむには、いかにぞや。うたて思《おぼ》ゆべきを、人の御《おん》ためいとほし」〔葵〕）

❖――「何とも白々しい弔問だよ」

そうして、光源氏が、結局は、苦悩する六条御息所を苦悩するままに放っておいたために、葵の上が生命《いのち》を落とすことになります。夕霧も無事に生まれて葵の上の病状も落ち着いたということで、左大臣家の人々が油断していた夜のこと、葵の上は、にわかに、もののけに襲われたようにして、苦しみながら亡くなったのです。秋も半ばを過ぎた八月二十日の頃のことでした。

葵の上の死は、光源氏をひどく悲しませます。光源氏と葵の上との夫婦は、結婚以来、ずっと不和のままでしたが、葵の上の妊娠と病臥とをきっかけに、幾らか睦《むつ》まじくなりはじめていたのです。そこに葵の上の急死があったわけですから、光源氏は、本当に深く悲しみに暮れたのです。

それゆえ、葵の上の葬儀が終わってからも、光源氏は、亡き妻の菩提《ぼだい》を弔《とむら》うため、しばらくは、二条院《にじょういん》に立ち寄ることもなく、ひたすら仏道修行に励みます。そして、その間の光源氏は、語り手が「所々《ところどころ》には、御文《おんふみ》ばかりぞ奉《たてまつ》り給《たま》ふ」と語るように、恋人たちに対しては、ただ手紙を送るばかりでした。

しかも、この折の光源氏は、六条御息所に対しては、手紙を送ることもしません。そして、彼は、自ら六条御息所のもとを訪れようとしないことの口実として、またしても、彼女の娘が伊勢斎宮であることを持ち出すのでした。確かに、妻の喪《も》に服《ふく》す身の光源氏は、徹底した清浄が求められる伊勢斎宮の居所には、立ち入るべきではありません。が、語り手も「いとど厳《いつく》しき御浄《おんきよ》まはりに託《ことつ》けて」と見ているように、彼が伊勢斎宮のことを言うのは、口実に過ぎませんでした。古語の「託けて」は、「口実にして」と訳されます。

やがて、秋が深まる頃、六条御息所の方《ほう》から、光源氏に手紙が届きます。その手紙には、こんな和歌が書かれていました。

「人《ひと》の世《よ》を　あはれと聞《き》くも　露《つゆ》けきに　後《おく》るる袖《そで》を　思《おも》ひこそやれ　」

ここに詠まれる心は、「奥方《おくがた》が亡くなったと聞いただけでも涙がこぼれますので、遺《のこ》されたあなたがどれほど悲しんでいるか、お察しします」というものです。これは、弔問《ちょうもん》の歌ということになります。

が、これを見た光源氏は、六条御息所のあいかわらずの達筆に感心しながらも、こんなことを思うのでした。

「何《なん》とも白々《しらじら》しい弔問《ちょうもん》だよ」

（「つれなの御訪《おんとぶら》ひや」〔葵〕）

❖――「あのことは、もうお忘れください」

それでも、光源氏は、六条御息所に返事を書きます。そして、そのあくまで返事を書く理由が、いかにも光源氏らしいのです。彼は、こう考えたのでした。

「かといって、こちらから返事を差し上げないというのも、気の毒だし、あの方《かた》の評判を堕《お》とすことにもなろう」

（「さりとて、掻《か》き絶《た》え音《おと》なう聞《き》こえざらむもいとほしく、人の御名《おんな》の朽《く》ちぬべきこと」〈葵〉）

王朝時代のやんごとない人々にとっては、とにかく評判というものが大切だったようです。光源氏の行動原理も、大抵の場合、評判に支配されています。それだけに、光源氏は、最低限、六条御息所の評判にも気を遣うのです。

また、そんなことを考えながら、光源氏は、こんな思いを廻らせもします。

「亡《な》くなった方《かた》は、いずれにせよ、亡くなることになっていたのだろう。しかし、『どうして、あんなことをまざまざと明瞭に見て聞いてしまったのだろう』などと後悔するようでは、自分自身の心でありながら、やはり、六条御息所さまを怖《こわ》がる気持ちを変えることはできないようだ。あんなことをする方《かた》がいては、あの方の娘の伊勢斎宮さまに必要な清浄さを保《たも》つことも、妨《さまた》げ

られはしないのだろうか」

（「過《す》ぎにし人《ひと》は、とてもかくても、さるべきにこそはものし給《たま》ひけめ。『何《なに》にさることを定々《さださだ》とけざやかに見聞《みき》きけむ』と悔《くや》しきは、わが御心《みこころ》ながら、なほ、え思《おぼ》し直《なお》すまじきなめりかし。斎宮《さいぐう》の御《おん》清《きよ》まはりも、煩《わずら》はしくや」（葵））

そして、光源氏は、次の一首を以て、六条御息所への返歌とします。

「留《と》まる身《み》も　消《き》えしも同《おな》じ　露《つゆ》の世《よ》に　心置《こころお》くらむ　ほどぞ儚《はかな》き　」

この和歌の心は、「遺《のこ》された者《もの》も、亡《な》くなった人《ひと》も、同じく朝露《あさつゆ》のような儚《はかな》い生命《いのち》を持つだけですから、そんな儚い現世に執着《しゅうちゃく》するのは、意味のないことです」というところです。何やら、光源氏は、早くも葵の上と死別した悲しみを克服してしまったかのようにも見えます。が、これは、光源氏から六条御息所への気遣《きづか》いなのかもしれません。彼は、右の和歌に続けて、次のようにも書いているのです。

「私のことを心配してくださる一方で、あのことは、もうお忘れください。『この手紙はご覧《らん》いただけないかもしれない』と思って、これだけにします」

（「かつは思《おぼ》し消《け》ちてよかし。『御覧《ごらん》ぜずもや』とて、これにも」（葵））

光源氏が忘れるように言う「あのこと」とは、生霊に関することに他なりません。

❖──「六条御息所さまは…正妻として頼りにするとなると…きっと、こちらが気を遣うことに」

その後、この年の十月のことになりますが、光源氏は、ついに若紫《わかむらさき》と男女の関係を持ちます。そして、葵の上を亡くした光源氏が、自邸で大切に養育してきた若紫と男女の関係になったわけですから、このことは、誰が光源氏の新しい正妻（北の方）になるのかという問題と、無関係ではありませんでした。いえ、それどころか、両者は、直結していたのです。

実のところ、光源氏には、この頃、新しい正妻をめぐる縁談が持ち上がっていたのですが、彼は、それをあっさり断ってしまいます。しかも、それは、普通に考えれば、たいへんな良縁だったにもかかわらず。

その縁談というのは、朧月夜《おぼろづきよ》とのものでした。朧月夜は、花宴巻《はなのえん》の女主人公《ヒロイン》であって、行《ゆ》きずりの恋のようなかたちで光源氏と関係を持ちはじめた女性ですが、実は、右大臣家の姫君《ひめぎみ》なのです。そして、彼女は、本来、光源氏には異母兄にあたる朱雀帝《すざくてい》の妃《きさき》となるはずでした。しかし、入内《じゅだい》の前に光源氏と関係を持った彼女は、妃としての人生を諦《あきら》めざるを得なくなります。しかも、彼女は、光源氏を恋《こ》い慕《した》い続けていました。そこで、右大臣家としても、やむなく、彼を朧月夜の聟《むこ》に迎えることを考えたのです。

そして、この縁談は、光源氏にも都合のいいものでした。というのも、葵の上を亡くして左大臣家とのつながりを失った彼は、政界での後ろ盾をも失っていたからです。もし、朧月夜と結婚すれば、光源氏は、今度は右大臣家の後ろ盾を期待できたでしょう。

それにもかかわらず、光源氏が右の縁談を断ったのは、明らかに、彼には若紫がいたからでした。彼は、若紫こそを新たな正妻とするつもりだったのです。

なお、光源氏が新しい正妻を持つにあたっては、彼の最も古くからの恋人である六条御息所も、その候補となって当然だったのですが、この女性の正妻としての適性と今後の処遇とについて、彼は、こんなことを考えていました。

「六条御息所さまは、たいそう気の毒ではあるけれど、正妻として頼りにするとなると、きっと、こちらが気を遣うことになるだろう。もし、あの方が、これまでと同じような扱いを受け容《う》れてくださるなら、何かあったときに言葉を交わし合う相手でいてほしいものだ」

（「かの御息所《みやすどころ》は、いといとほしけれど、実《まこと》の拠《よ》る辺《べ》と頼《たの》み聞《き》こえむには、必ず心置かれぬべし。年来《としごろ》のやうにて見過《みす》ぐし給《たま》はば、さるべき折節《おりふし》にもの聞《き》こえ合《あ》はする人《ひと》にてはあらむ」〔葵〕）

これまた、ずいぶんと身勝手な言いようではありませんか。どうして彼女が生霊などという禍々《まがまが》しいものになったのか、光源氏には、今一度、じっくりと考えてほしいものです。

三、藤壺中宮をめぐるセリフ

09章

継母と密通する光源氏

若紫巻・紅葉賀巻

「どうして、欠点の一つもお持ちでないのだろう」

◉――ある初夏の夜の侵入者

ある夜、光源氏は、藤壺中宮《ふじつぼのちゅうぐう》の寝所に忍び込みます。光源氏十八歳の四月、彼が尼君《あまぎみ》を相手に若《わか》紫《むらさき》を引き取るための交渉に難儀していた頃《ころ》のことです。光源氏は、幼い若紫に夢中になっているようであって、その若紫を見初《みそ》める原因の藤壺中宮への想《おも》いを、少しも忘れていなかったのでした。

しかし、中宮《ちゅうぐう》（皇后《こうごう》）ほどの地位にあるやんごとない女性の寝所に、そう易々《やすやす》と侵入できるものなのでしょうか。いかに全てがおおらかであった王朝時代とはいえ、おおらか過ぎるような気がするのです。

実は、このとき、藤壺中宮は、何かの病気を患っていて、内裏《だいり》を離れて里邸に下がっていたのですが、これを好機と見た光源氏は、藤壺中宮に仕《つか》える女房《にょうぼう》で「王命婦《おうみょうぶ》」と呼ばれる女性に、盛んに働きかけます。この働きかけを、語り手は、「責《せ》む」と表現していますから、光源氏は、かなり強い調子で王命婦に働きかけたのでしょう。そして、その働きかけは、要するに、光源氏が藤壺中宮の寝所に忍び込むための手引きをさせようとするものでした。

結局、王命婦は、光源氏に従ってしまいます。語り手は、光源氏の侵入を「いかが謀《たばか》りけむ、いとわりなくて見奉《みたてまつ》る」と語ります。このうち、「いとわりなくて見奉る」というのは、「光源氏は、かなり無理をして藤壺中宮との逢瀬《おうせ》を実現した」ということですが、「いかが謀りけむ」というのは、「王命婦は、どのように策《さく》を廻《めぐ》らしたのだろうか」ということです。王命婦は、主人である藤壺中宮を裏切ったことになります。

さて、こうして藤壺中宮の寝所に侵入した光源氏はというと、最初は「現《うつつ》とは思《おぼ》えぬ」という気持ちでした。彼は、念願がかなっても、すぐには現実のこととは思えなかったのです。

これに対して、藤壺中宮の側《がわ》では、光源氏の侵入に驚くとともに、過去の忌《い》まわしい出来事を思い起こしていました。というのは、実のところ、光源氏が藤壺中宮の寝所に忍び込んだのは、これで二度目だったからです。光源氏の二度目の侵入に遭《あ》った藤壺中宮は、彼の最初の侵入のことを思い出したのでした。

【藤壺中宮・光源氏を中心とする人間関係図】

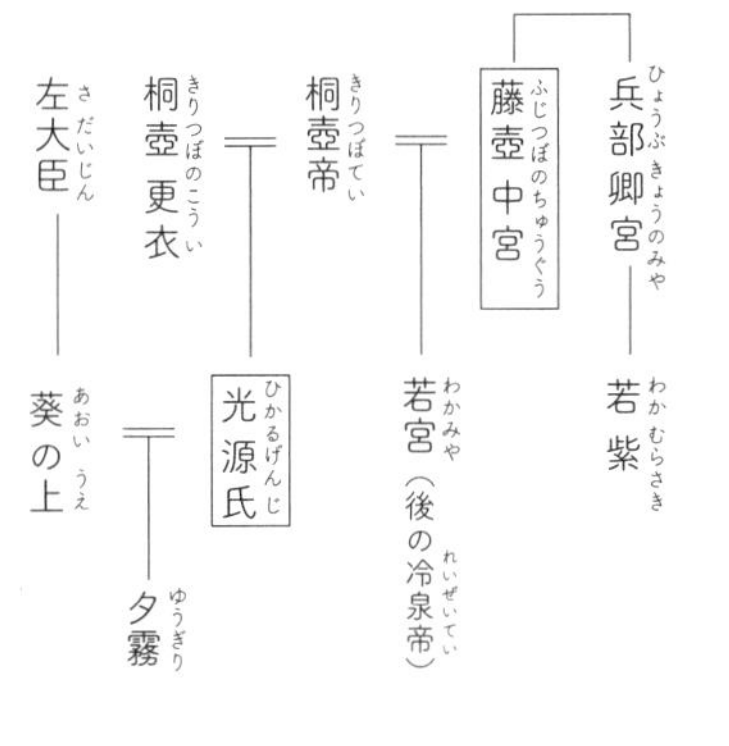

光源氏が初めて藤壺中宮の寝所に侵入したときのことは、われわれの知る『源氏物語』には、全く描かれていません。その出来事が描かれた巻は、歴史の闇に消えてしまったのか、あるいは、そんな巻は、初めから存在しなかったのか、それについては、今のところは何とも言えません。

ただ、光源氏と藤壺中宮との密通が、今回で既に二度目になるということだけは、間違いのないところなのです。

❖──「どうして、欠点の一つもお持ちでないのだろう」

光源氏が藤壺中宮の寝所に忍び込んだのは、言うまでもなく、彼女と男女の関係を持とうとしてのことです。とはいえ、藤壺中宮は、光源氏の父親の桐壺帝《きりつぼてい》の最愛の妃《きさき》であり、また、彼女自身、桐壺帝を深く愛していて、光源氏と関係を持つことなど、全く望んでいません。ですから、この侵入によって発生する男女の関係は、光源氏にとっては、逢瀬かもしれませんが、藤壺中宮の側からすれば、強姦《ごうかん》でしかありません。

それは、光源氏が初めて藤壺中宮の寝所に侵入したときも、全く同じでした。

前回の出来事は、藤壺中宮には、原文の言葉で「世《よ》とともの御《おん》もの思《おも》ひ」となっていました。「世とともの御もの思ひ」とは、つまり、「生きている限りは付《つ》き纏《まと》う悩みの種」です。

それゆえ、彼女は、これも原文の言葉で「『さてだに止《や》みなむ』と深《ふこ》う思《おぼ》したる」のでした。「さてだに止みなむ」を幾《いく》らか言葉を補って現代語に訳すなら、「光源氏との関係は、あの一回だけで終わりにしよう」というところです。藤壺中宮は、二度と同じ過ちを犯さないことを、固く誓っていたのです。もちろん、「過ち」とは言っても、彼女に非があるわけではないのですが。

こうしたわけですから、再び自身の寝所で光源氏の姿を見た藤壺中宮は、「いと心憂《こころう》くて、いみじき御気色《みけしき》」になります。すなわち、彼女は、どうにも情けなくなり、ひどく辛《つら》そうにしていたのです。藤壺中宮の立場からすると、実に当たり前の心情でしょう。

ところが、侵入者である光源氏は、その辛《つら》そうな表情の藤壺中宮が、それでいて、「懐《なつ》かしうらうたげ」に見えるというのです。ここでは、「懐かし」は「親しみやすい」、「らうたし」は「かわいらしい」とでも訳しておきましょう。光源氏の眼に映る藤壺中宮は、さらに、「さりとて、うち解《と》けず心深《こころぶこ》う恥《は》づかしげなる御持《おんも》て成《な》しなどの、なほ、人《ひと》に似《に》させ給《たま》はぬ」という様子でした。ここを現代語にすると、「かといって、なれなれしくはなく慎み深くて、立派な物腰《ものごし》などが、やはり、普通の人とは比べものにならない」というところです。

光源氏は、こうして藤壺中宮をまじまじと眺《なが》めながら、こんな思いを抱《いだ》きます。

「どうして、欠点の一つもお持ちでないのだろう」

（「などか、斜《なの》めなることだにうち混《ま》じり給《たま》はざりけむ」〔若紫〕）

藤壺中宮という女性は、光源氏にとって、まさに完璧なのです。それゆえ、彼は、藤壺中宮への許されない想いを、棄《す》てることができません。そして、欠点を持たない藤壺中宮は、彼女を恋い慕う光源氏に、原文の言葉で「辛《つら》し」という気持ちをも抱かせるのです。それは、現代語では「恨めしい」と表現される、光源氏にとっては何とも逆説的な心情でした。

◉——脱ぎ散らかす光源氏

光源氏は、藤壺中宮を前に、とうとうと、彼女への想いを語り続けます。しかし、語り手が「何《なに》ごとをかは聞《き》こえ尽《つ》くし給《たま》はむ」と語るように、彼には、藤壺中宮に対する気持ちの全てを語り尽くすことなど、とてもできはしません。しかも、初夏の四月、夜は短いのです。夜が明ける前に去らなければならない光源氏は、飽き足りない気持ちを和歌に託《たく》します。

「見てもまた　逢《あ》ふ夜稀《よまれ》なる　夢《ゆめ》の中《うち》に　やがて紛《まぎ》るる　わが身《み》ともがな　」

この一首の心は、「こうしてお逢《あ》いできても、またお逢いできる夜など、ほとんどないのでしょうから、この逢瀬《おうせ》が夢だとして、いっそのこと、その夢の中に溶《と》け込《こ》んでしまえる身《み》ならいいのですが」というところです。光源氏としては、このままずっと藤壺中宮と一緒にいたいのです。ですから、彼は、右の歌も、涙にむせ返りながら口にしたのでした。

すると、藤壺中宮は、そんな光源氏に同情します。一方的に寝所に侵入されて望んでもいない男女の関係を強《し》いられた被害者だというのに、彼女は、不法侵入および強姦の加害者である光源氏に同情するのです。

実に不思議なことに、『源氏物語』の女君《おんなぎみ》たちの多くが、光源氏に対しては、こんな反応をします。実のところ、強姦でしかないかたちで女性と関係を持つというのは、光源氏にしばしば見られる行動です。しかし、そうして光源氏と関係を持った女性たちのほとんどが、なぜか、彼を恨んだり敵視したりするどころか、彼に親しみを感じたり同情したりするのです。当然、王朝時代と現代とでは、恋愛観や貞操観念が大きく違うでしょうが、それにしても、現代の男性である私としては、理解に苦しみます。

しかし、藤壺中宮は、ここで光源氏に同情することはあっても、このような関係を続けたいとは思っていませんでした。彼女は、こんな返歌を詠むのです。

「世語《よがた》りに　人《ひと》や伝《つた》へん　類《たぐい》なく　憂《う》き身《み》を醒《さ》めぬ　夢《ゆめ》に為《な》しても　」

その心は、「この許されない関係は、世間の語《かた》り種《ぐさ》となって、後々まで語《かた》り継《つ》がれることになったりはしないでしょうか。こんな関係を持ってしまって他に比べるものがないほどに辛《つら》い私の身を、終わることのない夢の中の存在としたとしましても」というところでしょう。藤壺中宮は、光源氏との密通《みっつう》が世間に洩《も》れることを、何よりも恐れていたのでした。

なお、この密会において、本当に二人の間に男女の関係があったか否《いな》かについてですが、二人があくまでも清い関係にあったと見るのは、ちょっと無理なのではないでしょうか。ここでは、語り手も、「命婦《みょうぶ》の君《きみ》ぞ、御直衣《おんなおし》などは、掻《か》き集《あつ》め持《も》て来《き》たる」と、光源氏の脱《ぬ》ぎ散《ち》らかした衣裳《いしょう》を王命婦が広い集めたことに言及しているのです。

❖―――「陛下が心配なさるに違いないのも、恐ろしい」

光源氏は、藤壺中宮のもとから自邸へと帰ると、原文の表現で「泣《な》き寝《ね》に臥《ふ》し暮《く》らし」ます。それは、言葉の本当の意味での「泣き寝入り」でした。彼は、結局、昨夜の二度目の逢瀬を以てしても、藤壺中宮の心を自分のものにすることができなかったのです。

また、光源氏は、あの逢瀬の後も、藤壺中宮に手紙を送っています。それも、幾度も。もちろん、それらの手紙は、彼女を恋い慕う気持ちを伝えるものです。ところが、相手の藤壺中宮は、光源氏からの手紙には、全く眼を通そうともしません。それどころか、藤壺中宮は、光源氏からの手紙の全てを、差出人のもとに突き返したのでした。

藤壺中宮が光源氏からの手紙を突き返すというのは、以前からのことでしたが、今回は、あの逢瀬の直後であっただけに、光源氏の落ち込みようは、たいへんなものです。彼は、二ヶ日も、三ヶ日も、内裏に出仕《しゅっし》することもなく、ただただ自宅に引き籠《こも》っていました。おそらく、光源氏は、この間も、「泣き寝に臥し暮らし」ていたことでしょう。

ただ、そうしていながらも、光源氏には、怖くもあり申し訳なくもあることがありました。彼は、こんなことを思います。

「『どうして引《ひ》き籠《こも》っているのか』と、陛下《へいか》が心配なさるに違いないのも、恐《おそ》ろしい」

（「『いかなるにか』と御心動《みこころうご》かせ給《たま》ふべかめるも、恐《おそ》ろし」〔若紫〕）

光源氏は、桐壺帝にとって、最愛の皇子《おうじ》でした。とすれば、光源氏が自宅に引き籠るようなことになれば、桐壺帝が心配しないわけはないのです。そして、それは、光源氏の立場からすると、本来、たいへんありがたいことであるはずでした。

しかし、光源氏はというと、桐壺帝に対して、とんでもない隠しごとをしていたのです。言うまでもなく、それは、藤壺中宮との密通です。しかも、今回の引き籠りの原因は、その藤壺中宮との関係にありました。それゆえ、今の光源氏は、桐壺帝に優しくされればされるほど、罪の意識がねじれて、桐壺帝に恐ろしさを感じてしまうのです。

その頃、一方の藤壺中宮も、再び光源氏に身を任せてしまったことで、さらに深い苦悩を抱《かか》えてしまい、寝込みがちになっていました。そのため、桐壺帝から参内《さんだい》を急《せ》かされても、それに応じることができずにいたのでしたが、そうしているうち、彼女は、自分が妊娠《にんしん》していることに気づきます。そして、これに関して、語り手は、「わが御心《みこころ》一つには、著《しる》う思《おぼ》し分《わ》くこともありけり」と語るのですが、つまり、藤壺中宮は、お腹《なか》の子の父親が誰であるかを、はっきりとわかっていたというのです。

もうおわかりでしょう。藤壺中宮は、光源氏の子供を身籠《みごも》ったのでした。

❖——「この夢が現実になるまで、このことを誰かに話してはならない」

何も知らない桐壺帝は、藤壺中宮の懐妊《かいにん》をよろこびます。真相を知らない帝《みかど》にしてみれば、藤壺中宮のお腹にいるのは、自分の皇子もしくは皇女のはずだからです。そのため、帝は、せっせと藤壺中宮のもとに使者を送るのですが、これは、藤壺中宮にとっては、原文の言葉で「そら恐《おそ》ろしう」としか思えないことでした。

そうした頃、光源氏は、「おどろおどろしうさま異《こと》なる夢《ゆめ》を見《み》」ます。その夢の具体的な内容は語られていないのですが、それは、よほど奇妙な夢だったはずです。

王朝貴族たちは、気になる夢を見たとき、その夢をきちんと解釈しました。そうして夢を解釈することを、王朝時代の人々は、「夢解《ゆめとき》」とも「夢合《ゆめあわせ》」とも呼びます。また、王朝時代には、夢解あるいは夢合の専門家もいて、彼らは、これまた「夢解《ゆめとき》」と呼ばれることもありましたが、『源氏物語』の中では「合《あ》はする者《もの》」と呼ばれたりしています。

そして、光源氏も、今回の「おどろおどろしうさま異なる夢」の夢解を、一人の夢解（「合はする者」）に任せました。すると、その夢解は、光源氏に、原文の言葉で「及《およ》びなう思《おぼ》しもかけぬ筋《すじ》のこと」を告《つ》げます。「及びなう思しもかけぬ筋のこと」とは、すなわち、「全く想像もできないようなこと」

です。さらに、夢解は、光源氏に忠告を与えます。彼は、「その想像もできないようなことが実現する途中で、つまずくことになるかもしれませんので、慎重に行動されよ」と言うのです。

ここで夢解の言ったことは、今の光源氏には、全く理解できません。が、何かしら感じることがあったのでしょう、彼は、夢解にこんなことを言います。

「これは、私が見た夢ではない。他人が見た夢のことを話したのだ。しかし、この夢が現実になるまで、このことを誰かに話してはならない」

（「自《みずか》らの夢《ゆめ》にはあらず。人《ひと》の御事《おんこと》を語《かた》るなり。この夢合《ゆめあ》ふまで、また人《ひと》にまねぶな」〔若紫〕）

とはいえ、夢解の言うところは、光源氏に小さからぬ不安を与えました。語り手が「心の中《うち》には『いかなることならむ』と思《おぼ》し渡《わた》る」と語る通りです。

そんな中で、藤壺中宮が妊娠したという話が、光源氏の耳にも入ります。すると、光源氏には、原文の表現で「もし、さるやうもや」と、納得するところがありました。「もし、さるやうもや」を現代語にすると、「もしや、そういうことだろうか」となりますが、ここで、光源氏が思い至ったのは、おそらく、藤壺中宮が光源氏を父親とする男児を産《う》み、その男児が、あくまでも桐壺帝の皇子として、やがては帝になる、ということだったのでしょう。

◉――針の筵の上の光源氏

藤壺中宮が自分の子を身籠ったと信じる光源氏は、藤壺中宮への想いをさらに強めます。それだけに、彼は、三度目の逢瀬を強く望み、またも王命婦に働きかけます。しかし、王命婦は、さすがに自分のしたことの重大さを認識したらしく、幾ら働きかけられても、全く取り合おうとしないのでした。

もちろん、光源氏は、三度目の逢瀬を画策するのと並行して、藤壺中宮に手紙を送ることも続けていましたが、こちらも、全く成果がありません。語り手が「儚《はかな》き一行《ひとくだり》の御返《おんかえ》りの偶《たま》かなりしも絶《た》え果《は》てにたり」と語るように、藤壺中宮からの返事は、わずか一行の短いもの（返歌が記されただけの返事）が稀《まれ》に届くということさえ、完全になくなったのです。

その後、光源氏が幾らかでも藤壺中宮に近づくことができたのは、宮中においてでした。

七月に入ると、心身が幾らか落ち着いた藤壺中宮は、ようやく内裏に戻ります。すると、桐壺帝は、藤壺中宮の寝所である飛香舎《ひぎょうしゃ》（藤壺《ふじつぼ》）に入《い》り浸《びた》りになります。念のためですが、藤壺中宮が「藤壺中宮」と呼ばれるのは、彼女の宮中での寝所が「藤壺」の別名を持つ飛香舎であって、かつ、彼女がやがては「中宮」の別名を持つ皇后の地位に就《つ》くからです。そして、藤壺中宮のもとに入り浸る桐壺帝は、しばしば、そこに楽器の演奏に堪能な臣下たちを集めて演奏会を催《もよお》しました。

となれば、そこに光源氏が呼ばれないわけはありません。彼は、楽器の演奏を含む全ての技芸に優れていたのです。藤壺中宮の寝所での演奏会に喚《よ》ばれた光源氏は、毎回、琴《こと》に、笛《ふえ》に、さまざまに活躍したのでした。そして、そうした折には、彼も、藤壺中宮に幾らか近づくことができたのです。ただ、そんなとき、光源氏には、原文の表現で「いみじう包《つつ》み給《たま》へど、忍《しの》び難《がた》き気色《けしき》の漏《も》り出《い》づる折々《おりおり》」がありました。彼は、桐壺帝の前で、藤壺中宮との密通のことを悟られないように、努めて平静を装っていました。しかし、それでも、桐壺帝と藤壺中宮とがそろっている場とあっては、大きな罪の意識を抱える光源氏には、完全に平静でいることは難しかったのです。彼は、演奏会の最中、しばしば挙動不審になっていたのでしょう。

また、そんな光源氏を、藤壺中宮は、桐壺帝の隣に座って、ハラハラしながら見ていました。それはそうでしょう、彼女と光源氏とは、まさに一蓮托生《いちれんたくしょう》の関係にあったのですから。彼女は、今、けっして桐壺帝に知られるわけにはいかない秘密を、光源氏と共有しているのです。そして、藤壺中宮は、光源氏が桐壺帝の前で妙な様子を見せるたびに、自身の寝所に光源氏が侵入してきた夜のことを思い出すのでした。

❖——「私は、あなたを想って、乱れた気持ちのまま舞ったのですが」

その後の藤壺中宮をめぐる物語は、紅葉賀巻《もみじのが》に持ち越されます。この紅葉賀巻は、光源氏十八歳の秋からの物語です。

さて、その冒頭、光源氏は、桐壺帝がにわかに思いついた宮中の催しにおいて、藤壺中宮も見ている前で、舞《まい》を舞《ま》うことになります。もちろん、光源氏が舞うのですから、それは、それはそれはみごとな舞でした。

語り手は、舞人を務めた光源氏を「常《つね》よりも光《ひか》ると見《み》え給《たま》ふ」と持ち上げます。「光《ひか》る源氏《げんじ》」である光源氏が、さらに光《ひか》り輝《かがや》いていたというのです。また、光源氏を嫌《きら》ってやまない弘徽殿女御《こきでんのにょうご》などは、光源氏の舞のすばらしさに、「神《かみ》など空《そら》に愛《め》でつべき容貌《かたち》かな。うたて忌々《ゆゆ》し」と言うしかありませんでした。あまりにもうつくしい光源氏は、神にさらわれてしまうかもしれないというわけです。弘徽殿女御としては、一種の呪《のろ》いのつもりで言ったのでしょうが、こんな呪いをかけられるのは、光源氏の舞が優れていたからこそでしょう。

では、そんなすばらしい光源氏の舞を、藤壺中宮は、どう見たのでしょうか。

実は、藤壺中宮は、光源氏の舞について、その心の中で、「畏《おそ》れ多《おお》いという気持ちがなかったならば、もっとみごとなものと思うことができたでしょうに」とつぶやいていました。彼女の言う「畏れ多いという気持ち」というのは、つまりは、桐壺帝に隠しごとをしていることから来る罪の意識です。彼女は、やはり、光源氏との密通のことで苦悩し続けており、彼の舞を素直に賞賛することはできないのです。

これに対して、光源氏は、この期《ご》に及《およ》んで、藤壺中宮に自身の舞を誉《ほ》めてもらいたがります。催しの翌朝、彼が藤壺中宮に送った手紙は、こんなものでした。

「昨日の私の舞を、どのようにご覧《らん》になりましたか。私は、あなたを想《おも》って、乱れた気持ちのまま舞ったのですが。

もの思《も》ふに　立《た》ち舞《ま》ふべくも　あらぬ身《み》の　袖《そで》うち振《ふ》りし　心知《こころし》りきや

畏《おそ》れ多《おお》いことながら」

（「いかに御覧《ごらん》じけむ。世《よ》に知《し》らぬ乱《みだ》り心地《ごこち》ながらこそ。

もの思ふに　立ち舞ふべくも　あらぬ身の　袖うち振りし　心知りきや

あな、畏《かしこ》」〔紅葉賀〕）

何とも不用心な手紙です。これが他人の眼に触れたらどうするのでしょう。ちなみに、右の一首の心は、「悩みごとがあって舞を舞うことなどできそうにない私が、あなたのためにがんばって舞いました。その気持ちをわかってください」というところです。

❖──「他人行儀な扱いをなさるものだ」

すると、このときの光源氏の舞がよほどすばらしかったからなのでしょうか、いつもは光源氏の手紙など開こうともしない藤壺中宮が、彼に次のような和歌を返したのです。

「唐人《からひと》の　袖振《そでふ》ることは　遠《とお》けれど　立《た》ち居《い》につけて　あはれとは見《み》き　」

ここに詠まれる心は、「昔、中国の人が舞った故事のことはよく知りませんけれど、あなたの舞う仕草の一つ一つに感嘆しましたよ」というところでしょう。ここでは、藤壺中宮も、素直に光源氏の舞を賞賛します。

これは、光源氏にとって、しばらくぶりの藤壺中宮からの手紙でした。しかも、その内容は、彼に好意的なものです。これが光源氏をよろこばせないわけがありません。彼は、藤壺中宮の手紙を、尊い経典のように広げて、しばしの間、それに見入っていたのでした。

それから少しして、藤壺中宮は、また内裏から里邸に出ます。となると、これを好機と見る光源氏は、まずは普通に日中に藤壺中宮のもとを訪れます。貴族たちがご機嫌伺《きげんうかが》いのために天皇の寵愛《ちょうあい》する妃のもとに足を運ぶというのは、王朝時代にはめずらしいことではありませんでしたから、この昼間の訪問によって世間から何かを勘繰《かんぐ》られることにはならないでしょう。

ただし、王朝貴族社会では、男性がご機嫌伺いを目的にやんごとない女性を訪問する場合、お目当てのやんごとない女性が自ら訪問者を応接することはありませんでした。そうした場合には、普通、やんごとない女性に仕える女房が、応接役を務めるものなのです。そして、今回、藤壺中宮を訪ねた光源氏を応接したのも、王命婦・中納言《ちゅうなごん》の君《きみ》・中務《なかつかさ》といった女房たちでした。

しかし、秘密を共有する関係になる以前には、藤壺中宮は、光源氏の訪問に対しては、しばしば自ら応接していたのかもしれません。というのも、今回、女房たちの応接を受けた光源氏は、心の中で、こんなことをつぶやいたからです。

「他人行儀な扱いをなさるものだ」

（「けざやかにも持《も》て成《な》し給《たま》ふかな」〈紅葉賀〉）

しかも、光源氏は、このたびの藤壺中宮の応対のあり方を、原文の言葉で「安《やす》からず思《おも》」ったのでした。「安からず思ふ」という古語の表現を現代語に置き換えるならば、「穏やかではない気持ちになる」というところです。そのため、彼には、これも原文の言葉で「鎮《しず》めて」という努力が必要でした。つまり、彼は、意識して気を鎮めなければならなかったのです。おそらく、光源氏は、自分が以前よりも粗略《そりゃく》に扱われていると感じたのでしょう。

❖——「今や、ひどく私を遠ざけなさるのが、恨めしく」

そうして、努めて平静を装う光源氏が、女房たちと言葉を交わしていると、そこに、兵部卿宮《ひょうぶきょうのみや》が現れます。若紫の父親であって彼女をあまり大切にしない、あの兵部卿宮です。この皇子は、藤壺中宮とは同母兄妹の関係にありますから、その彼が藤壺中宮の邸宅を訪ねるのは、全く自然なことでした。

しかも、兵部卿宮は、しばし光源氏と団欒《だんらん》した後、日が暮れる頃になってから、藤壺中宮がいる簾《す》の内側に入っていきます。王朝時代の常識として、同母の兄妹や姉弟は、性別を異にしていながら、同じ簾の中にいてもいいのです。

そして、それを見た光源氏は、原文の言葉で「うらやましく」思うとともに、こんなことを思ったりもします。

「昔は、父上のお許しがあって、藤壺中宮《ふじつぼのちゅうぐう》さまのすぐ側《そば》にいることができて、女房《にょうぼう》に仲介されたりしないで直接にお話しすることもできたものを、今や、ひどく私を遠ざけなさるのが、恨めしく」

（「昔は、上《うえ》の御持《おんも》て成《な》しに、いと気近《けぢか》く、人伝《ひとづて》ならでものをも聞《き》こえ給《たま》ひしを、こよなう疎《うと》み給《たま》へるも、

辛《つろ》う」〔紅葉賀〕）

これでは、光源氏としては、全くおもしろくありません。そのため、彼は、こう挨拶して、その場を辞《じ》すのでした。

「もっと頻繁《ひんぱん》に参上《さんじょう》しなければならないところですが、特に『ご用である』とのお召《め》しがないときは、自然とサボりがちになっておりますので、私が必要なときなどは、お召しがありましたら、うれしいところです」

（「しばしばも候《さぶら》ふべけれど、『ことぞ』と侍《はべ》らぬほどは、自《おの》づから怠《おこた》り侍《はべ》るを、さるべきことなどは、仰《おお》せ言《ごと》も侍《はべ》らむこそ、うれしく」〔紅葉賀〕）

この堅苦しい挨拶も、もちろん、光源氏から藤壺中宮へと直接に言上できたわけではありません。光源氏が王命婦あたりの女房に伝えた挨拶が、女房から藤壺中宮へと伝えられたのです。藤壺中宮は、あくまでも「けざやかに（他人行儀に）」、光源氏を扱います。

そして、堅苦しい挨拶を「けざやかに（他人行儀に）」済《す》ませた光源氏は、原文の表現で「すくすくし」という態度で、藤壺中宮邸を出ていきました。「すくすくし」という古語は、「生真面目《きまじめ》だ」「無愛想《ぶあいそう》だ」などと訳されますが、ここでは、「無愛想だ」と訳すのが適切でしょう。彼は、堅苦しい挨拶をしたかと思えば、無愛想に出て行ったのです。

光源氏は、思い通りにならないことがあると、すぐに拗《す》ねた態度を取ります。

10章 継母と子を成す光源氏

紅葉賀巻・葵巻

「私は、果てのない心の闇に、何も見えなくなっています」

❖──「いつになったら、**女房を間に挟んだりせずに藤壺中宮**さまとお話ができるのだ」

紅葉賀巻《もみじのが》では、途中で年が改まりますが、新しい年を迎えて十九歳になった光源氏《ひかるげんじ》は、ついに父親になります。

年が明けるや、藤壺中宮《ふじつぼのちゅうぐう》の体調には、異変がありました。これを承《う》けて、光源氏は、藤壺中宮のための密教修法《みっきょうしゅほう》を、その目的を伏せたまま、あちらこちらの寺々に行わせます。彼には、藤壺中宮のお腹《なか》にいるのは自分の子供だという確信があったのです。

やがて、二月も十日を過ぎた頃、藤壺中宮が産んだのは、一人の男の子でした。

こうして生まれた男の子は、やはり、光源氏の子供でした。が、何も知らない桐壺帝《きりつぼてい》は、自分の皇子《おうじ》だと思っています。そのため、彼は、新たに誕生した皇子の顔を、一刻も早く見たがりました。藤壺中宮が産んだ男の子は、桐壺帝にしてみれば、単なる末の皇子ではなく、最愛の妃《きさき》の産んだ皇子だったのです。

そんな中、光源氏は、藤壺中宮邸に足を運ぶと、もちろん、女房《にょうぼう》を介《かい》してですが、藤壺中宮にこう言います。

「陛下《へいか》が新たに誕生された皇子さまのことを気にしていらっしゃるので、まずは、この私が、皇子さまのご様子を拝見しまして、陛下にご報告いたしましょう」

（「上《うえ》の覚束《おぼつか》ながり聞《き》こえさせ給《たま》ふを、先《ま》づ見奉《みたてまつ》りて奏《そう》し侍《はべ》らむ」〔紅葉賀〕）

これを、藤壺中宮は、「まだ見苦しい状態ですので」と言って拒《こば》みますが、このとき、光源氏は、どういうつもりだったのでしょうか。彼の言葉をそのまま受け取れば、彼は、気《き》を揉《も》む桐壺帝を第一に考えていたかのように見えるものの、だとすれば、彼は、たいした偽善者です。この男は、そもそも桐壺帝を裏切っているわけですから。

実は、光源氏の本音は、王命婦《おうみょうぶ》の前で明らかになります。

光源氏は、その後、幾度《いくど》も、藤壺中宮に仕《つか》える女房の一人である王命婦に接触しては、彼が生ま

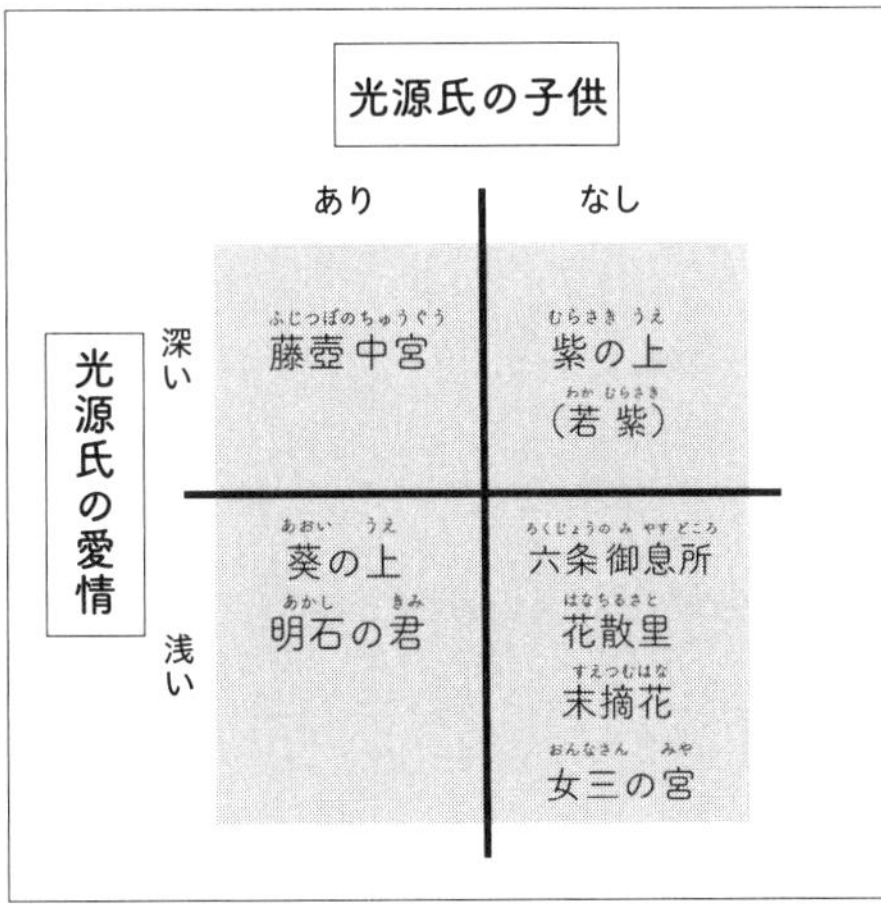

【光源氏を取り巻く女君たちの立ち位置】

れた子供に会えるように手はずを整えるよう、しつこく要請します。これですと、光源氏の望むところは、とにかく子供の顔を見ることであるかのようです。が、王命婦が手をこまねいていると、光源氏は、泣きながら、こう言ったのでした。

「いつになったら、女房《にょうぼう》を間に挟《はさ》んだりせずに藤壺中宮《ふじつぼのちゅうぐう》さまとお話ができるのだ」

（「いかならむ世《よ》に、人伝《ひとづて》ならで聞《き》こえさせむ」〔紅葉賀〕）

どうやら、光源氏の目的は、あくまでも藤壺中宮本人にあったらしく、彼女が産んだ子供に会いたいというのは、彼女自身に会うための口実に過ぎなかったようです。光源氏の藤壺中宮への執着は、本当に、病的な様相を呈《てい》しています。

❖――「どのような前世の因縁で、現世において、あの方と私とは引き離されるのだろうか」

また、光源氏は、泣き出したかと思えば、こんな和歌を詠《よ》みました。

「いかさまに　昔結《むかしむす》べる　契《ちぎ》りにて　この世《よ》にかかる　中《なか》の隔《へだ》てぞ」

この一首の心は、「どのような前世《ぜんせ》の因縁《いんねん》で、現世《げんせ》において、あの方《かた》と私とは引き離されるのだろうか」というところです。何か上手《うま》くいかないと前世の因縁のせいにするというのは、光源氏にはよくあることですが、藤壺中宮との関係について言えば、向こうは迷惑そうにしているのですから、前世の因縁も何もあったものではないでしょうに。しかし、光源氏としては、藤壺中宮の側《がわ》でも、本当は自分に想《おも》いを寄《よ》せている、という前提のようです。

さて、そうこうするうち、早くも四月になり、出産で弱った身体《からだ》を回復させた藤壺中宮は、幼い男の子を連れて、桐壺帝の待つ内裏《だいり》へと戻ります。それは、桐壺帝にとって、待ちに待っていたことでしたが、藤壺中宮の産んだ男の子を自身の皇子だと信じている桐壺帝は、その皇子が光源氏とそっくりであることに、たいへんよろこびます。

そもそも、光源氏は、桐壺帝の最も愛する妃《きさき》であった桐壺更衣《きりつぼのこうい》が産んだ皇子で、桐壺帝の寵愛《ちょうあい》を一身に集める存在でした。しかし、桐壺帝は、有力な妃ではない桐壺更衣が産んだ光源氏には、帝位を継承させることができなかったのです。

ところが、新たに生まれた皇子は、自身も皇女《おうじょ》である藤壺中宮を母親としていて、十分に玉座に登る資格を持っていました。そして、その皇子が光源氏にそっくりなのです。桐壺帝は、光源氏には与えることができなかったものを、光源氏と瓜二《うりふた》つの新しい皇子に与えることで、光源氏への負《お》い目《め》を清算できると思ったのでした。

もちろん、そんなことをしても、光源氏に何かいいことがあるわけではありません。ただ桐壺帝自身の気が楽になるだけです。「さすがは父子」とでも言うべきでしょうか、桐壺帝も、光源氏と同じく、とんでもなく自己中心的なものの考え方をするのです。

ともかく、桐壺帝のよろこびようは、光源氏を動揺させます。語り手は、「面《おもて》の色《いろ》変《か》はる心地《ここち》して、恐《おそ》ろしうも、忝《かたじけな》くも、うれしくも、あはれにも、方々《かたがた》うつろふ心地《ここち》して、涙落ちぬべし」と語ります。このときの彼の感情は、彼自身にもわからなかったことでしょう。

また、光源氏は、桐壺帝が幼い皇子をひどくかわいがるのを見ているうち、「私がこの皇子とよく似ているというのなら、私のこの身も、ものすごく大切なものなのだろう」などと考えたりもします。病的なまでに自己中心的な人の考えることは、よくわかりません。

しかし、光源氏の感情は、だんだんと恐怖に支配されるようになっていきます。当然のことです。そして、彼は、その場から逃げ出すのでした。

❖──「私たちの関係は、何とも頼りない関係でしかありませんので」

自邸に帰った光源氏は、正妻（北《きた》の方《かた》）の暮らす左大臣邸を訪れる前に気を落ち着かせようと、少し横になります。が、そうしているうち、ふと前栽《せんざい》の撫子《なでしこ》が華やかに咲いていることに気づいた彼は、次の一首を詠んで、撫子の花とともに、王命婦のもとに送ったのでした。

「装《よそ》へつつ　見るに心は　慰《なぐさ》まで　露《つゆ》けさ増《ま》さる　撫子《なでしこ》の花《はな》　」

この和歌に詠まれているのは、「撫子の花を幼いわが子の代わりに見て、気持ちを落ち着かせようとしましたが、それで落ち着くことはなく、かえって涙が溢《あふ》れてきました」という心でしょう。「撫子」は、「撫《な》でし子《こ》」ということで、しばしば、離れ離れになっている子供のことを思う歌に詠み込まれます。とすると、自分の息子であるはずの藤壺中宮が産んだ男の子にほとんど興味がないかのようであった光源氏にも、本当のところは、父親らしい気持ちがあったのでしょうか。

残念ながら、この推測は裏切られます。というのは、光源氏が王命婦に送った手紙には、右の一首とともに、次のような言葉が書かれていたからです。

「幼児《おさなご》には『花と咲いてほしい』と思っておりますが、私とあなたとがあの幼児の父と母とであることを、隠し続けなければならないとは、私たちの関係は、何とも頼りない関係でしかあり

ませんので」

（「『花《はな》に咲《さ》かなん』と思《おも》ひ給《たま》へしも、甲斐《かい》なき世《よ》に侍《はべ》りければ」〔紅葉賀〕）

右の言葉も、先ほどの和歌も、光源氏は、王命婦に宛《あ》てて送りましたが、彼が意図した本当の宛《あ》て先《さき》は、やはり、藤壺中宮でした。そして、彼が藤壺中宮に本当に伝えたかったのは、結局のところ、彼女を恋い慕う気持ちだったのです。また、そんな彼にとっては、初めて持った息子も、藤壺中宮の関心を自分に向けるための道具でしかありませんでした。

ところが、藤壺中宮から次のような返歌があります。これは、王命婦の努力の賜物《たまもの》でした。彼女は、託《たく》された手紙を、どうにか藤壺中宮に読ませ、さらには、その手紙への返事を、どうにか藤壺中宮にものさせたのです。

「袖濡《そでぬ》るる　露《つゆ》の縁《ゆかり》と　思《おも》ふにも　なほ疎《うと》まれぬ　大和撫子《やまとなでしこ》　」

この一首の心は、「私が苦悩の涙を流さなければならない原因だと思うにつけても、あの幼児《おさなご》が疎《うと》ましくて仕方《しかた》ありません」というところでしょうか。藤壺中宮は、光源氏と関係を持ったことに、後悔《こうかい》の念《ねん》しか抱《いだ》いていないのでした。

しかし、光源氏は、藤壺中宮から返事があったことを、語り手が「いみじくうれしきにも涙落ちぬ」と語るように、泣いてよろこぶのです。

◉——「藤壺中宮」と呼ばれはじめる藤壺中宮

こうしている間にも季節は移ろい、暦《こよみ》は七月に進みます。そして、この七月のこと、藤壺中宮は、めでたく皇后《こうごう》（中宮《ちゅうぐう》）に立てられます。これは、彼女が、ようやく桐壺帝の皇子を産んだことで、ついに皇后（中宮）となる資格を満たしたためでした。

もちろん、これは、とっくの昔に桐壺帝の第一皇子を産んでいる弘徽殿女御《こきでんのにょうご》を刺激することになります。彼女の産んだ皇子は、第一皇子であるうえに、今や皇太子《こうたいし》（東宮《とうぐう》）なのです。そんな弘徽殿女御を差し置いて皇后に立つわけですから、藤壺中宮が弘徽殿女御の恨みを買わないわけはなく、その恨みは、後年、眼に見えるかたちとなります。

ところで、藤壺中宮の「中宮」という称号は、皇后の別名です。つまり、皇后と中宮とは、同じものなのです。ですから、本来、藤壺中宮のことは、「藤壺皇后」と呼んでも、「藤壺中宮」と呼んでも、特に差し支えないことになります。

しかし、そうだとすると、皆さんは、藤壺中宮が今さら皇后になるという話を、不思議に思われることでしょう。確かに、既に中宮（皇后）だった女性が、今また皇后（中宮）になるなど、おかしな話です。

実のところ、この本において藤壺中宮のことを初めからずっと「藤壺中宮」と呼んできたことにこそ、問題があるのです。本当は、光源氏が十九歳になった年の七月より前の時点では、藤壺中宮のことを「藤壺中宮」と呼ぶべきではないのです。それは、この七月以前には、彼女は、まだ皇后（中宮）になっていないからに他なりません。

ですから、ここまで、私は、一貫して「藤壺中宮」という呼び方を使ってきましたが、本来ならば、この呼び方を使うべきではなかったのです。

では、なぜ、私は、不当に「藤壺中宮」という呼び方をしてきたのでしょうか。

実は、正式に皇后（中宮）になる以前の彼女については、その身分がはっきりしないのです。生まれつき皇女というやんごとない身であった彼女の場合、更衣《こうい》であった可能性はありません。が、そうかといって、『源氏物語』のどこにも、彼女が女御《にょうご》であった証拠はないのです。王朝時代の常識から推測して皇后（中宮）になる以前の彼女を「藤壺女御」と呼ぶ研究者もいますが、これには、確たる根拠がありません。また、この他に、律令《りつりょう》を引っ張り出してきて、彼女が律令に定めのある「夫人《ぶにん》」という地位にあったと考える研究者も見られますが、これも、やはり、文句なしの裏づけを持つわけではないのです。

そして、こんな事情から、彼女が正式に皇后（中宮）となる以前にも「藤壺中宮」という呼び方を使っているというのが、本書での私の立場です。ご理解いただけますと、助かります。

❖──「私は、果てのない心の闇に、何も見えなくなっています」

藤壺中宮が皇后（中宮）になった光源氏十九歳の七月、原文に「源氏《げんじ》の君《きみ》、宰相《さいしょう》になり給《たま》ひぬ」とあるように、光源氏自身も、新たに参議《さんぎ》という官職《かんしょく》に就《つ》くことになります。原文にある「宰相」は、参議の別名ですが、この参議（宰相）というのは、大臣《だいじん》・大納言《だいなごん》・中納言《ちゅうなごん》に次ぐ、かなりの高官です。

王朝時代には、常にいるとは限らない太政大臣《だじょうだいじん》を除くと、朝廷で最も高い官職は、左大臣であって、そこから、右大臣・内大臣と続き、その下に定員四名の大納言がいて、さらにその下に定員六名の中納言がいて、さらにさらにその下にいるのが、定員八名の参議でした。新任参議の光源氏は、このとき、朝廷における公式の序列では、ようやく二十一番目に位置したことになります。

二十一番目というと、さして偉くないように感じられるかもしれませんが、しかし、考えてみてください、現在の日本政府の閣僚《かくりょう》が二十名ちょっとであることを。新任参議の光源氏は、現代においてであれば、とりあえず、閣僚の一人になったくらいには偉かったのです。

しかも、彼は、桐壺帝の寵愛する皇子でありましたから、その実質的な権力や影響力の大きさならば、おそらくは、朝廷内で上から何番目かにはなったことでしょう。光源氏は、わずか十九歳にして、ずいぶん高い地位を手に入れたことになります。

そして、まだまだ若い光源氏をこれほど性急に出世させたのは、その父親の桐壺帝でした。

この頃《ころ》、桐壺帝は、遠からず退位するつもりでいたのですが、彼の計画では、帝《みかど》の位《くらい》は、弘徽殿女御が産んだ今の東宮に譲り、次の東宮には、藤壺中宮が産んだ皇子を立てるはずでした。ところが、今の東宮には、弘徽殿女御の実家である右大臣家という強力な後ろ盾があるのに対して、藤壺中宮が産んだ皇子には、これといった後ろ盾がありません。そこで、桐壺帝は、光源氏の地位を上げて、彼こそを幼い皇子の後ろ盾にしようと考えたのです。

もちろん、桐壺帝は、幼い皇子の本当の父親が光源氏であるなどとは夢にも思っていません。しかし、桐壺帝の采配《さいはい》は、図《はか》らずも、光源氏に自分の息子の後見役を務めさせることになったのでした。

なお、こうして大きな変化がもたらされる中、光源氏は、こんな和歌をつぶやきます。

「尽《つ》きもせぬ　心《こころ》の闇《やみ》に　暗《く》るるかな　雲居《くもい》に人《ひと》を　見《み》るにつけても　」

この一首の心は、「私は、果てのない心の闇に、何も見えなくなっています。あなたが皇后に立って手の届かない雲の上の存在になってしまったために」というところでしょう。光源氏の頭の中は、あいかわらず、藤壺中宮のことでいっぱいだったのです。

◉――光源氏の執着

葵《あおい》巻は、光源氏二十二歳の春からを描きます。ですから、この巻の冒頭において、光源氏と藤壺中宮との間に誕生したものの桐壺帝の皇子として育てられることになった男の子も、早くも四歳です。そして、幼い皇子がそれなりに育ったのを見た桐壺帝は、この巻の冒頭で退位してしまい、桐壺院《きりつぼいん》になります。

こうして、弘徽殿女御を母親とする朱雀帝《すざくてい》の世がはじまるのですが、それは、光源氏にとっては、何かと窮屈《きゅうくつ》な時代でした。というのも、帝の生母として大きな権力と影響力とを持つことになった弘徽殿女御が、光源氏をひどく嫌っていたからです。ちなみに、弘徽殿女御は、朱雀帝が即位するや、皇太后《こうたいごう》となります。また、それにともなって、彼女は、物語の中でも、読者たちの間でも、「大后《おおいきさき》」と呼ばれることになるのです。

この新時代の光源氏について、語り手は、「万《よろず》もの憂《う》く思《おぼ》され、御身《おんみ》のやむごとなさも添《そ》ふにや、軽々《かろがろ》しき御忍《おんしの》び歩《あり》きも慎《つつ》ましうて」と語ります。彼は、何ごとにも気が重く、さらに、参議（宰相）という要職にあったことも手伝ってか、軽率に女性たちのもとを訪れたりはしなくなったというのです。なお、ここでは、恋人のもとを訪れることが、「軽々しき御忍び歩き」と表現されていますが、古語の「歩《あり》く」には、なかなかおもしろいところがあります。すなわち、古語の「歩《あゆ》む」は、現代語の「歩く」と同じ意味を持つのに対して、古語の「歩《あり》く」は、「ろくでもない目的で出かける」という特殊な意味を持つのです。

そして、光源氏が「歩《あり》き」を控《ひか》えるようになった結果、原文の表現で「此処《ここ》も彼処《かしこ》も覚束《おぼつか》なさの嘆《なげ》きを重《かさ》ね給《たま》ふ」ということが起こります。つまり、「此処も彼処も」と言われる多くの恋人たちが、光源氏の訪問が途絶《とだ》えたことで、気《き》を揉《も》んだり悲しんだりしていたのです。光源氏は、思うままに振る舞っていた頃にも、女性たちを泣かせていたのでしょうが、行動を慎むようになっても、やはり、女性たちを悲しませるのでした。

しかし、語り手の語りがおもしろいのは、この後です。葵巻の本文は、こう続きます。「此処《ここ》も彼処《かしこ》も覚束《おぼつか》なさの嘆《なげ》きを重《かさ》ね給《たま》ふ報《むく》いにや、なほ、われにつれなき人《ひと》の御心《みこころ》を、尽《つ》きせずのみ思《おぼ》し嘆《なげ》く」。光源氏には、多くの女性たちを泣かせたことの報いがあったのです。

右の「われにつれなき人」を現代語に直すと、「自分の方《ほう》を振り向いてはくれない女性」となりますが、それは、光源氏にとっては、藤壺中宮に他なりません。そして、彼は、彼を顧《かえり》みてはくれない藤壺中宮の薄情さに、ずっと、悲しい思いをし続けていたのでした。

光源氏は、この期《ご》に及《およ》んでも、いっこうに相手にされないにもかかわらず、いまだ藤壺中宮に執着していたのです。

❖――「うれしい」

一方、藤壺中宮はというと、彼女は、今まで以上に幸せに暮らしていたようです。

帝位を退《の》いた桐壺院は、当然、内裏を離れます。そして、彼は、内裏を離れて、院御所《いんごしょ》を構えるわけですが、この院御所には、桐壺帝時代の妃たちの全てが移り住んだわけではありません。特に、桐壺帝の後宮《こうきゅう》において最も力を持っていた弘徽殿大后《こきでんのおおいきさき》（かつての弘徽殿女御）は、その息子の朱雀帝とともに、内裏に残りました。

これによって、藤壺中宮は、原文の言葉で「立《た》ち並《なら》ぶ人《ひと》なう、心安《こころやす》げなり」という立場を得ます。簡単に言えば、桐壺院の御所においては、桐壺院の寵愛をめぐって、藤壺中宮と張り合える妃は誰もいなかったため、彼女は、気楽に過ごせるようになったのです。

しかも、桐壺院は、語り手が「折節《おりふし》に従《したが》ひては、御遊《おんあそ》びなどを好《この》ましう世《よ》の響《ひび》くばかりせさせ給《たま》ひつつ、今《いま》の御《おん》ありさましもめでたし」と語るように、何か機会があれば、世間で評判になるようなすばらしい演奏会を催《もよお》したりして、まさに悠々自適《ゆうゆうじてき》の暮らしを送っていて、他人からすれば、帝であった頃よりもうらやましい様子でした。とすれば、藤壺中宮の生活も、これまでになく幸福なものであったでしょう。

ただ、桐壺院は、ただ一つ、自分が内裏を離れた後も内裏で暮らし続ける東宮のことが心配でなりません。この場合の東宮というのは、今や四歳になっている藤壺中宮の産んだ皇子のことです。彼は、朱雀帝が即位《そくい》するとともに、新たに皇太子（東宮）に立てられたのでした。

そして、東宮の身を案じる桐壺院は、光源氏をこそ東宮の後見役と思い定めて、何であれ、東宮に関することは、全て光源氏に命令したのです。が、これは、光源氏にとっても、悪いことではありませんでした。語り手は、このことをめぐる光源氏の気持ちを、「傍《かたわ》ら痛《いた》きものから、『うれし』と思《おぼ》す」と語ります。光源氏は、東宮の後見役を任されたことを、複雑な気持ちながらも、基本的にはよろこんでいたのです。

古語の「かたはらいたし」は、元来、「片腹痛し」ではありません。この語は、「傍ら痛し」と書かれるべきで、まずは「傍《かたわ》らにいる人《ひと》が気《き》を揉《も》む」という意味を持ち、そこからの展開で「ばつが悪い」「気恥《きは》ずかしい」という意味を持ちます。光源氏は、実は自分の息子である東宮の後見を任されたことを「うれしい」と思いつつも、ばつが悪くもあったのです。

なお、葵巻では、光源氏の正妻（北の方）の葵《あおい》の上《うえ》が彼の息子を産みますが、やがて「夕霧《ゆうぎり》」と呼ばれることになるその男の子は、光源氏の眼から見ても、東宮とそっくりでした。それゆえ、生まれたての夕霧を見た光源氏は、夕霧自身に愛情を持つよりも、東宮に思いを馳《は》せます。これも、やはり、藤壺中宮への執着のゆえかもしれません。

❖——「この世は無常であるということは、概ねはわかっていましたものの」

葵巻では、光源氏の正妻（葵の上）と光源氏の最も古い恋人（六条御息所《ろくじょうのみやすどころ》）との軋轢《あつれき》こそが、物語の主軸となります。葵の上が車争《くるまあらそ》いで六条御息所に恥をかかせると、六条御息所の生霊《いきすだま》が妊娠中の葵の上を苦しめはじめ、葵の上は、夕霧を産んだ後に亡くなるのです。

光源氏にとって、葵の上は、正妻ではあっても、心から大切に想う女性ではありませんでした。が、葵の上が妊娠と生霊とに苦しむうち、二人の間に、今までになかった感情が芽生《めば》えます。光源氏に至っては、これまでの浮気の数々を深く反省したほどでした。

それだけに、葵の上の死は、光源氏を打ちのめします。彼は、葵の上の葬儀の後、しばらくの間は、若紫《わかむらさき》が待つ二条院《にじょういん》に立ち寄ることさえなく、左大臣邸に籠《こも》りましたが、それは、そこで亡き妻の菩提《ぼだい》を弔《とむら》うためだったのです。

しかし、そんな光源氏も、やがて、左大臣邸を完全に引き払い、自邸の二条院へと戻ります。彼は、今や、左大臣家の聟《むこ》ではなくなったのでした。

ただ、久しぶりに二条院に帰ろうとする日、光源氏は、まずは、父親の桐壺院を訪ねて、さらには、藤壺中宮のもとをも訪れます。すると、藤壺中宮から、女房が仲介してではありますが、「私でさえ悲しい思いの尽《つ》きないあれこれがあったのですから、月日が経《た》ったところで、あなたは、どれほど悲しんでいることでしょう」と、弔問《ちょうもん》の言葉がありました。

平生《へいぜい》は可能な限り光源氏を突き放す藤壺中宮ですが、やはり、こうした場合には、思いやりに溢《あふ》れる対応をします。こうしたところにも、光源氏が彼女を一心に恋い慕う理由があるのかもしれません。そんな藤壺中宮に、光源氏は、次のように返します。

「この世は無常であるということは、概《おおむ》ねはわかっていましたものの、それを眼の前で見ましたため、たくさんの嫌《いや》なことがありまして、心を乱してしまいましたが、幾度《いくど》もいただきましたお手紙に慰《なぐさ》められまして、どうにか今日に至ることができました」

（「常《つね》なき世《よ》は、大方《おおかた》にも思《おも》う給《たま》へ知《し》りにしを、眼《め》に近《ちか》く見侍《みはべ》りつるに、厭《いと》はしきこと多《おお》く、思《おも》ひ給《たま》へ乱《みだ》れしも、度々《たびたび》の御消息《ごしょうそく》に慰《なぐさ》め侍《はべ》りてなむ、今日までも」〈葵〉）

めずらしく藤壺中宮への思慕《しぼ》の情を表に出さない光源氏です。

ここで彼の言う「厭はしきこと多く（たくさんの嫌なこと）」の一つは、恋人の六条御息所が生霊になったことかもしれません。また、そう考えるなら、彼が「常なき世」と言うときの「世」は、「この世」や「現世」を意味するだけでなく、王朝時代に特徴的なこととして、「男女の仲」をも意味するのでしょう。そして、ここでの光源氏は、恋愛というものが少し怖くなっていて、それゆえに、藤壺中宮に言い寄ることも控えていたのかもしれません。

四、若紫との生活をめぐるセリフ

11章

童女を待たせる光源氏

紅葉賀巻・花宴巻

「『朝に夕に恋人と逢って、恋人との関係に満ち足りる』のは、よくないことなんですよ」

❖——「当面の間…少女が誰であるかは教えないでおこう」

若紫《わかむらさき》巻において光源氏《ひかるげんじ》の二条院《にじょういん》で暮らしはじめた少女は、紅葉賀《もみじのが》巻では、順調に新しい生活に馴《な》染《じ》みつつありました。これについて、語り手は、「幼《おさな》き人《ひと》は、見付《みつ》い給《たま》ふままに、いとよき心《こころ》ざま・容貌《かたち》にて、何心《なにごころ》もなく睦《むつ》れ纏《まと》はし聞《き》こえ給《たま》ふ」と語ります。

「幼き人」と言われているのは若紫《わかむらさき》で、古語の「見付《みつ》く」は、現代語の「見馴《みな》れる」と同じ意味を持ちますから、若紫は、新しい保護者の光源氏を見馴れていくわけです。また、「いとよき心ざま・容貌にて」というのは、「たいへん優れた人柄《ひとがら》や容姿《ようし》の持ち主であるため」ということ、「何心もなく睦れ纏はす」というのは、「無邪気に光源氏に懐《なつ》いて甘《あま》える」ということです。したがって、若紫は、光源氏を見馴れるにつれて、彼が優れた人柄や容姿の持ち主であったために、無邪気に新しい保護者に懐いて甘えるようになったのでした。

しかし、光源氏は、彼女を養育するにあたって、こんなことを心に決めていました。

「当面の間、この二条院《にじょういん》で私に仕《つか》える者たちにも、少女が誰であるかは教えないでおこう」

（「しばし、殿《との》の内《うち》の人《ひと》にも、誰《たれ》と知《し》らせじ」（紅葉賀））

これは、一つには、兵部卿宮《ひょうぶきょうのみや》への用心でしょう。彼は、若紫の実の父親であって、唐突に行方《ゆくえ》を暗《くら》ました彼女を探していたからです。

また、光源氏が若紫の素性《すじょう》を秘密にしておきたかったのは、彼の正妻（北《きた》の方《かた》）である葵《あおい》の上《うえ》の実家の左大臣家を意識してのことでもあります。光源氏が新たに誰か女性を二条院に住まわせはじめたことは、既に左大臣家に洩《も》れ聞《き》こえていたのでした。

左大臣家の人々は、当然、光源氏の葵の上への愛情がさらに薄くなることを心配します。また、この事情のため、葵の上の機嫌も、今まで以上に悪くなっていました。しかし、もし、光源氏が二条院に連れ込んだのが、女性というよりも女の子であることが知れた場合、葵の上や左大臣家の人々

【人形遊びに興じる若紫】

住吉広尚筆「源氏物語図　紅葉賀」（東京国立博物館所蔵）、部分
出典：国立文化財機構所蔵品統合検索システム

は、さらに詮索《せんさく》せずにはいられないでしょう。

そして、光源氏が若紫の正体を伏せなければならなかったのは、何より、そこから光源氏の抱《かか》える重大な秘密が明るみに出てしまうかもしれないからでした。光源氏の秘密というのは、言うまでもなく、彼と藤壺中宮《ふじつぼのちゅうぐう》との密通《みっつう》の事実です。

普段から少女愛好者として知られていた変わり者ならいざ知らず、普通の趣味・嗜好《しこう》を持つ男性が、わざわざ誘拐するようなまねまでして一人の少女を自宅に連れ込んだとなれば、周囲の人々は、その動機を詮索するに違いありません。そうなったとき、渦中《かちゅう》の少女が、ある女性にそっくりであって、かつ、その女性の近い親族であったとしたら、周りの人々は、どう考えるでしょうか。

◉――父子家庭の父親の気持ち

それでも、光源氏が若紫に与えた待遇は、かなり手厚いものでした。

まず、彼女の寝所と定められた二条院の西対《にしのたい》には、立派な内装が施されます。しかも、光源氏自身は、東対《ひがしのたい》を寝所としていましたから、若紫は、西対を丸ごと自分の寝所とすることができたのです。これは、王朝時代において、豊かな貴族家の北の方や最も大切な姫君《ひめぎみ》のような扱われ方でした。上級貴族家であっても、姫君が幾人《いくにん》もいれば、姫君の一人一人に対屋《たいのや》を一つずつ与えることはできないのです。

しかも、光源氏は、若紫のための政所《まんどころ》を置き、かつ、若紫にも家司《いえづかさ》(けいし)を付けました。王朝貴族たちが「政所」と呼んだのは、一つの貴族家の行事や家計などを扱う組織で、歴史学者が言うところの家政機関《かせいきかん》です。そして、この政所に属して貴族家の行事や家計などに携わったのが、「家司」と呼ばれる人々でした。この家司は、現代人にもわかりやすい言葉で言うならば、執事《しつじ》のような存在でしょうか。

こうして、若紫は、光源氏によって、二条院の西対を拠点に、彼女を主人とする一つの貴族家を持たされました。そして、これは、王朝時代において、まさに、上級貴族家の北の方や大切な姫君の受ける待遇でした。兵部卿宮が若紫を引き取っていた場合、継母《ままはは》や継母の産んだ異母姉妹《いぼしまい》と同居する兵部卿宮邸において若紫がこれほどの待遇を与えられることは、まずあり得なかったでしょう。

そして、光源氏はというと、昼に夜に、西対へと足を運んで、若紫にさまざまなことを教えます。彼が最も時間をかけて教えたのは、書《しょ》であったようですが、これは、当時、良家の姫君たちに求められた教養の筆頭に書があったからでしょう。六条御息所《ろくじょうのみやすどころ》が書に堪能な女性として設定されているのも、そのためだろうと思われます。が、さすがに、光源氏も、六条御息所の書いたものを手本として若紫に与えることはなかったようで、彼女のための手本は自ら書いたのでした。

また、そうして教育に励《はげ》んでいると、光源氏は、「ただ他《ほか》なりける御娘《みむすめ》を迎《むか》へ給《たま》へらむやう」な気になったようです。すなわち、別居していた実の娘を引き取ったような気分であったというのですが、十八歳の光源氏がそんなことを感じるのは、なかなか興味深いです。

さらに、公務もあり正妻との結婚生活もある光源氏は、しばしば二条院を空けなければなりませんでしたが、彼は、二ヶ日も三ヶ日も続けて二条院に帰れないときには、「心苦《こころぐる》しうて、母《はは》なき子《こ》持《も》たらむ心地《ここち》」であったといいます。光源氏も、わずか十八歳にして、父子家庭《ふしかてい》の父親の気持ちを味わうことになるとは、まさか思ってもいなかったことでしょう。

❖──「兵部卿宮さまが女性であって、こうして逢瀬を持つことができたら、楽しいに違いない」

その頃、藤壺中宮が宮中《きゅうちゅう》から里邸に下がることがありました。すると、彼女との三度目の逢瀬《おうせ》を狙う光源氏は、様子見のため、まずは日中に藤壺中宮邸を訪問します。が、彼女が直接に応対してくれることはなく、女房《にょうぼう》たちに応接された光源氏は、「けざやかにも持《も》て成《な》し給《たま》ふかな（他人行儀な扱いをなさるものだ）」と落ち込むのでした。

と、そこに、兵部卿宮が登場します。若紫の父親であるとともに藤壺中宮の同母兄《どうぼけい》でもある兵部卿宮です。そして、ここに、光源氏と兵部卿宮との初めての対面が成立します。

兵部卿宮という人物は、光源氏には、原文の表現で「いと由《よし》あるさまして、色《いろ》めかしうなよび給《たま》へる」と見えます。古語の「由あり」「色めかし」「なよぶ」は、それぞれ、「風情がある」「艶《なま》めかしい」「物腰柔《ものごしやわ》らかに振る舞《ふま》う」と訳されますから、「たいへん風情がある様子で、艶めかしくて物腰柔らかに振る舞っていらっしゃる」というのが、光源氏の見た兵部卿宮の人物像でした。

そして、そんな兵部卿宮について、光源氏は、こんなことを考えます。

「兵部卿宮《ひょうぶきょうのみや》さまが女性であって、こうして逢瀬《おうせ》を持つことができたら、楽しいに違いない」

（「女《おんな》にて見《み》むは、をかしかりぬべく」〔紅葉賀〕）

すごいことを考えるものです。が、念のために断っておきますと、光源氏には、同性愛の気《け》はありません。これは、それだけ兵部卿宮が女性的なうつくしさを備えていたことを意味するのでしょう。どうやら、王朝貴族たちの間には、男性に特有の男性らしいうつくしさというものがなかったらしく、「うつくしい女性のようにうつくしい」というのが、彼らが男性に求めたうつくしさのあり方だったようなのです。

その証拠に、このとき、兵部卿宮もまた、眼の前の光源氏について、こんなことを思っていたのでした。

「光源氏殿《ひかるげんじどの》が女性であって、こうして逢瀬《おうせ》を持ちたいものだ」

（「女《おんな》にて見《み》ばや」〔紅葉賀〕）

もちろん、兵部卿宮にも、同性愛者である気配はありません。その彼がこんなことを思うのは、やはり、光源氏が「うつくしい女性のようにうつくしい」からなのです。千年も時代が違うと、うつくしさをめぐる感覚も、こんなにも違うものなのです。

なお、このとき、互いにいい印象を持ち合った二人は、しばらくの間、たいへん親しげに話に花を咲かせます。が、光源氏は、若紫のことなど、おくびにも出しません。彼の面《つら》の皮《かわ》の厚さは、かなりのもののように思われます。

❖――「今日からは、大人っぽくおなりですか」

やがて、その年も終わって、新しい年が来ます。そうして、光源氏は十九歳になり、若紫は十一歳になりました。数え年が用いられていた王朝時代には、正月元旦に、全ての人が、一つずつ年を取るのです。

さて、正月元日、光源氏は、朝廷の儀式のために、内裏《だいり》に出かけなくてはなりません。しかし、若紫のことが気になって仕方ない彼は、出勤の前に西対をのぞきます。そして、若紫に向かって、こんなことを言うのでした。

「今日からは、大人っぽくおなりですか」
（「今日《きょう》よりは、大人《おとな》しくなり給《たま》へりや」〔紅葉賀〕）

ところが、若紫はというと、一心に人形遊び（雛遊《ひいなあそ》び）に興じています。彼女は、正月元旦から、人形（雛《ひいな》）だけではなく、人形用の家々や人形用の調度《ちょうど》・道具のあれこれをも、ところ狭《せま》しと広げて、熱心に遊んでいたのです。

ただ、光源氏がのぞいた瞬間の若紫は、厳密には、人形で遊ぶことを中断して、人形用の家の一つを修理していたのでした。そして、彼女は、光源氏に気づくと、人形の家を壊したのが彼女の遊び相手として二条院に置かれている童《わらわ》の一人である旨《むね》を、目に涙を浮かべながら話します。

すると、光源氏は、こう言うのです。

「本当に、たいそう思いやりのない者のやることですね。すぐに修理させましょう。ですから、元日の今日は、不吉なことを言うのは避けて、泣くのもやめておきましょうか」

（「げに、いと心《こころ》なき人《ひと》の仕業《しわざ》にも侍《はべ》るなるかな。今、繕《つくろ》はせ侍《はべ》らむ。今日は、言忌《こといみ》して、な泣《な》い給《たま》ひそ」〈紅葉賀〉）

こんなやり取りを見ていると、確かに、光源氏は、娘を持ったかのようです。が、そうだとすれば、彼は、やや娘に甘過ぎる父親かもしれません。

光源氏は、若紫をどうするつもりでいるのでしょう。いつまでも、幼げなまま、無邪気なままでいさせて、そのかわいらしい様子を眺めていたいのでしょうか。本当に将来的には妻にするつもりなのであれば、彼は、そろそろきちんと考えなければならないでしょう。

ただ、この頃の光源氏は、またしても藤壺中宮のことで頭がいっぱいになっていたのかもしれません。彼女は、今、お腹《なか》に光源氏の子供を宿しているところなのです。光源氏にしてみれば、一心に愛を捧《ささ》げる相手は、あくまでも藤壺中宮なのであって、若紫は、藤壺中宮の形代《かたしろ》に過ぎないのです。

◉——夫を持つ身となったことを自覚する若紫

若紫をなだめた光源氏が、大勢の供《とも》を連れて出かけると、若紫の乳母《めのと》の少納言《しょうなごん》は、若紫をたしなめます。若紫がいつまでも甘えた子供のようであることを心配する少納言は、こう言うのです。

「今年こそは、少しは大人っぽくおなりなさい。十歳を過ぎた人は、人形遊びなどやめるものですのに。こうして夫《おっと》をお持《も》ちになったのなら、妻らしく落ち着いて、光源氏さまと接しなさい。髪を梳《と》かすことさえ嫌《いや》がるのですから」

（「今年だに少《すこ》し大人《おとな》びさせ給《たま》へ。十《とお》に余《あま》りぬる人《ひと》は、雛遊《ひいなあそ》びは忌《い》み侍《はべ》るものを。かく御男《おんおとこ》など儲《もう》け奉《たてまつ》り給《たま》ひては、あるべかしうしめやかにてこそ、見《み》え奉《たてまつ》らせ給《たま》はめ。御髪参《みぐしまい》るほどをだに、もの憂《う》くせさせ給《たま》ふ」（紅葉賀））

若君《わかぎみ》や姫君《ひめぎみ》に対して、こういう厳しいことをずばっと言うのが、乳母というものなのでしょう。

少納言は、きちんと務めを果たす、立派な乳母のようです。

また、優秀な乳母でもある少納言は、若紫の置かれた状況を、冷静に分析していました。

すなわち、彼女が考えるに、光源氏に引き取られることになった若紫は、確かに、兵部卿宮に引き取られた場合に期待できる待遇よりも、はるかに手厚い待遇を与えられているのですが、これがいつまでも続く保証など、実は、どこにもないのです。少納言の懸念《けねん》するところ、光源氏には、立派な正妻（北の方）がいるうえに、これまた立派な恋人も幾人《いくにん》もいるわけで、子供っぽいままの若紫など、いつ光源氏の寵愛《ちょうあい》を失ってもおかしくないのでした。

そして、こうした認識があるからこそ、少納言は、若紫を厳しくたしなめたのです。

ところが、この少納言の親心は、若紫には全く理解されません。少納言の小言《こごと》の中で若紫の胸に残ったのは、「夫《おっと》をお持《も》ちになった」という部分だけだったのです。彼女は、少納言の心配を他処《よそ》に、こんなことを考えるのでした。

「私は、それなら、夫《おっと》を持ったのね。女房《にょうぼう》たちの夫というと、醜《みにく》いのが当たり前なのに、私は、ずいぶん素敵で若い夫を持ったものだわ」

（「われは、さは男儲《おとこもう》けてけり。この人々《ひとびと》の男とてあるは、醜《みにく》くこそあれ。われは、かくをかしげに若《わか》き人《ひと》をも持《も》たりけるかな」〔紅葉賀〕）

この若紫の心の声は、幼い少女の無邪気な声であるだけに、ずいぶんと残酷な内容も含んでいたりします。そして、何より、これが少納言の望んでいた反応ではないことは、間違いないでしょう。とはいえ、どうやら、自分には夫がいることだけは自覚したようですから、人形遊びに夢中であった若紫にしてみれば、かなり進歩したのかもしれません。

◉——少女の中の「女」の部分

そうしているうち、二月に藤壺中宮が光源氏を父親とする男の子を産むと、その男の子は、何も事情を知らない桐壺帝《きりつぼてい》の皇子《おうじ》として、四月に初めて内裏に参上します。すると、桐壺帝は、寵愛する藤壺中宮の産んだ皇子が、最愛の息子である光源氏にそっくりであることを、たいへんよろこぶのでした。

しかし、その新しい皇子を抱いてうれしそうにしている桐壺帝を前にして、藤壺中宮も、光源氏も、自分たちの抱《かか》え込《こ》んだ秘密の重さを改めて思い知り、生きた心地がしません。そして、光源氏は、けっして逃げ出すことのできない藤壺中宮を宮中に置き去りにして、自分だけ桐壺帝の御前《ごぜん》から自宅へと逃げ帰るのでした。

それでも、光源氏は、藤壺中宮のことを想《おも》い続《つづ》けます。といっても、彼女の顔を見る機会も持てない光源氏は、自邸でうなだれるばかりです。

そして、そんな光源氏が心の慰《なぐさ》めとしたのは、藤壺中宮の身代わりの姫君でした。つまりは、若紫のことですが、光源氏がそれなりに苦労して彼女を手もとに確保したのは、こういうときのためだったのでしょう。

語り手は、「例《れい》の、慰《なぐさ》めには、西《にし》の対《たい》にぞ渡《わた》り給《たま》ふ」と語ります。光源氏にとって、心の慰めが必要になると西対の若紫のもとに行くというのは、いつものことだったようです。

ところが、この日は、光源氏が笛《ふえ》を吹きながら西対をのぞいても、若紫がうれしそうに迎えてくれることはありません。彼女は、光源氏に背を向けて脇息《きょうそく》に寄りかかったままでいるのです。光源氏は、「こちや」と呼びかけます。「こちや」とは、「こちらへ（いらっしゃい）」ということです。しかし、若紫は知らないふりをします。いえ、それどころか、彼女は、「入《い》りぬる磯《いそ》の」とつぶやくのでした。

この「入りぬる磯の」という句は、「潮満《しおみ》てば／入《い》りぬる磯《いそ》の／草《くさ》なれや／見《み》らく少《すく》なく／恋《こ》ふらくの多《おお》き」という古歌《こか》の一部です。この一首は、『拾遺和歌集《しゅういわかしゅう》』に恋歌の一つとして採られていますが、その心は、「あなたは、潮《しお》が満《み》ちると波の下に隠れてしまう海辺の草なのでしょうか。逢《あ》えることは滅多《めった》になくて、私が一人で恋い慕うことばかりが多いのです」というところでしょう。

若紫が先ほどの一句によって光源氏に伝えたかったのは、もちろん、この古歌の心です。実は、彼女は、光源氏が帰宅してすぐに西対に足を運ばなかったことに、かなり拗《す》ねていたのでした。あるいは、光源氏が他の誰かに気を取られているらしいことに妬《や》いていたのかもしれません。あの無邪気だった若紫が、いつの間にか、女になりはじめていたのです。

❖――「『朝に夕に恋人と逢って、恋人との関係に満ち足りる』のは、よくないことなんですよ」

ただ、「入りぬる磯の」とつぶやいた若紫は、慌《あわ》てて袖《そで》で口もとを覆《おお》います。彼女は、下手《まず》いことを言ったと思ったのでしょう。しかし、それが不意の失言であったとすれば、なおのこと、「入りぬる磯の」というのは、このときの若紫の本心だったことになりましょう。

それにしても、古歌の一句によって、拗ねた気持ちなり妬いた気持ちなりを伝えるとは、若紫の教養のほどが窺《うかが》われます。彼女は、まだ十一歳なわけですが、これも、光源氏の教育の成果なのかもしれません。

しかし、その光源氏も、若紫が拗ねたり妬いたりすることに、幾らか驚きます。彼は、なおも背を向けたままの若紫に、こんなことを言うのでした。

「ああ、憎らしいこと。そんなことをおっしゃるようになりなのですね。『みるめに飽《あ》く』のは、よくないことなんですよ」

(「あな、憎《にく》。かかること口馴《くちな》れ給《たま》ひにけりな。『みるめに飽《あ》く』は、正《まさ》なきことぞよ」〔紅葉賀〕)

ここで光源氏が言う「みるめに飽く」も、古歌の一部です。『古今和歌集《こきんわかしゅう》』に恋歌として収められている「伊勢《いせ》の海人《あま》の／朝《あさ》な夕《ゆう》なに／潜《かづ》くてふ／みるめに人《ひと》を／飽《あ》くよしもがな」という一首の心は、「伊勢の海人たちは、朝に夕に海に潜って海藻の海松布《みるめ》を採りますが、あなたを見る眼（あなたと逢う機会）が朝にも夕にもあって、あなたとの関係に満ち足りたいものです」というところでしょうか。

したがって、光源氏が口にした「みるめに飽く」という言葉には、「朝に夕に恋人と逢って、恋人との関係に満ち足りる」という意味があることになります。しかし、光源氏は、『みるめに飽く』のは、よくないことなんですよ」と言ったのでした。つまり、彼は、若紫に対して、『朝に夕に恋人と逢って、恋人との関係に満ち足りる』のは、よくないことなんですよ」と教えたわけです。

そして、これは、若紫に寂《さび》しい思いをさせたことに対する、何とも光源氏らしい言い訳でした。彼は、女性に寂しい思いをさせたからといって、「寂しい思いをさせて、ごめんね」と謝ったりなど、絶対にしないのです。彼の考えでは、寂しい思いをした女性が彼を恨むとしても、それは、その女性の心得が間違っているのです。彼の考えるところ、彼に非があることなど、全くあり得ませんでした。

こんな光源氏に引き取られたことは、本当に若紫に幸せをもたらすのでしょうか。彼女の新しい生活は、早くも雲行きが怪しくなってきたのです。

❖──「私が他の女性ともお付き合いするのは、あなたとの幸せな生活を守るためなのですよ」

それでも、若紫の機嫌を取らなければならないことは、光源氏にもわかっていました。彼は、若紫を琴《こと》の演奏に誘います。まずは自分で少し弾いてみてから、若紫の方《ほう》に琴を差し出すのです。すると、若紫も、いつまでも拗ねていられなくなり、琴を弾きはじめます。そして、光源氏は、今度は笛を吹きはじめて、二人の楽しい時間がはじまるのでした。

しかし、やがて屋内に灯《あかり》を点す時分になると、屋外で人々が光源氏の外出の準備をする音や声が聞こえてきます。光源氏は、この夜、どの女性かを訪ねるつもりだったのです。

すると、若紫は、心細そうにして、ふさぎ込みはじめます。つい今し方まで絵を見ていた彼女が、絵も放り出して、うつ伏してしまったのでした。

これは、光源氏が出かけてしまうことに対しての、幼い若紫なりの抗議行動なのでしょうが、その仕草は、光源氏の眼には、ただただかわいらしいものとしてしか映りません。光源氏は、若紫の髪を撫《な》でながら、こう尋《たず》ねます。

「私が出かけている間は、私のことが恋しいかな？」

（「他《ほか》なるほどは、恋《こい》しくやある」〔紅葉賀〕）

若紫は、これに黙ってうなずきます。今の彼女は、一心に光源氏を慕《した》っているのです。ところが、その若紫に向かって、光源氏は、こんなことを言うのでした。

「私だって、わずか一日でも、あなたとお会いできないのは、辛《つら》いのですよ。それでも、あなたが一人前の女性に成長なさるまでの間は、あなたの焼《や》き餅《もち》をあまり気にせず、『まずは、嫉妬深《しっとぶか》くて何かと私を恨むような女性たちの機嫌を損《そこ》ねないようにしよう』と思いまして、そうした女性たちの機嫌を取るのはたいへんなので、今しばらくは、こうして他の女性たちのもとに出かけるのです。けれども、この先、あなたが大人の女性になったと感じましたら、もう他の女性たちのところに出かけたりはいたしません。私が『誰かに恨まれたりしないようにしよう』などと考えていますのも、『長生きをして、思う存分、あなたと一緒《いっしょ》に暮らし続けたい』と思えばこそなのですよ」

（「われも、一日も見奉《みたてまつ》らぬはいと苦《くる》しうこそ。されど、幼く御《おわ》するほどは心安《こころやす》く思ひ聞こえて、『先《ま》づ、くねくねしく恨《うら》むる人の心破《やぶ》らじ』と思ひて、難《むつか》しければ、しばしかくも歩《あり》くぞ。大人しく見做《みな》してば、他へもさらに行くまじ。『人の恨み負《お》はじ』など思ふも、『世《よ》に長《なご》うありて、思《おも》ふさまに見《み》え奉《たてまつ》らん』と思ふぞ」〈紅葉賀〉）

これを、過不足なく要約するならば、「私が他の女性ともお付き合いするのは、あなたとの幸せな生活を守るためなのですよ」ということです。

❖――「この姫君が気がかりで、死ぬこともできない」

光源氏は、その他にも、さまざまなことを言って聞かせます。きっと、これまた、自分にだけ都合のいい、とんでもない理屈を並べ立てていたのでしょうが、若紫は、何も言い返しません。幼い彼女は、いいように言《い》い包《くる》められてしまったのでしょうか。

しかし、無言の若紫は、口を開く代わりに、光源氏の膝《ひざ》に寄りかかると、そのまま寝入ってしまいます。そして、これが、どんな反論よりも、効果を持ちました。光源氏は、いじらしい若紫を置いて出かけることができなくなり、原文の言葉で「今宵《こよい》は出《い》でずなりぬ」と、この夜は出かけないことを宣言したのです。

この後、光源氏は、若紫を起こして、彼女に改めて「出でずなりぬ」と告げていますから、若紫が光源氏の膝で寝入ったのは、寝たふりではなかったのでしょうが、この夜は、明らかに若紫の勝ちでした。

そして、光源氏は、若紫をめぐって、一人、こんなことを考えます。

「こんなにも眼を離せない方《かた》を見棄《みす》てては、あの恐ろしい旅路《たびじ》にも、出かけられない」

（「かかるを見棄《みす》てては、いみじき道《みち》なりとも、赴《おもむ》き難《がた》く」〔紅葉賀〕）

ここでは、原文の「いみじき道」を、「あの恐ろしい旅路」と訳したのですが、この「いみじき道（あの恐ろしい旅路）」というのは、王朝貴族の別の言葉で言えば、「死出《しで》の旅路《たびじ》」のことです。ですから、光源氏は、「この姫君が気がかりで、死ぬこともできない」と思っていたことになります。

なお、この晩のように、光源氏が若紫を悲しませたくないばかりに他の女性のもとを訪れるのをやめてしまうということは、しばしばあったようです。ですから、この頃、六条御息所をはじめとする光源氏の恋人たちは、気《き》を揉《も》んでいたに違いありません。また、そうした女性たちに劣《おと》らず焦《じ》れていたのが、左大臣家の人々でした。光源氏の正妻（北の方）の葵の上は、浮気をしてばかりの光源氏など、もはや自分の夫だとは思っていないかのようでしたが、彼女の父親の左大臣や彼女に仕える女房たちは、光源氏に強く執着していたのです。

そのため、特に葵の上の女房たちなどは、光源氏が自邸に女性を住まわせたことを知るや、「光源氏さまが自邸に住まわせることにした女性というのは、誰なのかしら。たいへん気に入らないことじゃないの」「今まで誰とも聞いたことがないうえに、こうして光源氏さまに纏《まと》わり付いて気に入られようとしているくらいだから、身分も教養もないような女性でしょうよ」「分別《ふんべつ》のない幼稚な女性らしいわよ」などと、悪意を交えながら、詮索もし、噂《うわさ》もします。が、そんな彼女たちも、この時点で真相を知ったら、びっくりしたことでしょう。

◉――桐壺帝の叱責

さらに、光源氏の二条院に暮らす謎の女性のことは、桐壺帝の耳にも入ります。そして、この噂に、桐壺帝の心中は穏やかではありません。なぜなら、桐壺帝としては、考えに考えたうえで、光源氏を葵の上と結婚させたつもりであったにもかかわらず、光源氏が葵の上との結婚に不満があるかのように振る舞っているからです。

桐壺帝は、その御前に光源氏を喚《よ》び出《だ》すと、やや強い口調で、こう諭《さと》します。

「気の毒にも、左大臣殿が悲しむのも、もっともなことである。まだ一人前にもなっていなかったそなたを、あれこれと熱心に世話を焼いてこうも立派にしてくれた左大臣殿の気持ちを、それがどれほどありがたいものであるかもわからない年齢でもなかろうに、どうして、左大臣殿の姫君を思いやりなく扱うことになるのだ」

（「いとほしく、大臣《おとど》の思《おも》ひ嘆《なげ》かるなることも、げに。ものげなかりしほどを、おほなおほなかくものしたる心を、さばかりのことたどらぬほどにはあらじを、などか、情けなくは持《も》て成《な》すなるらん」〔紅葉賀〕）

これを聞いた光源氏について、語り手は、「畏《かしこ》まりたるさまにて、御答《おんいら》へも聞《き》こえ給《たま》はねば」と語ります。彼には、全く弁解の余地がなかったのです。彼が葵の上を大事にしていなかったことは、全くの事実でした。そして、彼の左大臣に対する恩知らずぶりも、桐壺帝の言う通り、事実そのものだったのです。

しかし、何かと光源氏に甘い桐壺帝は、黙り込む光源氏を見て、原文の表現で「『心《こころ》ゆかぬなめり』と、いとほしく思し召《おぼめ》す」のです。古語の「心ゆく」の意味は「気に入る」ですから、これに否定の「ぬ（ず）」・断定の「な（なり）」と・推量の「めり」が付いた「心ゆかぬなめり」は、「気に入らないのだろう」と訳されることになります。また、「気の毒だ」という意味を持つ古語の「いとほし」は、ここでは、光源氏に対して用いられているのでしょう。ですから、桐壺帝は、光源氏が葵の上を気に入っていないことを察して、光源氏に同情しているのです。結局のところ、この帝《みかど》は、重度の親馬鹿《おやばか》でしかありませんでした。

ただ、その親馬鹿の帝も、さすがに光源氏の女性たちをめぐる振る舞いには、いささか呆《あき》れ気味《ぎみ》だったようです。桐壺帝は、眼の前に黙《だま》って畏《かしこ》まる光源氏に、こうも言います。

「どのような隠《かく》れ里《ざと》を訪《たず》ね回《まわ》れば、これほど女性に恨まれることになるのだろうか」

（「いかなるものの隈《くま》に隠《かく》れ歩《あり》きて、かく人《ひと》にも恨《うら》みらるらむ」〔紅葉賀〕）

桐壺帝としても、光源氏が二条院に連れ込んだという噂の女性の正体は、やはり、気になるところなのでしょう。

❖──「『欠点などないように、私の望むままに教え込もう』と思っているのが、成功しそうだ」

さて、花宴巻《はなのえん》では、光源氏は二十歳となり、若紫も十二歳になります。が、この巻の女主人公《ヒロイン》は、若紫ではありません。

この巻において描かれるのは、主に、光源氏と朧月夜《おぼろづきよ》との出逢《であ》いです。

二人は、春の内裏において桜の花を愛《め》でる饗宴《きょうえん》が催《もよお》された夜、宮中において行《ゆ》きずりの恋に落ち、互《たが》いが誰であるかも知らないままに別れます。そして、一夜限りの関係に終わるかに思われた二人は、やがて、藤《ふじ》の花《はな》を愛でる宴が開かれた右大臣邸において、運命的な再会を果たすのでした。

このような花宴巻ですが、若紫も、ほんの一場面だけ、しかも、セリフの一つもないのですが、とにかく登場します。そして、その短い登場に、かなり重要な意味があるのです。

では、それは、どのような場面なのでしょうか。

桜の宴の翌晩にも、宮中では宴がありましたが、二条院を留守にすることが続く光源氏は、若紫のことが心配になります。

「姫君は、どれほど退屈していることだろうか。私の留守が数日になるので、ふさぎ込んでいないだろうか」

（「姫君《ひめぎみ》、いかに徒然《つれづれ》ならん。日来《ひごろ》になれば、屈《く》してやあらん」〈花宴〉）

そして、光源氏は、ようやく内裏を離れることが可能になるや、正妻（北の方）の葵の上が暮らす左大臣邸をも差し置いて、若紫の待つ二条院へと向かいます。

そうして光源氏が数日ぶりに眼にした若紫は、たいへんかわいらしく育ち、魅力に溢《あふ》れて、殊更《ことさら》に利発《りはつ》な人柄をも備えていました。光源氏は、心の中でつぶやきます。

『欠点などないように、私の望むままに教え込もう』と思っているのが、成功しそうだ。男の私の教育のせいで、『少し男性に馴《な》れ過《す》ぎている』と感じられるのが、気にはなるが」

（「『飽《あ》かぬところなう、わが御心《みこころ》のままに教《おし》へ成《な》さむ』と思《おぼ》すに、かなひぬべし。男《おとこ》の御教《おんおし》へなれば、『少し人馴《ひとな》れたることや交《ま》じらむ』と思ふこそ、後《うし》ろ目《め》たけれ」〈花宴〉）

どうやら、若紫を自分好みの女性に育て上げようという光源氏の目論《もくろ》みは、めでたく実現しそうな様子です。何とも気持ちの悪い話ではありますが。

ただ、明らかに生長している彼女からは、ほんの一年前には見られたような無邪気さがなくなっていました。というのは、しばらく一緒に過ごした後、光源氏がまた出かけようとしても、若紫は、それを不満に思いながらも、その不満を態度にも言葉にも出さなかったのです。かつての何かと光源氏に甘えた若紫は、もうそこにはいなかったのです。

12章 童女を女に変える光源氏

葵巻

「お加減が悪いようですが、ご気分はいかがですか」

❖――「あなたの髪は、私が切りましょう」

葵巻《あおい》がはじまると、光源氏《ひかるげんじ》は二十二歳に、若紫《わかむらさき》は十四歳になっています。

この巻では、光源氏の正妻（北《きた》の方《かた》）の葵《あおい》の上《うえ》と光源氏の最も古い恋人の六条御息所《ろくじょうのみやすどころ》との軋轢《あつれき》こそが、物語の主軸となります。「車争い《くるまあらそ》」の呼称で有名な事件も、「生霊《いきすだま》」というおどろおどろしい言葉で知られる事件も、二人の女君《おんなぎみ》たちの軋轢が産み出したものなのです。

しかし、そうして葵の上と六条御息所とを中心に物語が展開する葵巻にも、若紫の登場する場面が幾《いく》つかあります。まずは、葵の上が六条御息所に大きな恥辱《ちじょく》を与えることになった車争いがあった後、賀茂祭《かものまつり》の当日となる四月の二番目の酉日《とりのひ》（中酉日《なかのとりのひ》）のこと、光源氏は、葵の上や六条御息所とではなく、若紫と行列の見物に出かけるのです。

しかも、その日、光源氏は、若紫に祭見物の用意をさせているうち、彼女の頭髪の毛先が整っていないことが気になりはじめ、そのことをめぐって、こんなことを言い出すのでした。

「長いこと、毛先を整えていらっしゃらないようですが、今日は、髪を切るための吉日《きちじつ》ではないかな」

（「久《ひさ》しう削《そ》ぎ給《たま》はざめるを、今日は、吉《よ》き日《ひ》ならむかし」〔葵〕）

「あなたの髪は、私が切りましょう」

（「君《きみ》の御髪《みぐし》は、われ削《そ》がむ」〔葵〕）

そして、光源氏は、この日が髪を切るうえでの吉日であることを陰陽師《おんみょうじ》（「暦《こよみ》の博士《はかせ》」）に確認したうえで、こんなことを言いながら、若紫の髪を整えはじめます。

「これはたいへんな。ずいぶん髪が多いんだね。どのように成長なさろうというのだろう」

（「うたて。所狭《ところせ》うもあるかな。いかに生《お》ひやらむとすらむ」〔葵〕）

「たいへん長い髪の女性でも、額髪《ひたいがみ》は幾《いく》らか短くしているものなのに、このようにとにかく後《おく》れ毛《げ》がないというのは、あまりにも風情《ふぜい》がないでしょうよ」

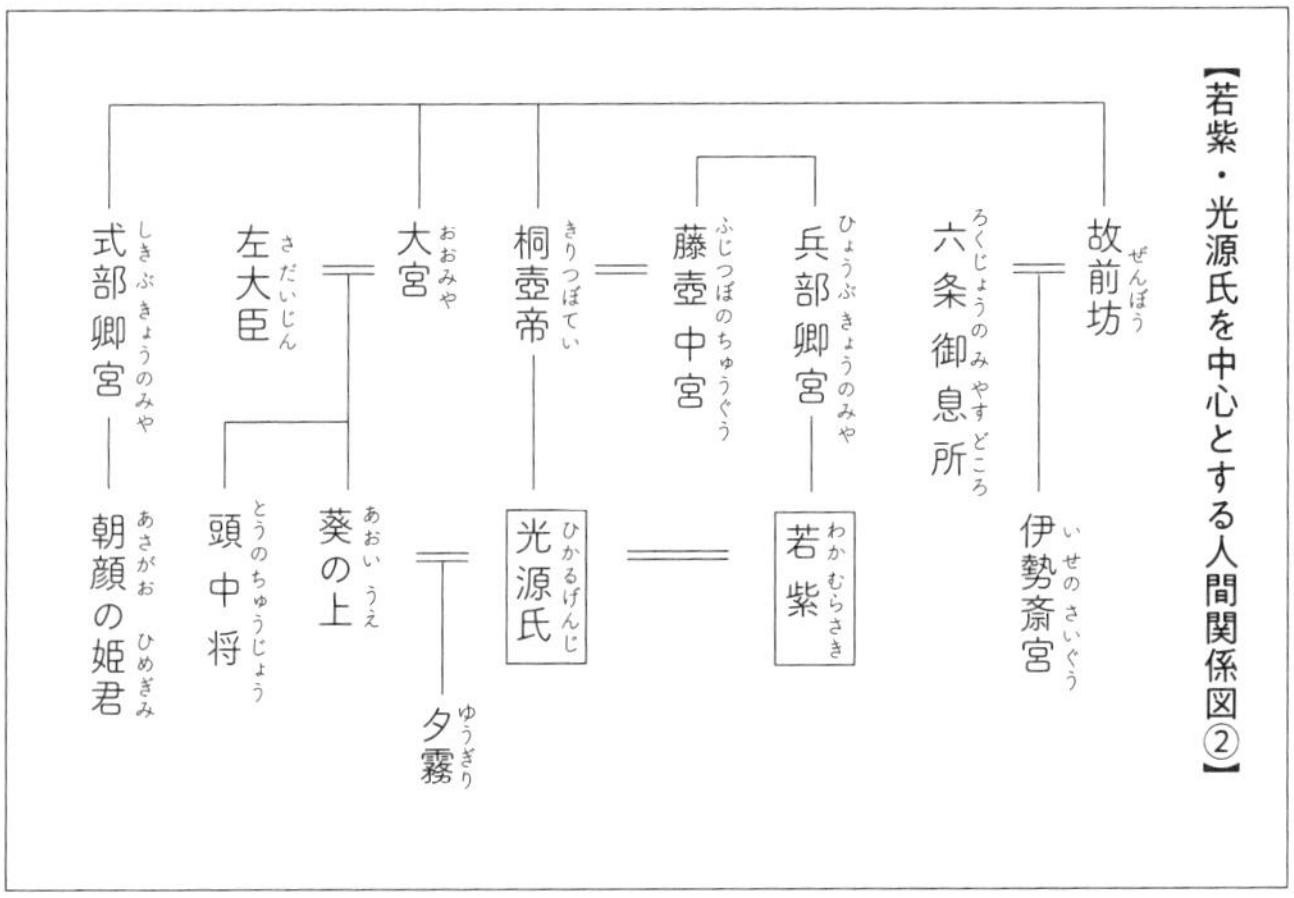

（「いと長き人も、額髪《ひたいがみ》は少《すこ》し短《みじこ》うぞあめるを、無下《むげ》に後《おく》れたる筋《すじ》のなきや、あまり情《なさ》けなからむ」〔葵〕）

また、若紫の髪を整え終わると、光源氏は、「千尋《ちひろ》」と唱《とな》えます。この「千尋」という唱《とな》え言《ごと》には、「髪の毛が千尋の長さまで伸《の》びますように」という意味があるのでしょう。

それにしても、女性の髪を整えることまでできる光源氏の多芸多才ぶりには、改めて感心しますが、それと同時に、彼の若紫に対する甲斐甲斐《かいがい》しさには、本当に驚きます。こうしたことは、本来、女房《にょうぼう》たちの仕事なのですから。しかし、光源氏としては、若紫をうつくしく自分好みに成長させるのに必要な全てのことを、自ら手がけたかったのかもしれません。

❖――「成長したあなたと結婚するのは、私だけなのですよ」

光源氏が若紫の髪を整えるのを傍《かたわ》らで見ていた少納言《しょうなごん》は、「あはれに、忝《かたじけな》し」と、満足な様子です。古語の「あはれなり」は、神仏に対して抱《いだ》くような「ありがたい」という感情をも示します。また、古語の「忝し」も、やはり、神仏に対して感じるような「ありがたい」という気持ちを表します。ですから、少納言の感慨としての「あはれに、忝し」は、「たいへんありがたいうえにもありがたい」とでも訳せばいいでしょう。

姫君《ひめぎみ》の乳母《めのと》にしてみれば、大切に育ててきた姫君に立派な殿方《とのがた》の寵愛《ちょうあい》があることこそが、何より重要でした。ですから、今の光源氏と若紫との関係は、少納言にとって、非常に望ましいものだったのです。

そんな少納言の気持ちを知ってのことかどうかはわかりませんが、光源氏は、「千尋」と唱えたのに続けて、こんな和歌を詠《よ》みます。

「測《はか》りなき　千尋《ちひろ》の底《そこ》の　海松《みる》ぶさの　生《お》ひゆく末《すえ》は　われのみぞ見《み》む　」

この一首の心は、「測《はか》りようもない千尋《ちひろ》もの深さの海の底に生える海藻の海松布《みるめ》の群《むれ》が伸《の》びるように、あなたの髪もあなたの生長にともなって伸びてゆくのでしょうが、成長したあなたを見る（あなたと結婚する）のは、私だけなのですよ」というところでしょう。光源氏は、自分こそが将来の夫《おっと》であることを、若紫に宣言したのです。

これに対する若紫の返歌は、こんな一首でした。

「 千尋《ちひろ》とも　いかでか知《し》らむ　定《さだ》めなく　満《み》ち干《ひ》る潮《しお》の　長閑《のど》けからぬに 」

ここに詠まれているのは、「あなたは、千尋もの深い海の底に生える海松布の群の生長を見守るかのようにおっしゃいますけれど、あなたの愛情が本当に千尋の深さを持つものかどうかを、どうすれば知ることができましょう。あなたは、じっとしていることなく満ちたり引いたりする潮《しお》のように、落ち着いていらっしゃらないというのに」という心です。王朝時代のやんごとない女性にふさわしい振る舞いとして、恋文《こいぶみ》をもらったときには、相手の愛情表現をそのまま受け容れたりはせず、かといって、強く拒《こば》んだりもせず、きれいにはぐらかすものでした。そして、若紫は、それをみごとにやってみせたのです。

また、若紫は、右の返歌を、口にするのではなく、慎ましやかに、手近にあった紙に書いたのでした。これも、やんごとない女性に相応な振る舞いでしょう。

すると、そんな若紫の利発《りはつ》でありながらも幼げにかわいらしい様子に、光源氏は、ひどく満足します。彼は、その胸中において、原文の言葉で「めでたし」とつぶやいたのでした。この「めでたし」は、「すばらしい」と訳されます。

◉——注目を集める光源氏の恋愛沙汰

さて、若紫と一つの牛車《ぎっしゃ》に乗って賀茂祭の行列を見物しに出かけた光源氏でしたが、のんびりとした出発であったため、一条大路《いちじょうおおじ》に着いてみると、そこは既にひどく混雑しています。押《お》し合《あ》い圧《へ》し合《あ》いの場などには馴染《なじ》みのない光源氏は、少し気後《きおく》れしながら、こんなつぶやきを洩《も》らしました。

「上級貴族たちの乗る牛車《ぎっしゃ》がたくさんいて、騒がしいところだな」

（「上達部《かんだちめ》の車《くるま》ども多くて、もの騒がしげなる辺《わた》りかな」〔葵〕）

王朝貴族たちが「上達部」と呼んだのは、今の日本の政府における閣僚《かくりょう》に相当する官職に就《つ》く上級貴族たちで、より堅苦しくは「公卿《くぎょう》」とも呼ばれた人々です。そのようなやんごとない人々が出かけるとなると、その牛車には、幾十人もの従者たちや使用人たちが付き従いますから、彼らが行列見物に集まった今日の一条大路は、とんでもない人混みになります。

しかし、光源氏は、幸いにも、源典侍《げんないしのすけ》に場所を譲ってもらって、無事に牛車を駐《と》めることができました。源典侍というのは、末摘花《すえつむはな》と並ぶ、光源氏の異色の恋人の一人ですが、この女性と光源氏との関係については、また別の機会に取り上げることとしましょう。これはこれで、けっして短くはない話になってしまうのです。

ともかく、光源氏は、都合のいい場所を確保して、若紫と行列見物を楽しむことができました。

賀茂祭の日に賀茂社へと向かう勅使《ちょくし》や賀茂斎院《かものさいいん》などの行列を見物することは、王朝時代の都《みやこ》の住人たちにとって、年に一回の最大の娯楽でしたから、きっと、この日の見物は、若紫にとっても、たいへん楽しいものとなったことでしょう。

ところが、その周囲で見物していた人々は、心穏《こころおだ》やかではなかったようです。というのも、その日、光源氏が、牛車の前面の簾《す》を下ろしたままで見物を続けていたからでした。当時の常識として、女性の乗る牛車は、前面の簾を巻き上げたりはしないものでしたが、男性しか乗っていない牛車であれば、見物の折などには、より見物しやすいように、簾を巻き上げるものだったのです。ですから、今回、光源氏の牛車に誰かしら女性が乗っているということは、あっさりと、誰もが知るところとなったのでした。

となると、誰も彼もが同じことを考えます。語り手は、人々が「『誰《たれ》ならむ。乗り並《なら》ぶ人《ひと》、けしうはあらじはや』と推《お》し測《はか》り聞《き》こゆ」と語りますが、ここでの人々の最大の関心事は、光源氏と同乗して見物する女性の素性《すじょう》でした。王朝時代において、上級貴族たちというのは、現代における芸能人のような存在でもありましたから、その恋愛沙汰《れんあいざた》なども、都中の注目を集めることになりかねなかったのです。

❖――「西対の姫君は、そんな女性には育てないぞ」

その後、六条御息所の生霊が妊娠中の葵の上を苦しめはじめ、光源氏自身も、葵の上に憑《つ》いた六条御息所と対面します。そして、一時的に六条御息所の生霊が鎮まる間、葵の上は、無事に男の子を産みます。夕霧《ゆうぎり》の誕生です。しかし、これに誰もが油断していたところ、六条御息所の生霊は、ついに葵の上の生命《いのち》を奪うのでした。

光源氏と葵の上との夫婦関係は、元来、けっして良好なものではありませんでした。が、葵の上が妊娠と生霊とに苦しむ中、二人の間には、にわかに愛情のようなものが芽生えはじめたのです。光源氏は、これまでの浮気の数々を深く反省します。

それにもかかわらず、葵の上が亡くなったため、光源氏の悲しみは、たいへん大きなものでした。こうなると、彼は、幼い夕霧の顔を見ても、葵の上を思い出して泣くばかりです。

こうしている間、光源氏は、ずっと左大臣邸に滞在しており、二条院《にじょういん》には立ち寄ることさえありませんでした。したがって、若紫には出番がありません。

そして、辛《つら》いことがあったとき、光源氏という男は、大人の女性に慰《なぐさ》めを求めます。このときも、われわれ読者が「朝顔《あさがお》の姫君《ひめぎみ》」と呼ぶ女君《おんなぎみ》に、手紙によって悲しみを訴えました。この女性は、物語には「式部卿宮《しきぶきょうのみや》」の呼称で登場する皇子《おうじ》の姫君で、若紫と同じく皇孫女《こうそんじょ》にあたります。そして、光源氏は、かねてより、この朝顔の姫君に懸想《けそう》しており、彼女に手紙を送り続けていたのですが、たいへん聡明な女性であった朝顔の姫君は、懸想も、手紙も、光源氏からの働きかけを無視し続けていました。が、今回ばかりは、事情が事情であるので、彼女も、悲しみに沈む光源氏に、短くも思いやりのある手紙を返します。

すると、光源氏は、朝顔の姫君に慰められるとともに、こんなことを考えるのでした。

「つれなくはあっても、これといったときには情けを見せることをお忘れにならない。これこそが、生涯《しょうがい》に渡《わた》って心を通わせられるであろう振る舞いである。それに対して、訳知り顔《わけしりがお》で、わざとらしく、周囲にも見えるほどに情けを見せるとなると、不要な批判も受けるものだ。西対《にしのたい》の姫君《ひめぎみ》は、そんな女性には育てないぞ」

（「つれなながら、さるべき折々《おりおり》のあはれを過《す》ぐし給《たま》はぬ。これこそ互《かたみ》に情《なさ》けも見果《みは》つべき態《わざ》なれ。なほ、故《ゆえ》づき、由過《よしす》ぎて、人目に見ゆばかりなるは、余《あま》りの難《なん》も出《い》で来《き》けり。対《たい》の姫君《ひめぎみ》を、さは生《お》ほし立《た》てじ」〔葵〕）

ここで、光源氏が朝顔の姫君と対比して批判しているのは、もしかすると、六条御息所なのかもしれません。そうだとすると、これ以降、彼が若紫を教育するにあたっては、朝顔の姫君がよい手本に、六条御息所が悪い手本にされることになります。

❖――「とにかく、私が心の底からお慕いするあの方に、そっくりになっていくものだ」

やがて、葵の上を亡くしたことで左大臣家の聟《むこ》ではなくなった光源氏は、左大臣邸を完全に引き払って、自邸の二条院へと戻ります。

すると、この二条院で光源氏に仕《つか》える人々は、邸内を徹底的に磨き上げたうえで、それぞれに着飾って、特に女房たちは、これに加えて念入りに化粧をして、万全の態勢で主人を迎えるのでした。彼らは、それだけ光源氏を慕《した》っていたのでしょう。

さて、光源氏は、帰宅すると、まずは、着換えを済ませて、次いで、若紫の寝所である西対《にしのたい》に向かいます。すると、その西対は、夏向けの模様替えをして、明るく爽《さわ》やかに装《よそ》われていました。また、若紫に仕える若い女房たちや女童《めのわらわ》たちも、そろって小綺麗《こぎれい》な身なりをしています。これらは、全て、若紫の乳母である少納言の計らいによるものでした。

そして、肝心の若紫はというと、原文の表現で「姫君《ひめぎみ》、いとうつくしう引《ひ》き繕《つくろ》ひて御《おわ》す」という様子で、光源氏を迎えます。古語の「うつくし」は、「かわいらしい」という意味を持ちますから、若紫は、たいへんかわいらしく身なりを調えて、光源氏を待っていたのです。

これを見た光源氏は、よろこびながら、こんなことを言います。

「しばらく留守にしていた間に、ずいぶんとまた、大人っぽくおなりですね」
（「久《ひさ》しかりつるほどに、いとこよなうこそ大人《おとな》び給《たま》ひにけれ」〔葵〕）

光源氏が間近で眺めると、若紫は、横を向いて恥ずかしそうにするのですが、そういう恥じらいも含めて、光源氏は、若紫の成長に満足します。そして、彼は、心の中で、こうつぶやくのです。

「灯《あかり》に照《て》らされた横顔《よこがお》といい、頭のかたちといい、とにかく、私が心の底からお慕《した》いするあの方《かた》に、そっくりになっていくものだ」
（「灯影《ほかげ》の御傍《おんかたわ》ら目《め》・頭《かしら》つきなど、ただ、かの心《こころ》尽《づ》くし聞《き》こゆる人《ひと》に、違《たが》ふところなくもなりゆくかな」〔葵〕）

もちろん、「かの心尽くし聞こゆる人（私が心の底からお慕いするあの方）」というのは、藤壺中宮《ふじつぼのちゅうぐう》です。ここに至っても、光源氏にとっての若紫は、依然として藤壺中宮の身代わりでしかないのでした。もちろん、それは、若紫の知るところではないでしょう。とはいえ、もう何度も言っていることではありますが、彼女が気の毒でなりません。

また、葵巻を読んでいると、ほんの二頁とか三頁とか前までは葵の上を亡くした悲しみにうちひしがれていた光源氏が、藤壺中宮そっくりに育っていく若紫を見てよろこんでいるのですから、何か釈然としない気持ちになってしまいます。

❖――「あなたは、私を鬱陶しく思うようになったりさえするかもしれませんよ」

光源氏は、二条院を留守にしていた間のあれこれを、若紫に話して聞かせます。この部分の原文は、「近《ちか》く寄《よ》り給《たま》ひて、覚束《おぼつか》なかりつるほどのことどもなど聞《き》こえ給《たま》ひて」というものですので、光源氏がどこまでの話をしたかはわかりません。

さすがに、光源氏も、六条御息所の生霊のことなどは黙っていたのではないでしょうか。また、正妻（北の方）を亡くしたことを話すというのも、若紫の立場を考えると、どうかと思いますが、さらには、子供が生まれたことを話すというのは、本当にどうかと思います。

ともかく、光源氏としては、そう簡単には話したいことの全てを話し尽くすことはできないと思ったようで、次のように言って、この夜の語らいを閉じるのでした。

「この数日間の出来事を、ゆっくりとお話ししたいのですけれど、私は、縁起《えんぎ》の悪い身であるように思われますので、しばらく東対《ひがしのたい》で休みましてから改めてこちらに参りましょう。それに、これからはいつも一緒《いっしょ》にいることになりますので、あなたは、私を鬱陶《うっとう》しく思うようになったりさえするかもしれませんよ」

（「日来《ひごろ》の物語《ものがたり》、長閑《のどか》に聞《き》こえまほしけれど、忌々《いまいま》しう思《おぼ》え侍《はべ》れば、しばし異方《ことかた》に安《やす》らひて参《まい》り来《こ》む。

今は途絶《とだ》えなく見奉《みたてまつ》るべければ、厭《いと》はしうさへや思《おぼ》されむ」（葵）

これに、若紫の乳母の少納言がよろこびます。葵の上が亡くなったことなどは、既に少納言の耳にも入っていたでしょうから、そうなると、彼女としては、いずれは若紫こそが光源氏の正妻（北の方）となることを、期待せずにはいられなかったのでしょう。

ただ、賢明な乳母である少納言は、ただただ楽観的な夢想をするばかりではありません。彼女は、原文の表現で「やむごとなき忍《しの》び所《どころ》、多《おお》うかかづらひ給《たま》へれば」と心配します。「忍び所」というのは、すなわち、恋人のことです。ですから、少納言は、やんごとない身の恋人が光源氏には数多くいることに、ひどく気《き》を揉《も》んでいたことになります。そうした女性たちは、光源氏の次の正妻の座をめぐって、若紫の強力な競合相手になるのです。

なお、この夜、光源氏は、語り手が「御方《おんかた》に渡《わた》り給《たま》ひて、中将《ちゅうじょう》の君《きみ》といふに、御足《おんあし》など参《まい》り遊《すさ》びて大殿籠《おおとのごも》りぬ」と語るようなかたちで床《とこ》に就《つ》きました。「御方」は、彼が寝所とする東対《ひがしのたい》です。また、古語の「大殿籠る」は、「寝る」の尊敬語です。

しかし、この夜の光源氏は、一人で寝たわけではありません。彼は、足を揉《も》ませるために「中《ちゅう》将《じょう》の君《きみ》」と呼ばれる女房を喚《よ》びますが、この中将の君は、足を揉んだ後、光源氏とともに寝たはずなのです。王朝時代には、男主人の足を揉む役割を果たす女房は、普通、その男主人の恋人でもあって、ときに「召人《めしゅうど》」と呼ばれていたのでした。

❖——「姫君は、何から何まで理想のままに成長なさって…妻とするのに不適切ではない頃合いに」

翌日以降、光源氏は、多くの時間を自邸でぼんやりして過ごしました。夜になると恋人のもとに出かけるということも、彼らしくもなく、全く気が進まなかったのです。

そして、その分、彼は、今まで以上に若紫に関心を持ちます。そんな彼の頭には、こんな考えがありました。

「姫君は、何から何まで理想のままに成長なさって、たいへんすばらしく見えるばかりなので、妻とするのに不適切ではない頃合いに」

（「姫君《ひめぎみ》の何《なに》ごともあらまほしう調《ととの》ひ果《は》てて、いとめでたうのみ見《み》え給《たま》ふを、似《に》げなからぬほどに」〈葵〉）

そこで、光源氏は、おそらくは遠回しに、自分との結婚のことを、若紫に持ちかけます。が、若紫には、光源氏の言っていることが理解できません。彼女は、いまだ精神が幼いままなのです。そして、そうした光源氏にはもどかしいことが、幾度《いくど》か繰り返されます。

そのため、光源氏は、やむなく、今までと同じように、さまざまな遊びの相手をするというかたちで、若紫とともに過ごしました。二人は、偏《へん》と旁《つくり》とを組み合わせて漢字を完成させる「偏接《へんつぎ》」と呼ばれる遊びや囲碁《いご》などに興《きょう》じたのです。

しかし、そうして遊んでいても、ちらちらと見える彼女の魅力が、光源氏を刺激します。語り手が「心映《こころば》へのらうらうじく愛敬《あいぎょう》づき、儚《はかな》き戯《たわぶ》れ事《ごと》の中にもうつくしき筋《すじ》をし出《い》で給《たま》へば」と語るように、若紫は、利発さと愛《あい》らしさとを兼《か》ね備《そな》えていて、たわいなく遊んでいてさえ、かわいい振る舞いをするのでした。

これまでの光源氏は、若紫に、少女のかわいらしさを感じていただけでしたが、今の彼は、眼の前の若紫に女性の魅力を感じています。とはいえ、若紫には、女性の自覚がありません。光源氏は、一人、葛藤《かっとう》します。が、彼には、がまんなどというものはありません。原文には「忍《しの》び難《がた》くなりて、心苦《こころぐる》しけれど」とありますが、結局、彼はがまんできなかったのです。

彼ががまんできなくなった後のことを、語り手は、「男君《おとこぎみ》は早く起《お》き給《たま》ひて、女君《おんなぎみ》はさらに起《お》き給《たま》はぬ朝《あした》あり」と、ひどく遠回しに語ります。ある朝、光源氏は早々《はやばや》と床《とこ》を離《はな》れたのに、若紫がいつまでも帳台《ちょうだい》（カーテン付きのベッド）から出ようともしなかったというのです。これは、要するに、ついに光源氏に男女の関係を強《し》いられた若紫が、光源氏から受けた仕打ちに傷付いて、誰とも顔を合わせられなかった、ということでしょう。

光源氏は、またも強姦《ごうかん》と変わらないことをしたのです。それも、十四歳の少女を相手に。それは、光源氏二十二歳の年の十月のことでした。

❖——「もっと早く男女の関係になっておくんだった」

なお、先ほども引用した「男君は早く起き給ひて、女君はさらに起き給はぬ朝あり」という原文では、光源氏は「男君《おとこぎみ》」と呼ばれ、若紫は「女君《おんなぎみ》」と呼ばれていますが、これが、光源氏と若紫とが男女の関係になったことの目印となります。

実は、語り手が若紫を「女君」と呼ぶのは、ここが初めてです。また、光源氏が若紫との関係で語り手に「男君」と呼ばれるのも、ここが最初です。そして、『源氏物語』において一緒に登場する男女が「男君」「女君」あるいは「男」「女」と呼ばれるのは、その二人が男女の関係にある場合に限られます。ですから、「男君は早く起き給ひて、女君はさらに起き給はぬ朝」の前の晩に光源氏と若紫とが男女の関係になったことは、間違いありません。

しかし、光源氏と若紫とが一つの帳台（カーテン付きのベッド）で一緒に寝ることなど、若紫が二条院に来た当初からのことであったため、若紫に仕える女房たちは、事情を察しかねます。そして、彼女たちは、その朝、若紫が帳台から出てこないことを不審がり、さらには、若紫が何かの病気に罹《かか》ったことさえ懸念するのでした。

ところが、全ての元凶《げんきょう》であって全てを承知している光源氏は、涼しい顔です。彼は、帳台を出ると、手紙を書き、その手紙を入れた硯箱《すずりばこ》を若紫の籠る帳台に差し入れて、さっさと東対へと引き上げます。

一方、若紫は、光源氏が東対へと帰り、女房たちも近くにいない隙《すき》を見つけて、光源氏が硯箱に入れて置いていった手紙を開くのでした。すると、その手紙には、次の和歌だけが書かれていたのです。

「あやなくも　隔《へだ》てけるかな　夜《よ》を重《かさ》ね　さすがに馴《な》れし　夜《よる》の衣《ころも》を　」

この一首の心は、「これまであなたと男女の関係にならずにいたなんて、無意味に二人の仲を隔《へだ》ててきたものです。幾晩《いくばん》も、幾晩も、一つの衣をかけて一緒に寝て、馴《な》れ親《した》しんできたというのに」というところです。光源氏は、ついに関係を持ってみて、さらに若紫への想《おも》いを強めたのです。だからこそ、彼は、「もっと早く男女の関係になっておくんだった」という、後悔にも似た思いを抱《いだ》いたのでしょう。

そして、これは、光源氏にとっては、後朝《きぬぎぬ》の歌《うた》なのです。したがって、彼が、若紫の寝所である西対で書いて、硯箱に入れておいた、あの手紙が、後朝《きぬぎぬ》の文《ふみ》だったことになります。しかし、本来、後朝の文というのは、男性が自宅に帰ってから書いて改めて届けるものです。ですから、光源氏は、本当の本当に初めて男女の関係を知った若紫への後朝の文をめぐって、ずいぶんと手を抜いたことになります。

❖――「お加減が悪いようですが、ご気分はいかがですか」

ただ、若紫には、光源氏が置いていった手紙が後朝の文であるということは、わからなかったでしょう。それどころか、彼女には、前夜の行為が結婚と関係あるということさえ、わかっていなかったかもしれません。彼女は、光源氏の後朝の歌を見ても、こんなことを考えるばかりだったのです。

「どうして、こんなひどいことをしようと思う方《かた》を、心の底から信用できる方《かた》だなんて思っていたのだろう」

（「などて、かう心憂《こころう》かりける御心《みこころ》を、裏《うら》なく頼《たの》もしきものに思《おも》ひ聞《き》こえけむ」〈葵〉）

幼い心を持ったままの若紫は、いまだ男女の関係というものについての知識を持たず、光源氏に男女の関係を強いられたことで、ひどい虐待《ぎゃくたい》を受けたと思ったのかもしれません。確かに、光源氏がしたことは、現代においてであれば、間違いなく「性的虐待」と呼ばれるはずですが、若紫の場合には、そもそも、「性的」というものを理解していなかったために、ただただ暴力をふるわれたように思ったのでしょう。

しかし、女性に男女の関係を強いることの常習犯である光源氏は、ここでも涼しい顔です。彼は、昼頃に西対に足を運ぶと、帳台に籠ったままの若紫に、こう話しかけるのでした。

「お加減《かげん》が悪いようですが、ご気分《きぶん》はいかがですか。今日は、碁《ご》も打《う》たないなんて、つまらないじゃないですか」

（「悩《なや》ましげにし給《たま》ふらむは、いかなる御心地《おんここち》ぞ。今日は、碁《ご》も打《う》たで、さうざうしや」〈葵〉）

幾《いく》ら何《なん》でもという声のかけ方です。これが、とぼけてこんなことを言っているのではないのだとしたら、光源氏という男は、これまで、女性に男女の関係を強いることに、何の罪悪感も持ったことがなかったのでしょう。

もしかすると、これまでの光源氏の人生においては、彼に男女の関係を強いられた女性たちの多くは、悲しんだり怒ったりすることはなく、むしろ、よろこんだりありがたがったりするものだったのかもしれません。確かに、光源氏が何をしようと、ほとんどの女性たちはそれを許してしまうという、『源氏物語』の物語世界においてなら、そういうこともあるのかもしれません。

とはいえ、王朝時代の女性読者たちは、若紫が経験した気の毒な初夜《しょや》に、嫌悪感を抱《いだ》くことはなかったのでしょうか。まさか、王朝時代の女性たちは、うつくしい容姿のやんごとない男性に男女の関係を強いられることを、心のどこかで望んでいたりしたのでしょうか。

❖——「まるでお子さまじゃないか」

罪悪感というものを知らない光源氏は、ふさぎ込む若紫に、さらに追い打ちをかけます。彼が帳台の中をのぞくと、若紫は、頭から衣裳《いしょう》を被るという姿で横になっていたのですが、その若紫の傍らに寄った光源氏は、こんなことを言ったのです。

「どうして、こうも私を滅入《めい》らせる仕打ちをなさるのです。あなたは、私が思ってもいなかったような方《かた》だったのですね。女房たちも、どれほど『おかしいわ』と思うことでしょう」

（「など、かく訝《いぶ》せき御持《おんも》て成《な》しぞ。思《おも》ひの外《ほか》に心憂《こころう》くこそ御《おわ》しけれな。人も、いかに『あやし』と思ふらむ」〔葵〕）

驚いたことに、光源氏は、若紫を責め立てます。彼の中では、彼は若紫に困らされている被害者であって、若紫こそが彼を困らせる加害者なのです。

そして、ここには、光源氏という人間の本質を見ることができます。彼は、自分に非があって誰かが怒ったり悲しんだりしているとき、必ず、怒りや悲しみを見せられて嫌な気持ちを味わわされた自分自身に同情して、怒ったり悲しんだりする相手を責めるのです。これが彼の本質であるということは、間違いありません。

また、そんな光源氏ですから、彼の若紫への追い打ちは、まだ続きます。

彼が若紫の被る衣裳を剥《は》ぎ取《と》ると、彼女は、汗びっしょりになっていました。それが衣裳を被っていたことによる汗なのか、光源氏に対する恐怖に由来する冷汗や脂汗なのか、そのあたりはわかりません。が、とにかく、若紫の状態は、明らかに異常でした。

これには、さすがの光源氏も驚きます。そして、彼は、さまざまに言葉を尽くして若紫をなだめようとするのでした。しかし、すっかり光源氏を恨んでいる若紫は、機嫌を直すどころか、言葉を発することもありません。すると、またしても自分を被害者と認定した光源氏は、こんなとんでもないことを言うのです。

「いいですよ。いいですよ。もうこちらには参りません。本当に気づまりな」

（「よしよし。さらに見《み》え奉《たてまつ》らじ。いと恥《は》づかし」〔葵〕）

また、光源氏は、今朝の後朝の文への返事が入れられていないかと、例の硯箱を開けてみますが、何も入っていません。今日の若紫は、それどころではなかったのですから、当たり前のことです。

しかし、光源氏は、こんなことを思うのでした。

「まるでお子さまじゃないか」

（「若《わか》の御《おん》ありさまや」〔葵〕）

あとがき

「『源氏物語』を、あらすじだけで読むのは、たいへんもったいない。なぜなら、この物語では、登場人物たちの発するセリフこそが、最もおもしろいからです。」

これは、私が講師を務める源氏物語講座の謳《うた》い文句《もんく》です。私の『源氏物語』の講座では、物語の筋を追うことよりも、登場人物たちのセリフを味わうことを、大切にします。

例えば、ここ数年、私は、神奈川県海老名市の教育委員会が企画する市民講座の一つとして、『源氏物語』の講座を持たせてもらっているのですが、その講座では、最初の年には「セリフで読む若紫」をテーマに掲げましたし、最新の二〇二三年には「セリフで読む末摘花巻」をテーマに掲げました。

そして、私としては、この先も、同様のテーマ設定の講座を継続していきたいと考えているのです。

実際、『源氏物語』という作品には、例えば若紫巻だけを見ても、何ともおもしろく興味深いセリフが溢れています。

偶然に見付けた美少女をめぐる光源氏の危ういセリフの数々には、誰もがハラハラさせられることでしょう。また、そんな光源氏にふりまわされる人々の悲哀や困惑に満ちたセリフは、読者たちの同情を誘うに違いありません。そして、どうにかして光源氏を美少女から遠ざけようとする年配の人々の老獪なセリフは、私たちを感心させてくれることでしょう。

ですから、海老名市の講座は、なかなか楽しいものとなっています。といっても、あくまでも、私の願望の混じった手応えとしてではありますが、同講座の受講者の皆さんからは、毎回、好評をいただけているのではないでしょうか。

そして、こうした事情から生まれたのが、「セリフで読み直す『源氏物語』若紫巻・葵巻」を副題とする本書となります。この一冊を通じて、読者の皆さんにも、『源氏物語』の珠玉のセリフの数々を楽しんでいただけましたら、著者としては、たいへんうれしいところです。

なお、本書が特に若紫巻・葵巻を取り上げることについては、疑問を持たれる方も少なくないかもしれません。

普通、『源氏物語』といえば、桐壺巻からはじまるものであり、その後には帚木巻・空蝉巻・夕顔巻と続いて、ようやく若紫巻に至るものです。そして、その若紫巻と葵巻との間には、末摘花巻・紅葉賀巻・花宴巻が挟まれているというのが、われわれに馴染みの『源氏物語』の順序でしょう。ですから、まず若紫巻・葵巻からはじめようという、本書の『源氏物語』の読み進め方は、『源氏物語』に詳しい方からすれば、ずいぶんと奇異なものなのではないでしょうか。

しかし、『源氏物語』の幾人もの女主人公《ヒロイン》たちのうち、最も重要な女主人公は誰か、ということを考えるならば、本書のスタンスも、それほど不可解なものではないでしょう。

この物語の作者とされる女性が、世に「紫式部」と呼ばれるように、『源氏物語』の最も重要な女主人公は、紫の上（若紫）に他なりません。そして、その紫の上が若紫として初めて登場するのが、若紫巻であり、また、その若紫が初めて光源氏と男女の関係を持ってついに紫の上になるのが、葵巻なのです。

さらに言えば、私は、若紫巻および葵巻こそを、『源氏物語』の中核と見做しています。『源氏物語』という長編物語は、一本の大樹に譬えるならば、若紫巻・葵巻を根っことして、大小の多くの枝々を張りめぐらせ、色とりどりの花々を咲き誇らせているのではないでしょうか。

とすれば、若紫巻・葵巻から『源氏物語』を読むというのも、そう間違ったことではないようにも思われます。

二〇二三年七月七日　無粋な雨に見舞われた七夕の夜に

繁田信一

参考文献一覧

［『源氏物語』の本文に関するもの］

角川日本古典文庫『源氏物語（一）・（二）』（角川書店、一九六四年・一九六五年）

国文学解釈と鑑賞別冊『源氏物語の鑑賞と基礎知識（若紫）（末摘花）（紅葉賀）（花宴）（葵）』（至文堂、一九九九〜二〇〇二年）

新潮日本古典集成『源氏物語（一）・（二）』（新潮社、一九七六年・一九七七年）

新日本古典文学大系『源氏物語（一）』（岩波書店、一九九三年）

新編日本古典文学全集『源氏物語（一）・（二）』（小学館、一九九四年）

日本古典選『源氏物語（一）・（二）』（朝日新聞社、一九七七年）

日本古典文学全集『源氏物語（一）・（二）』（小学館、一九七〇年・一九七二年）

日本古典文学大系『源氏物語（一）』（岩波書店、一九五八年）

※本書においては、『源氏物語』の本文は、読みやすさを考慮して、敢えて漢字表記を多くしている。

［王朝時代に関するもの］

秋山虔［編］『王朝語辞典』（東京大学出版会、二〇〇〇年）

秋山虔・室伏信助［編］『源氏物語必携事典』（角川書店、一九九八年）
阿部秋生［編］『源氏物語　諸説一覧』（明治書院、一九七〇年）
阿部猛『平安貴族の実像』（東京堂出版、一九九三年）
池田亀鑑『平安朝の生活と文学』（河出書房、一九五二年）
池田亀鑑『平安時代の文学と生活』（至文堂、一九六六年）
池田亀鑑［編］『源氏物語事典』（東京堂、一九六〇年）
繁田信一『王朝貴族のおまじない』（ビイング・ネット・プレス、二〇〇八年）
繁田信一『知るほど不思議な平安時代（上）・（下）』（教育評論社、二〇二二年）
繁田信一『源氏物語を楽しむための王朝貴族入門』（吉川弘文館、二〇二三年）
繁田信一『『源氏物語』のリアル』（ＰＨＰ新書、二〇二三年）
土田直鎮『王朝の貴族（日本の歴史）』（中央公論社、一九六五年）
三谷榮一［編］『〔増補版〕源氏物語事典』（有精堂、一九九二年）
村井康彦『平安貴族の世界』（一九六八年、徳間書店）
村井康彦『王朝貴族（日本の歴史）』（小学館、一九七四年）
山中裕『源氏物語の史的研究』（思文閣出版、一九九七年）
山中裕・鈴木一雄［編］『平安時代の文学と生活　平安時代の環境』（至文堂、一九九四年）

山中裕・鈴木一雄［編］『平安時代の文学と生活　平安時代の儀礼と歳事』（至文堂、一九九四年）
山中裕・鈴木一雄［編］『平安時代の文学と生活　平安時代の信仰と生活』（至文堂、一九九四年）
有精堂編集部［編］『平安貴族の生活』（有精堂、一九八五年）

＊図版出典

［一六二―一六三頁］
国立文化財機構所蔵品統合検索システム（https://colbase.nich.go.jp/collection_items/tnm/A-10129?locale=ja）をもとに作成

［二五三頁］
国立文化財機構所蔵品統合検索システム（https://colbase.nich.go.jp/collection_items/tnm/A-852?locale=ja）をもとに作成

繁田 信一（しげた しんいち）

1968年、東京都生まれ。東北大学大学院文学研究科博士課程後期単位取得退学。神奈川大学大学院歴史民俗資料学研究科博士後期課程修了。現在、神奈川大学日本常民文化研究所特別研究員、東海大学文学部非常勤講師。

著書に、『殴り合う貴族たち』(文春学藝ライブラリー、2018年)、『下級貴族たちの王朝時代』(新典社、2018年)、『知るほど不思議な平安時代 上・下』(教育評論社、2022年)、『孫の孫が語る藤原道長』『源氏物語を楽しむための王朝貴族入門』(吉川弘文館、2023年)、『『源氏物語』のリアル』(PHP新書、2023年)など。

懲りない光源氏

——セリフで読み直す『源氏物語』若紫巻・葵巻

2023年12月25日　初版第1刷発行

著　者　繁田信一
発行者　阿部黄瀬
発行所　株式会社 教育評論社
〒103-0027
東京都中央区日本橋3-9-1 日本橋三丁目スクエア
TEL 03-3241-3485
FAX 03-3241-3486
https://www.kyohyo.co.jp
印刷製本　萩原印刷株式会社

ISBN 978-4-86624-090-9　C0095

定価はカバーに表示してあります。落丁本・乱丁本はお取り替え致します。